指輪の選んだ婚約者 8

狙われた騎士と楽園への誘い

茉雪ゆえ

illustration 鳥飼やすゆき

ICHIJINSHA IRIS NEO

CONTENTS

この作品はフィクションです。
実際の人物・団体・事件などには関係ありません。

指輪の選んだ婚約者8　狙われた騎士と楽園への誘い

† はじまり

ひらひら、ひらり。はら、はらり。

鈍色《にびいろ》の空から、妖精の放つ光にも似た小さな白い結晶が、ひっきりなしに舞い降りてくる。

吐息が凍りつきそうなほどにぐっと冷え込んだその日、クラヴィス領都・アルゲンタムでは、朝から雪がちらついていた。日の出の前に降り出した雪は夕暮れになってもまだ止《や》まず、バターたっぷりの焼き菓子にも似た蜂蜜色の街並みを、粉砂糖を厚くまぶしたように真っ白に染め上げている。

本格的な冬の到来を告げる、今年最初のまとまった雪だった。

（……ふゆ、きらい）

そんな、真っ白に染まったアルゲンタムの街の外れ、鉄格子の嵌《は》められたとある施設の窓辺に、白い世界をじっと睨《にら》みつけている小さな影があった。

くるりと丸い、森をとかしたような深緑の瞳に、すとんと真《ま》っ直《す》ぐなきれいに切りそろえられた髪。いかにも頼りなげな小さな肩と、細い手足。その顔貌《かおかたち》は大変に整って、十年もすればまわりが放っておかないだろうと思われるような美しさだ。だが、今の姿は牢獄《ろうごく》にはあまりにも不似合いな、見た目は三つか四つにしか見えない幼い子どもである。

クラヴィス家霊廟《れいびょう》破壊事件の実行犯として捕まえられた、『森の民』の先祖返り、ウィリデだ。

格子の向こう、未《いま》だ止まぬ雪から視線をそらし、ウィリデは幼子らしからぬため息をひとつついて、己の手のひらを見つめた。

（ふゆは、ウィリ、よわくなる……）

森の民の血に由来する、植物を操るウィリデの術は、季節に左右されるところが大変に大きい。草木が一斉に芽吹く春は勢いがあり、濃緑に豊かに茂る夏は最も力を発揮しやすい時だ。秋の実りの季節もまだ、冬に向かうための力を蓄える植物たちには力がある。

しかし、色づいた葉が落ち森の木々が眠りにつく頃になると、大地に残されるのは針葉樹や春を待つ地中の種ばかり。それらも春のために力を蓄えて温存しようとするので、ウィリデの力は夏の半分ほども出なくなってしまうのだ。

（……それに、ととさまがしんだのも、ふゆだった）

ウィリデはもう一度、恨めしく格子の向こうを見る。

昨年の冬、酷《ひど》い流感にかかった父は病に打ち勝てず、ひとり残されるウィリデのことを殊《こと》の外《ほか》心配しながらも、湖畔《ラクス・ネムス》の町に大雪の降った日に逝ってしまった。すでに母も亡く、何やら事情があったのか、両親には親族もなく。たったひとりの家族を失ったウィリデは凍えるような真冬のさなかに、ひとりぼっちになったのだ。

そして今、孤児院で少しばかり持て余されていたウィリデを連れ出し、家族のように接してくれた師と姉弟子、兄弟子と引き離されて投獄されているのもまた、雪のちらつく冬だ。

（――ふゆ、きらい！）

冬の象徴たる雪を睨《ね》めつけ、ウィリデは頬を膨らませて鼻を鳴らした。

ぷすんと小さな息の音が響いたその時、反対側の鉄格子の向こうで、ゆらりと大きな影が揺れる。

「どうしたちび、寒いか」

格子の向こうに姿を現したのは、クラヴィス騎士団の牢獄を見張る看守だった。

顔面に深いシワと大きな傷跡を刻んだ白髪交じりの老騎士で、ウィリデからすれば森の熊のようにも思える巨漢である。見た目は鬼のように厳《いか》つい男だが、己の孫よりも幼く見えるウィリデが保護者であろう兄弟弟子たちと引き離されて投獄されているのを心配し、頻繁《ひんぱん》に様子を見に来るのだった。

寒いか、と問われたウィリデは首だけ振り返り、ブンブンと横に振る。

「さむくない」

それは強がりではなく、事実だった。

石造りの牢は本来、冬には辛い環境である。床に刻まれた魔力制御の魔術陣をつつがなく起動するために敷布を敷くことができず、火を術に使われることを警戒するがゆえに、暖房も最低限しか入れられないからだ。

だが今、この牢は通常では考えられないほど、ほかほかと温められていた。

必要に迫られての投獄ではあるが、クラヴィス騎士団の男たちとて鬼ではない。むしろ彼らは少々、義憤や情に脆《もろ》い面がある。真冬の牢獄の寒さは、三つかそこいらの幼子にはあまりに酷だろうと、備品の毛布は騎士たちに支給される分厚いものに変えられ、風の吹き込む隙間《すきま》には雑紙が詰められて、看守の座る椅子のそばにはストーブが置かれていた。

「そうか」

騎士は短く返すと、鉄格子の隙間から小さな厚手のマグを差し込んだ。ほわりと白い湯気の上がるそれの中身は、どうやら温めたミルクのようだ。

「飲め。子どもはいっぱい食べて飲んで、よく寝ないとならん」

ぱちぱちと緑の瞳をまたたかせながら、ウィリデはマグを受け取った。男の手にある時は小さなマグと見えたが、ウィリデが持てば随分と大きい。そこから蜂蜜の混じったミルクの甘い香りが立ち上っている。その香りと手のひらに染み入る温かさにウィリデが息を吐けば、老騎士は薄《うっす》らと笑い、鉄格子から腕を引き抜いた。

その時、その袖口から、小さな茶色い蛾《が》がぽろりと落ちた。

（あっ）

蛾はウィリデの服にぺたりと張り付いたが、どうやら老騎士は気づいていない。その翅《はね》の隙間から微かに金色の光が溢《あふ》れているのに気がついて、ウィリデはそっと手のひらで蛾を隠した。

「こぼすからな、ゆっくり飲め」

ウィリデがマグカップの重さによろめいたと思ったのだろう。騎士は目元に心配の色を滲《にじ》ませてウィリデを見ていたが、ウィリデが動かずにいると、牢の巡回へと戻《もど》っていった。

男が戻ってこないかとウィリデはしばらく気を張ったが、商業都市たるアルゲンタムの拘置所はそれなりの規模だ。男の戻ってくる気配はなく、ウィリデは急いでマグカップを床に置くと、お椀《わん》のようにしていた手のひらをそっと持ち上げた。

（……が、じゃない）

ウィリデは目を見開いた。小さなそれは翅を閉じていれば地味な茶色の蛾のようで、石壁やマントに留まっていると、その存在には気づかないだろう。だが、その翅を開くとどうだ。黒い紋を持つ翅の表側は、ウィリデにとって慕わしい黄金の色にキラキラと輝いているではないか。

（おしさまのまりょくだっ！）

ウィリデがその虫をそっと手に乗せると、虫は牢に施された魔力を封じる魔術陣に負けたのだろう、二、三翅を閃《ひらめ》かせ、ぽんと小さな音を立てて小さな紙片となった。

（おてがみ！）

ウィリデの瞳にぱっと希望の明かりが灯《とも》る。蝶《ちょう》の形をした、幼子の手のひらで充分に隠せるほどの紙片には、金混じりのインクで小さな文字が綴《つづ》られていた。

（おしさまのじ……）

ウィリデは鉄格子の窓に近寄ると、雪あかりに浮かぶ端正な文字ににっこりする。

難しい語句をまだ読むことのできないウィリデのために書かれたそれには、こう記されていた。

わたくしはいまも、王都にいます
お前たちのことは聞いていますよ
ウィリデは見た目が子どもですから
騎士たちもきっとゆだんしてくれることでしょう
冬でも強い蔓草《つるくさ》の種を
この手紙にはりつけておきました
お前が兄と姉を救うのです――

（さすが、おしさま）

その末尾に貼り付けられた粒を手のひらに乗せると、ウィリデは感嘆のため息を漏《も》らした。

カーヌスの魔力に染められた種は、冬には似つかわしくない、まるで春のような力を秘めている。今にも弾《はじ》け飛びそうなそのエネルギーは、ウィリデが少し大地の力を貸してやれば、十二分に芽吹いて世界を覆うに違いないとウィリデに確信させた。

（おそとのちからを、かりなくちゃ）

隙間風を遮《さえぎ》る詰め物を壁の隙間から引き抜けば、ぴゅうと冷たい冬の風が吹き込んでくる。

その冷たさの中にほんのわずか、冬の大地に眠る植物たちの力を感じ取って、ウィリデはにんまりと口の端をもたげた。

魔術師が放つ魔術や体内の魔力を封じる床の陣も、大地の持つ魔力までもは遮れないらしい。

（――おしさま、ウィリ、がんばる！）

ウィリデはぐっと手をにぎり、風を感じながら目を閉じる。

風の中の力を吸い上げるように大きく息を吸うと、拳の中の小さな種は、ぎらりと黄金に輝いた。

†1　黒い霧

「若奥様。そろそろ下船となるようです」

「分かったわ」

叩扉《こうひ》に応えた侍女・クレアの言葉に鷹揚《おうよう》に頷《うなず》いて、アウローラはゆったりとした動作で立ち上がった。『魔術高速船』の一等船室、そこに備わる小さな窓の向こうには、冬らしく落葉した川岸の木々に縁取られた王都の街並みが覗《のぞ》いている。

(もう、王都なのね……)

ちゃぷん、たぷん。

微《かす》かに響く川の水面《みなも》が船体を叩《たた》く音を聞きながら、アウローラは浅く息を吐いた。

『神殿島に異変あり
神殿に入ること能《あた》わず
不穏な魔力の発動を確認
至急戻《もど》られたし』

クラヴィス家の霊廟《れいびょう》にて、古代の結界を悪用しようとした魔法使いたちをようやく捕らえたというのに。フェリクスたち王太子一行の元に、そんな内容の不穏な書簡が王都のメッサーラから届いたのは、今から三日前のことだった。

神殿に入れない——それはつまり、王都でも古代の結界的な術が発動したということではないか。アルゲンタムで捕らえた魔法使いたちの中に、彼らが『師』と呼ぶ魔法使いが存在しなかったこともあり、アルゲンタムで起きた事件が『陽動』で、彼らの真の目的は王都にあった可能性を考えた王太子たちは、急ぎ王都に戻ることを決めた。

魔法使いたちの『魔法』への対抗手段として、フェリクスたちのタイに刺繡《ししゅう》を施したアウローラもまた、彼らの強行軍に同行することになり、こうして王都へと急遽《きゅうきょ》戻って来たのだった。


「それにしても『魔術高速船』、びっくりするほど速かったわ。……とっても揺れたけれど」

「わたくしも、あまりの速さと揺れに驚きました」

「とてもじゃないけれど刺繡は無理だったたし、眺めを楽しむような時間もなかったわねえ」

アウローラはクレアと顔を見合わせ、苦笑した。

強行軍に慣れぬ人々を連れて最速で戻るため、王太子を含む近衛の特別小隊の面々は、『魔術高速船』による王都帰還を選択した。

海がなく山がちな国土を、複数の川が流れるウェルバム王国では、高速船はごく一般的な、市民や商人、軍人の足だ。中でも『魔術高速船』と呼ばれる船は、魔力を動力とした加速装置の魔術具を持つ、軍馬による強行軍にさえ匹敵する移動速度を誇る、最新鋭の船なのである。

しかし、『魔術高速船』は軍馬による行軍の難しい人であっても軍馬並みの速度で移動できる、急ぐ時には最適な移動手段ではあるのだが、速いだけに高額で、更に激しく揺れるのが難だった。

船外の景色や食事を優雅に楽しむような旅には当然向かないので、ゆったりと時間を掛けてのんびり気ままに旅をすることが主流の貴族たちは、よほどのことがない限り利用しない。アウローラももちろん初体験だった。

「……そう言えば、兄さまも同行したのよね。大丈夫だったかしら」

「先程、クラヴィス騎士団の方に運ばれておいでてでしたよ」

「ああ、やっぱり……」

極力揺れを感じぬよう、通常よりも日程を長めにとったのんびりした馬車の旅であっても、ほぼ確実に体調を崩す兄である。慣れぬ船旅、それも激しく揺れる高速船での移動には、身体《からだ》がついていかなかったのだろう。

「――お待たせ致しました。若奥様、どうぞこちらへ」

そうして話しているうちに、ようやく王太子一行の下船が完了したらしい。戸を叩く軽い音とともにひょっこりと、護衛のエリアスが姿を現した。

「嬉《うれ》しい、ようやく外の空気が吸えるのね」

「本日はかなり冷え込んでおりますので喉にお気をつけください」

「あら本当、冬らしい寒さだわ」

そんなことを口にしながら、エリアスに続いて船室を後にしたアウローラはタラップに出ると深く息を吸い――ふと立ち止まった。

（確かに空気は冷たいけれど――なんだか、濁っているような……？）

アウローラは首を傾《かし》げる。

空気がこもりがちな船室からようやく出られたと、喜び勇んで新鮮な空気を肺いっぱいに吸い込んだというのに、喉が詰まって呼吸が浅くなるような、息苦しさを感じたのだ。

（いやだ、なにかの魔術かしら？）

アウローラは喉に手を当て、港を見渡した。ざわめきに充《み》ちた湖港《ここう》で目に飛び込んでくるのは、冷たい冬の空とたくさんの船が並ぶ湖の水面、白い息を上げながら船着き場を行き交う騎士と水夫の姿だ。

（よくある冬の光景よねえ。真冬の王都は初めてだけれど、特別変わった感じはしないわ）

嫁ぐ以前、冬の間はポルタ領にいたアウローラではあるが、頭上に広がるつきんと冷たい灰色の空は、ウェルバムの冬らしい見慣れたものだ。

（でも、なんだか肌がざわざわして落ち着かない。これだけ着込んでいるし、寒さのせいではないと思うのだけれど……）

柔らかなケープの下の腕をさすりながら、アウローラは顔をしかめた。

今日のアウローラは、雪模様の刺繍で彩られた、ラズベリーのような赤みの強い紫色のドレスの上から、魔狐《まこ》と呼ばれる魔獣の毛皮でできたパールグレイのケープを身にまとっている。同じ毛皮の帽子は耳まで隠すことのできる大きさで、ふかふかとアウローラの首から上を温めているし、手元も柔らかな毛織物が内側に貼られた滑らかな革の手袋で、やはりぽかぽかと暖かい。ブーツの内側にも同じような毛織物が貼られているし、ドレスの裏地も防寒の魔術染料で染められた保温性の高い生地だ。

それだけでも充分に暖かいというのに、彼女の耳元と胸元や手首には更に、過保護な夫が準備した、炎の魔術を宿す柘榴石《ざくろいし》の装飾品がきらめいている。それらは人肌を傷つけない程度のほんわりとした熱を発して、衣類と毛皮の間に暖かな層を作り出していた。

つまるところ、今日のアウローラの装いは吹雪の雪山でも凍えずに済むような、完全防備なのである。身が震えるような寒さとは無縁で、日だまりのようなぬくもりを感じている、そのはずだった。だというのに、どうにも鳥肌が止まらない。

(風邪かしら？　でも風邪のひきはじめというより、何か恐ろしいものを見た後のような……)

「――ローラ」

己の両腕を抱きしめるようにしてアウローラが再び震えた、その時。

不意に、丁寧になめされて鈍《にぶ》い光沢を放つ黒革の手袋に包まれた、しなやかな指を持つ大きな手のひらが、彼女の眼前に差し出された。

アウローラはぱっと顔を上げ、内心で悲鳴を上げた。

(うひゃあ！)

見上げた先には、目を灼《や》かれそうな神代の美貌があったのだ。

目も鼻筋も眉も、唇の厚さも大きさも、更には耳や顎《あご》のラインまで。そのどれもがあまりにも『良い位置』に据え置かれている顔《かんばせ》、それらを縁取る髪は月を紡いで作った銀糸で、その只中《ただなか》にある瞳は至高のサファイアだ。形も色も何ひとつ文句のつけようがない、神の手による造作である。

彼を知らぬ人がその肖像画を見たならば、『いくらなんでも美化し過ぎだろう』と笑い、けれど描いた画家本人は『あの美しさの百分の一も写し取れていない』と嘆くだろう。ほんのわずかにでも微笑《ほほえ》もうものなら周囲の女性陣を軒並み失神させてしまう、まるで『旧《ふる》き森の民』のごとき麗人――手を差し出したのは、そんな類《たぐい》まれなる美しさを持つ青年だった。

しかもだ。その美貌は彼女に向かい、長い冬を越えた春の日差しのように温かな、溢《あふ》れんばかりの愛情を込めた視線を注いでくるのだから、堪《たま》らない。愛の眼差《まなざ》しの直撃を受けたアウローラは、ぐらりとよろめいて足を踏ん張り、今までとは異なる理由でその身を震わせた。

（うう、相変わらず目の眩《くら》むようなお顔立ちだわ。麗人は三日見れば慣れるなんていうけれど、わたしには当てはまらないみたい……。いやでも、この美貌を見慣れてなんとも思わなくなる日なんて、人類に来るのかしら⁉）

そう、人外めいて冴《さ》えた美貌をきらめかせるこの男こそは、アウローラの夫、フェリクス・イル・レ＝クラヴィスである。春先に婚礼を挙げて夫婦となってから早くもふたつの季節を数えたが、彼の際立った美しさは未《いま》だに妻をよろめかせて止《や》まないのだった。

「どうした、寒いか？」

震える愛妻を覗き込み、フェリクスは柳眉《りゅうび》を寄せる。

しかし、アウローラはそのとぼけた問いに我に返ってこほんと喉を鳴らし、赤く染まった頬はそのままにわざとらしく顔をしかめてみせた。

「フェル様、どうしてこちらに？」

何しろ彼の職業は近衛騎士。それも、王太子に付き従う特別小隊なる部隊の長だ。任務中の今は、アウローラよりも先に下船した王太子の傍にいなければならないはずなのである。妻がどれほど心配でも、ここにいてよいはずがない。

しかし、妻の咎《とが》めるような視線など何のその。フェリクスは氷の美貌に薄《うっす》らと笑みをはき、うやうやしく腰を折ってみせた。

「侯爵家の若夫人をエスコートするようにと、殿下にご指示をいただいている」

「……ご許可をもぎ取ってきた、の間違いではなく？」

「そう感じる者もいたかもしれないが」

しれっとそう答えた夫にアウローラは呆《あき》れて目を細めた。

とは言え、不穏を感じて不安な時に、心を寄せている家族であるフェリクスが近くにいてくれることは嬉しくもある。なにしろ彼は国内屈指のエリート騎士であり、更には優秀な魔術師でもあるのだ。これほど心強いこともない。

(ひょっとすると殿下も、この不穏を感じ取ってフェル様をこちらに寄越してくださったのかも)

「さあ、クラヴィス夫人、どうぞこちらへ」

「……よろしくお願い致しますわ」

あくまで任務の体《てい》を崩さないフェリクスに、アウローラは小さく苦笑をこぼすと、再び差し出された手にそっと指を添えた。そして侯爵家の貴婦人らしく澄まして、タラップへと足を踏み出す。

「しかし本当に問題はないのか？　寒さに震えていたのではなく？」

「しっかり着込んでおりますもの、大丈夫ですわ……ひゃっ」

タラップから大地に足を付ける瞬間、ふわりとアウローラの身が持ち上がる。ケープがふわりと広がり、アウローラは慌《あわ》てて目の前の銀色にしがみついた。

「フェル様！」

小さな悲鳴を上げたアウローラにしがみつかれた銀色――アウローラを持ち上げた犯人であるところのフェリクスはくつくつと楽しげに笑い、冬の夕のような紫混じりの青の瞳を柔らかに細めた。日

頃の彼がまとう、冬の神にも擬《なぞら》えられる硬質で冷たい気配はどこへやら、雰囲気は柔らかに華やいで、まるで春の女神である。

それを目撃してしまったのだろう。船着き場で高貴な人々をひと目見ようと集まっていたらしき女性たちの、声にならない悲鳴のようなものが場に響き渡った。

「も……もう！　人前ですわ！」

「相変わらず羽……いや雪のように軽いな」

「フェル様！　お仕事でしょう！」

「護衛対象がよろめけば助けるのも仕事だ」

「それはそうなのでしょうけれど、わたくし、よろめいてはいなかったと思います……！」

唇を尖《とが》らせたアウローラにフェリクスは微笑んで、彼女の身体が儚《はかな》いガラス細工だとでも言うかのように、そっと大地におろした。揺れる船からようやくに地に足が付いたアウローラは、ほっと白い息を吐く。そして、降り立った船着き場をぐるりと見渡した。

ここは、ウェルバム北部を滔々《とうとう》と流れるマギア川の終点、『ヴィタエ港』。『ウェルバムの青玉』と呼ばれる清らかな湖『ヴィタエ湖《ラクス・ヴィタエ》』にある、王都最大の船着き場である。王都と他地域を繋《つな》ぐ高速船の発着所であり、朝早くから夜の遅くまで旅人たちが行き交う、賑《にぎ》やかな湖港だ。

帰還した王太子を迎える近衛隊の騎士たちが連なっているのを、一般市民が遠巻きに眺めているのはいつもと少し違う光景だが、その周辺はいつもの通り、出店や券売所の並ぶ石畳の上を、大きな荷物を抱えた旅人たちや、荷物持ちを連れた商人が賑やかに行き交っている。王都の日常風景だ。

（――いつも通りの眺めに見えるけれど、やっぱり、なんだか『嫌な感じ』がするわね）

アウローラは顔をしかめ、またしても小さく震えた。

「ローラ、やはり寒いのではないか？」

その振動が伝わったのだろう。妻の指先を捧《ささ》げ持ったフェリクスがかすかに眉根を寄せて顔を覗き込んでくる。アウローラはゆるりと首を横に振り、こほんと喉を鳴らした。

「いいえ、フェル様にいただいた魔石がありますもの。まるで春のように温かでしてよ」

ケープと同じ色に染められた革手袋の指先で、アウローラは己の耳元の飾りを弾《はじ》く。毛皮の帽子の陰で揺れる紅い魔石がゆらりと熱を放ち、フェリクスは満足げに浅く顎を引いた。

「それはよかった。足りないようならば指輪や足飾りも作ろうかと思っていたが……」

「だ、大丈夫ですわ！　――震えていたのは、なんだか嫌な気配がしたからですの」

「ああ……」

ジュエリーとして使えるほどの高品質の魔石は、侯爵家といえども気軽に購入できるものではない。夫の気をそらすべく慌てて思うところを告げれば、フェリクスは顔をしかめてアウローラの背後を振り返った。

「――あれのせいだろう」

「『あれ』？」

あれとは一体なんだろう。フェリクスの動きにつられるように振り返ったその刹那《せつな》。

目に飛び込んできたものに、アウローラの呼吸が止まった。

（……え？）

――そこには、『闇』があった。

振り返った視線の先、澄んだ水を湛《たた》えるヴィタエ湖の水面に、『漆黒《しっこく》』と言われる漆《うるし》よりも黒い、島のような大きさの半球が、ポカリと浮かんでいたのである。

(な……なに、これ……?)

そのあまりの異質さに言葉を失って、アウローラは激しくまたたく。

炭よりも黒瑪瑙《くろめのう》よりも黒いそれは、アウローラの二十年の人生で一度も見たことのない『黒』だった。幼い頃に怯《おび》えた夜の『魔の森』よりもなお深く、明かりを消した地下室よりも暗い、またたきほどの光の存在も許されない、真の黒だ。

(今までに見たどんな糸よりも黒くて、まるで、夜が、落ちてきたような……)

その想像に、震えが背中を駆け上がる。アウローラは己をぎゅっと抱きしめた。

斑《むら》もなく揺らぎもなく、べったりと黒いがゆえに、まるでそこだけ別の空間のようにさえ見え、じっと見ていると吸い込まれて深淵《しんえん》へと落ちてしまいそうだ。

(苦しい……)

「ローラ、息を吸え!」

両の腕を掴《つか》んで短く叫ばれ、アウローラは我に返って浅く喘《あえ》いだ。

「息を吸って」

「あ……」

「吸ったら吐くんだ」

その目に『黒』が映らぬよう、フェリクスがアウローラと湖の間にその身を割り入れる。視界からそれが消えてアウローラはようやく、深く息を吸うことができた。

「ご、ごめんなさい、驚いて」

「無理もない」

あれは恐ろしいものだ。

無意識のうちに身体がそう判断したのだろう。すでに視界から消えたというのに、今更になって歯がカチカチと鳴り始めた。口の端からこぼれた言葉は震えて掠《かす》れ、切れ切れになっている。

喘ぐように息を詰まらせてかそけき呼吸を繰り返すアウローラを、フェリクスはそっと抱きしめ、あやすように背を撫《な》でた。

「……も、もう、大丈夫です」

「そうか」

しばらくそうして温められてようやく落ち着いたアウローラは、一度深く息を吸うとそう告げた。

しかし夫はぴたりと張り付いて、離れる素振りはない。ついひととき前、「お仕事は？」という旨を問うた手前気まずい気持ちになりつつも、その体温に安堵してしまったアウローラは、視線を泳がせながらも夫の腕に背を預けた。

「なんですの、あれ……」

「あの位置は、神殿島だろう」

耳元で囁《ささや》かれた言葉に、アウローラは再び絶句する。

神殿島とは、読んで字のごとし、ヴィタエ湖に浮かぶ『大神殿のある島』である。

千年以上も前、魔力を忌避《きひ》する地域から迫害を逃れてやってきた『始まりの魔女』が、ウェルバム王国の礎《いしずえ》となる集落を築いたと伝わる小さな島だ。彼女らはこの地で先住の魔法種族――おそらくは旧き森の民――と出会い、その類まれなる知恵を授かって人々をまとめ、湖上の島に『楽園』を作った、と言い伝えられている。

偉大な精霊を連れた始まりの魔女と、彼女に知恵を授けた旧き森の民――彼女たちに救われた人々はその死後、彼女たちは大いなるもの《神や精霊》の御使いだったのだと崇《あが》め始める。そして、彼女たちの暮らした土地にその偉大なる力と知恵を祀《まつ》った神殿を建立し、ふたりの子を自分たちの王と定めたのだ。これが、ウェルバム王国の建国神話である。

始めは小さな祠《ほこら》だったという神殿は、数百年ほど前の国王により白亜の荘厳な建造物となり、『大神殿』と呼ばれるようになった。風のないよく晴れた日には湖面に映って、なんとも美しい眺めを作り出す、王都屈指の観光地である。

もちろん、そのような謂《いわ》れであるから、国にとってはただの観光地ではない。

王族にとっては自らの祖が祀られた土地であり、王家の秘儀とされる儀式の多くは今もなおこの地で執り行われるし、ウェルバム王国で爵位をもつ家柄の子どもは、社交デビューをする前に一度は参《さん》詣《けい》するものとされている。アウローラも兄が十五になった時に両親に連れられて詣《もう》でた記憶があった。

「で、では、あれが、メッサーラ様のお手紙にあった……」

「おそらくそうだろう。まさしく『異変』だな」

フェリクスが頷き、アウローラはぎゅっと奥歯を噛《か》み締めた。

(あの時訪れた神殿島は、とても澄んだ空気の流れる、素敵な場所だったのに)

始まりの魔女――死後にそう諡《おくりな》された初代女王は大いに精霊に愛された女性で、偉大な精霊を友としたという。大神殿には今もその大精霊の加護があるといい、大神殿のある小さな島は、彼女の時代から千年以上経《た》った今でも、清らかな気配に充ちているのだ。

（お花が咲き乱れていて、露に濡《ぬ》れた木々と湖面がきらきらしていて……。神官様や巫女《みこ》様のご衣装の刺繍もとても素敵で、ポルタに帰ってからもしばらくは思い出して刺繍をしていたっけ。それに、島にいる間は兄さまがびっくりするぐらい元気で、鼻歌まで歌っていたし……。よほど土地が『良い』のだろうってお父さまたちも言っていたのに）

なにしろ、島に渡る小舟に酔ってぐったりしていたルミノックスが、乗り物酔いの薬を飲むこともなく元気を取り戻したのだ。忘れようと思って忘れられるものではない。

しかしその美しい眺めは今、ちらりとも見えない。幼い日の輝く思い出までもが塗りつぶされたような心地になって、アウローラは喪失感に唇を噛んだ。

（……あれが、カーヌスという魔法使いが発動を目指していた『結界』の魔法なのかしら）

美しい景色に代わってアウローラの脳裏をよぎるのは、ほんの数日前にアルゲンタムの遺跡で見た、ルーベルが発動しかけた赤黒い光の渦である。古代の『結界』とやらが『魔力に包まれる』ものであるというのならば、これもそういう類のものなのかもしれない。

彼らの仕業かもしれないと考えると怯えているのも悔しく思え、アウローラは口をへの字に引き結んで、意を決して顔を上げた。気遣わしげに見つめてくる夫の眼差しの向こうには、アウローラと同じように湖上を眺めて驚き震える人々の姿がある。

ざわめきは遠く、かすかにしか聞こえないけれど、怖いもの見たさの野次馬であろう市民たちも皆、アウローラと同じように湖上の異変を訝《いぶか》しみ、恐れているようだ。しかし中には蛮勇を発揮しようとする者たちもいるようで、貸しボートの小屋の前では何やら諍《いさか》いが起きている。どうやら人々が湖上に漕《こ》ぎ出さぬよう、王都の警備兵や騎士たちが立ち入りを制限しているものらしい。

（こんな時でも『王都っ子は怖いもの知らず』なのね。……あら？）

思わずこぼれた苦笑とともに、湖上の黒い半球に今一度視線を戻したアウローラは目をまたたかせた。

（今、何か動いたような……）

ほんの一瞬黒が揺らぎ、島から突き出した桟橋《さんばし》の上に不審な影が見えたような気がしたのである。

（……動物？）

乳を出す山羊《やぎ》や卵を生む鶏《にわとり》、ネズミを捕る猫に見回りをする犬。神殿島には島で暮らす巫女や神官のために飼われている動物たちがいる。黒い靄《もや》から逃げ遅れて助けを求める動物の姿かもしれないと、アウローラは思わず目を凝《こ》らした。暗がりにぎらりと目が光る。

（四足の……あっ、消えた？）

しかし、よりよく見ようとアウローラが桟橋を凝視した次の瞬間、薄らと見えていた獣の形の影は、跡形もなくなっていた。

（……気のせい？）

化粧をしていることも忘れて目蓋《まぶた》を擦《こす》るが、そこにあるのはぬらりと暗い、闇だけである。

「フェリクス、奥方は落ち着いたかい？」

改めて湖上の闇を睨みつけようとしたその時、アウローラとフェリクスの背後から、場違いに明るい朗《ほが》らかな声が届いた。声の主を視界に捉えたフェリクスはさっと敬礼し、アウローラは一歩引いて貴婦人らしく膝を折る。

後ろにメガネの護衛騎士を引き連れて、やあ、と気さくに片手を挙げてこちらに歩み寄ってくるのは、少々癖のあるつややかな黒髪を持つ魔術師姿の男性だった。紫に輝く好奇心に充ちた瞳の色は、彼がウェルバム王国の王族であることを示している。

王国屈指の貴人、王太子テクスタスだ。

「やはり衝撃は大きかったようですが、今は落ち着きました」

「ご配慮いただきありがたく存じます」

場違いなフェリクスの登場は、やはり彼の心遣いであったらしい。王太子はアウローラに顔を上げさせると、「顔色もそう悪くなさそうで良かったね」と明るい笑みを浮かべてみせた。

「訓練された魔術師や騎士でも変調を来《きた》している者がいるようだし、怯えるのも無理はない。――あれはなかなか凶悪な魔力を放っているからね」

王太子は肩をすくめて後ろをちらりと振り返った。見れば確かに、王太子を迎えに出た近衛騎士や魔術師たちの中には顔色の悪い者が交じっている。

「やはりあの黒いものは、昔の結界――あの魔法使いの術なのでしょうか？」

近衛に抜擢《ばってき》されるほどの実力ある騎士や魔術師たちだ。一般的な魔術に対してであれば対抗策を持っているはずである。それがあんなにも青ざめているのだから、この黒いものは彼らにとっても未知の何かであるに違いない。

そう考えて思わずこぼしたアウローラに、王太子は口の端をにやりともたげた。

「それについて、メッサーラから報告があるそうだ。そこの対策本部の天幕に控《ひか》えさせているから、まずは話を聞こうじゃないか」

†2　異変

「王太子殿下、無事のお戻《もど》りをお慶《よろこ》び申し上げます」

一行が旅装もそのままに踏み入れた『対策本部』の大きな天幕にて。

メッサーラは入ってきた王太子を立ったまま出迎え、深くかぶっていたフードを外すと優雅に一礼してみせた。仮面の下に見える、顔を走る痛々しい傷は相変わらずのようだが、その滑らかな動きからは身体《からだ》の不調は窺《うかが》えない。

王太子一行に続いてひっそりと天幕へ足を踏み入れたアウローラは、彼の動作を見てほっと息を吐いた。アウローラが贈った『痛みが和《やわ》らぐような気がする』ストールは、どうやらまだ力を発揮しているらしい。

「ご苦労。お前たちも楽にしてくれ」

メッサーラの礼に鷹揚《おうよう》に返し、王太子は天幕の奥、貴人が座るために設《しつら》えられた椅子へと腰を下ろした。メッサーラは黙礼して向かい合う椅子へと腰を下ろし、それを囲むように騎士たちが立ち並ぶ。

その騎士たちをよく見れば、王太子たちを守る第一騎士団の面々だけではなく、王都を守る第二騎士団の団長や幹部たち、将軍としての参加であろう第一王女メモリアまで、錚々《そうそう》たる顔ぶれが揃《そろ》っている。その要人だらけの一団に自然と加わった夫の姿を見て、アウローラはしずしずと後ろに下がった。

（わたしはどこにいたらいいかしら）

王太子に天幕入りを許されはしたが、専門的な話の場では邪魔になるだろう。アウローラは、居場所を探して天幕の中を見渡した。分厚い布で作られた幕の際、魔術によって火の焚《た》かれた明かりと暖房の並べられた合間には、王家の侍従や幹部たちが連れてきたらしき騎士たちが控《ひか》えている。

（あの辺りにいれば、邪魔にはならないということよね。……あら？）

ならばとそちらに足を向けたその時、ひらひらと手を振っている婦人の存在に気がついた。

藤のような淡い紫色の瞳の美しい、透明な雰囲気を持つ年齢不詳《ふしょう》の女性である。わずかに白いものの交じったミルクティのような淡い茶色の髪は、場にそぐわぬほど簡素な一本の三編みに編まれて背に流されていて、ほっそりと肉付きの薄いその身にまとうのは、光沢の控えめな白絹のゆったりとしたガウンだ。肩からは床に付きそうなほど長いケープが垂れ下がり、それらの裾にはアウローラがアルカ・ネムスの工房で見た『森の祝福』――つまり『生命の樹』によく似た刺繍《ししゅう》がびっしりと、淡い灰色の糸で施されていた。

一見質素ながら、上品で清らかな印象さえも感じる、貴族の婦人とは一線を画した装いである。

（なんて、見事な刺繍なの……！　これほど精緻《せいち》な図案をここまで均一に美しく刺せるなんて、熟練も熟練の職人の技に違いないわ。使われているのは金と白の糸だけなのに、豊かに茂る樹木の姿が目に見えるようで、『アルカ・ネムス』の満月祭で見た、魔力に輝く『マギの大樹』と光る森を思い出すわ！　ひょっとして、あそこの工房から奉納されたものかしら⁉）

ガウンに施された、年月の重みを感じさせる刺繍に見入ったアウローラの頬がぱっと朱に染まる。すると、婦人はくすりと小さく笑みをこぼし、白い絹地をぽんと叩《たた》いて小さく声を上げた。

「この刺繍が気になる？　こちらにいらっしゃいな」

（あああ、また悪い癖が出てしまったわ……）

血の気の上った頬は、己の失態に思い至れば一瞬で青くなる。アウローラは己の学ばなさに目眩《めまい》を覚えつつも慌《あわ》てて深く膝を折り、頭を垂れて最上級の礼をした。

――古《いにしえ》の時代に精霊に授けられたと伝わる、人ならざる紫色の入った瞳は、ウェルバム王族の証《あかし》だ。社交に明るくない少女時代を送ったアウローラとて、王族の名は知っている。第一王女とどことなく似た顔立ちの、祝福の図案の白い衣服をまとったこの人は。

「お初にお目もじ仕《つかまつ》ります、巫女長《みこおさ》様。クラヴィス家のアウローラと申します。お目にかかれまして大変光栄にございます」

「フォンテです。顔を上げて頂戴な」

当代巫女長――俗称『巫女姫』、フォンテ。

彼女こそは黒い闇に包まれてしまった神殿島の主である。島に住まう神官や巫女たちの長でもあり、生まれは現国王の妹という、ウェルバム王国の祭祀《さいし》における最高責任者だ。

まず刺繍に見惚《みほ》れた己を内心で殴打しながら、アウローラはしずしずと顔を上げると、おいでと手を振るフォンテに歩み寄った。見れば彼女の左右には、彼女のお付きであるらしき威厳溢《あふ》れる神官や巫女が守護神のように立っていて、不審な人物を見るような視線をアウローラに向けている。

（いきなり刺繍に見惚れれば、そうなるわよね……）

クラヴィス家の評判を下げてしまったかもしれない。アウローラはうなだれたが、フォンテは鈴を鳴らすような可憐《かれん》な笑声《しょうせい》をこぼすと、王太子のそれと似通った好奇心に充《み》ちた楽しげな瞳でアウローラを見て、こう宣《のたま》った。

「世間に疎《うと》いわたくしだけれど、貴女《あなた》の噂《うわさ》は聞いたことがあるのよ。素晴らしい刺繍の腕前を持つ娘さんだと。昨年、冬至祭の『奉納の儀』に王太子妃殿下が奉納にいらっしゃったのだけれど、その中に素敵な刺繍のハンカチーフがあって――」

（ひ、妃殿下!?　なんて畏《おそ》れ多いことを……！）

楽しげに語られた言葉に、アウローラの背を冷たい汗が伝った。

何しろ、冬至祭に先立って大神殿へ捧《ささ》げられる王家の奉納品と言えば、直轄領の御料牧場や農場で作られる最高級の農産物や、百年を数える老舗《しにせ》や王室御用達《ごようたし》の工房、褒章を受けた職人などの手による特別な品々であり、そのことは広く国内に知られている。王家の奉納品に選ばれることはそれだけで超一流の証であり、一度その栄誉に浴したならば三代は一目置かれると言われるほどなのだ。

そんな中に、己の刺繍が紛《まぎ》れ込むとは！

一流の品々に囲まれた己の刺繍を思い浮かべたアウローラは、精霊たちの宴《うたげ》に放り出された只人《ただびと》にでもなったかのような身の置き場のない思いに頬を引きつらせ、内心で悶《もだ》えた。

「こ、光栄でございます」

「ええ、大精霊様もお慶びのご様子でしたよ」

なんとか絞り出した言葉に、フォンテは笑みを浮かべてさらりとそう言った。想像もしていなかった単語に、アウローラはぱちくりと目を見開く。

「大精霊様、ですか？」

「ええそうよ、神殿島の大精霊のお話はご存じでしょう？」

「もちろんでございます」

フォンテの問いかけに、アウローラは大きく頷《うなず》いた。

神殿島に住まう精霊は、初代女王の友人だったと伝わる、王国民なら誰もが知るおとぎ話の存在である。女王がこの地へと逃れてくる道行きの最中に出会い、女王の魔力に惚れ込んで同行することにしたのだと建国神話には記されていて、おとぎ話の中では彼女の逃避行を助けて大活躍する。女王の良き相棒となった精霊は、彼女の死後にこの地を守って島で眠りにつき、今もなお眠り続けている――という魔女と精霊の物語は、小説や演劇の題材としても大変ポピュラーなものだ。

「大精霊様は、今もいらっしゃるのですか？」

「ええ、きっと。だってね、大精霊様がお姿を現されることはないけれど、良いことがあると島の空気が澄んで明るくなるのですよ。王太子妃殿下のご奉納のあとは空気も湖もいつもより清らかで、島の上空もよく晴れました」

（それはわたしの刺繍のせいとは限らないのでは？）

なにしろ王太子妃の奉納品だ、他にも優れた品が山ほどあったはずである。本当に島に宿る精霊の機嫌で天候が左右されるのだとしても、その名品の山の中に精霊の気を引くものがあったと考える方が妥当ではないか。名工の手による美しい物を欲しがる精霊の伝承は、そう珍しいものではない。

アウローラは頬を引きつらせたが、フォンテは小さく笑って両手を打ち合わせた。

「あら、本当なのですよ？　大精霊様がお喜びになると、良い天気になるのです」

「そうなのですね……」

「ええ。大精霊様がご機嫌でいらっしゃると、雨もないのに虹が出たりね、光があたっていないのに朝露がきらめいたりして。島の景色が一層美しくなるのよ」

まるで少女のように頬を紅潮させて瞳を輝かせたフォンテは、合わせた手の指を胸の前で組み合わせ、甘いような吐息を漏《も》らす。しかしその乙女のような表情は、一拍の後にさっと陰った。

「そう思うと最近は、上機嫌なお天気の日は少なかったように思えるわ。あの黒い霧のようなものはきっと、大精霊様の……」

「叔母《おば》上」

沈んだ声色を打ち消すように、張りのある明るい声が呼ぶ。王妹《おうまい》かつ巫女長である彼女を『叔母』と呼べる人物などこの世にふたりしかおらず、アウローラは声のする方に向かってサッと頭を垂れた。

「あら、どうしたの？　お話は落ち着いた？」

「ちょうど、その黒い霧の話に差し掛かったところです。島主直々《じきじき》にお言葉をいただいても？　クラヴィス夫人も顔を上げてこちらにおいで。フェリクスの隣にいることを許そう」

声の主はもちろん、巫女長の甥《おい》にしてこの場の主たる王太子である。呼ばれたフォンテとアウローラが場に加わると、王太子の言葉を継いだメッサーラが口を開いた。

「あの黒いもの――便宜上、黒い霧と呼ばせていただくが、あれの発生当時の状況と、以後に第一騎士団と第二騎士団が取った行動の報告が終わったところです。すでに一度お伺いしていますが、王太子殿下に向けて改めて、巫女長様からあの霧の見解をお話いただきたい。よろしいでしょうか」

「ええ、もちろんですよ。……まずは、あの黒いものが湧き出してきた時、わたくしの目にどう見えたか、という話をしましょうか。騎士や魔術師とは違うように見えたかもしれないですからね」

メッサーラの話に頷いたフォンテは上座――王太子の隣に座ると、こう話し始めた。

「あの日、わたくしは冬至の祭祀の打ち合わせのために島を出て、『観湖宮《かんこきゅう》』におりました――」

※

冬至。それは一年で最も昼が短く、『魔に連なるもの』の力が強まると言われる日である。

魔力は、日が落ちてから活性化する性質を持っている。魔術研究が進んだ今なお、その原理は解明されるに至っていないが、人体に備わる魔力が夜間に増幅することは魔術師たちにとっては昔から当たり前のことだったし、人間以外の生物や大自然が持つ魔力もまた、陽光の下より月光の下において増幅することが古来より知られてきた。『魔は光を嫌う』と魔術師たちは古くから口伝え、実際、魔術の行使は夜間の方が成功率が高いという統計もある。月が魔力を司る天体と呼ばれ、魔術師たちの守護者とされるのはこのためだ。

つまり、一年で最も夜が長い『冬至』は、魔術師たちが強い力を発揮できる日なのだが、それはすなわち魔法種族——今は大陸から姿を消してしまったとされる、旧《ふる》き森の民や山小人、湖人や鬼といった、強大な魔力を持つ人間以外の種族の総称——の力も、常以上に強まる日ということでもあった。長い夜によって増幅された彼らの力は凄《すさ》まじいものだったらしく、冬至の日に外を出歩いて魔のものに魅入《みい》られたり、異界に連れ去られたりしたという伝承は大陸中に残されている。

か弱き人間は彼らを恐れ、『冬至』の日には魔除《よ》けになる常緑樹の枝と、太陽を司る黄金色のマギの実を家に飾って、外を出歩かないことにした。そうしていつしか、その日は『魔除けを飾って家族とともに過ごす祭日』となったのだ。

この『魔除け』と『家に籠もる』ことを国家規模に拡大した祭祀が、大神殿の『冬至祭』である。

国の守護を司る王族と、土地を守ると伝わる大精霊を祀《まつ》る大神殿が主体となって、『魔』が最も強まるという冬至の夜に護国魔術の秘儀を行うのだ。建国の昔から行われてきたとされるこの儀式は、大神殿で年に幾つか行われる祭祀の中でも、非常に重要とされているものだった。

王家にとっても大神殿にとっても一大事である『冬至祭』の打ち合わせは例年、湖に最も近い離宮で数日に渡って行われるのが習わしである。この寄り合いそのものが、冬至祭の『始まりの儀式』と言っても過言ではない。

そんなわけで、例の黒い霧のようなものが発生したその日の午後。

巫女長・フォンテは『観湖宮』の異名を持つ離宮の客間にいた。五日にも渡る長々とした打ち合わせの最終日であり、締めくくりの会合を終えて一息ついたところであったという。

「……ああ、やっと終わった！　毎度のことだけれど、今年も長かったわねえ」

「本当にお疲れ様でございました。長丁場でございましたねえ」

フォンテは窓辺に置かれた長椅子の上で、ぐんと大きく伸びをした。肩を回せばこりこりと、して欲しくない音が鳴って、深いため息が漏れる。

「さすがにこの歳《とし》になって、あの打ち合わせはこたえるわね。早く後継に譲ってしまいたいものだけれど」

「次期様はまだまだ、まだまだまだまだ、ですから。もう数年は頑張ってくださいませ」

続いたぼやきと深いため息に、侍女代わりについてきた古参の巫女が苦笑する。しかし彼女の目は至極真剣で、心からの思いであるらしいことが見て取れた。今度はフォンテが苦笑をこぼす。

次期様、というのは次期巫女長になることが決まっている年若い巫女の通称である。今の次期巫女長は王家の血を引く公爵家の娘で、神殿に入ってまだ二年も経《た》っていない少女なのだが、次期としての教育はまだ道半ば、前途多難、ということらしかった。

「まだ子どもなのよ、力になってあげて頂戴」

「十五を子どもと言いますか。普通の令嬢なら翌年にはデビューの歳でしょうに」

「わたくしにも身に覚えがあるけれど、箱庭で育った娘など、相応の歳になっても子どもそのものですよ」

フォンテはそう返すと、今一度座面の上で伸びをした。それからぐるりと腰を回して、長椅子の背面に広がる大きな窓へと視線を投げる。そしてそこから見える景色に、感嘆の息をこぼした。

「それにしても、ここから見下ろす湖は、いつ見ても本当に美しいわねえ……」

「ほんとうに。観湖宮の名は伊達《だて》ではありませんねえ」

磨き抜かれた大きな窓の、その向こう。広がっているのは、絶景だった。

鏡面のように輝く、優美なヴィタエ湖。その湖面は、冬の初めの澄んだ夕暮れ間近の空と沈みゆく太陽を映して、琥珀《こはく》のように甘く輝く黄金から紫水晶のようにきらめく暗く深い紫へと、アメトリンのようなグラデーションに染まっている。その中に黒々と、神殿島にそびえる巨樹と神殿が影を落とす様は、よくできた影絵のようだ。

「大精霊様に感謝を……」

その美しさに魅入られて、フォンテは思わずひざまずき、胸元で指を組んで頭を垂れた。

ヴィタエ湖の夕暮れがこれほど美しいのは、この地を愛した精霊の加護があるからだという。千年以上もの古くの時から、この湖の夕暮れ時の美しさが格別だったということだろう。

観湖宮は、神殿島に大神殿を建てた王が、夕日に照らされる神殿をいつでも見られるようにと建てた離宮である。それもおそらく、この神秘的な美しさに魅せられてのことだったに違いない。

しかし。

「……あら？」

初めにそんな声を上げたのは、湖を見つめるフォンテと巫女の後ろから同じ方向を眺めていた年若い巫女だった。

「どうしたの」

「巫女長様、島の上に、何かもやもやしたものが見えませんか……？」

年若い巫女はガラス窓ににじり寄り、夕日を浴びて黄金に輝く島の頂点を指し示した。

祈りの姿を解き、フォンテも隣に駆け寄ると目を凝《こ》らす。その背後から次々に、部屋に控える神官や巫女たちも窓の向こうを覗《のぞ》き込み、そして次々に口を開いた。

「……雲？」

「いや、靄《もや》か霧ではないかな」

「誰かが裏庭で火でも焚いているのでは？」

「まさか……火災⁉」

ぽかりと湖の上に浮かぶ島の上空に、いつの間にやら薄墨色《うすずみいろ》をした雲のようなものがたなびいていたのだ。それは一見、自然現象の雲のように思われたが、フォンテたちが目を向けたほんの数秒の間にみるみるうちに厚みと色の濃さを増し、墨を流したようになった。

「あれは……？」

フォンテが怪訝《けげん》な声を漏らした、その時。

「うっ！」

凄まじい魔力波を受けたフォンテは膝を付き、グラグラと揺れる頭を必死に支えた。

島の上に広がった雲のような何かが急激に膨らみ、破裂するように、強大な魔力を放ったのだ。

「ひっ……！」

ガラス窓にへばりついた人々の間からも押し殺したような悲鳴が上がった。

魔力を持つ者は、自分以外の強い魔力に当てられると、体調を崩すことがある。魔力を生み出す体内器官が調子を狂わせてしまうためであるらしいが、詳細《しょうさい》は未《いま》だ研究途上だ。

しかし、保有魔力が少ない者ほど顕著に具合を悪くすることは、魔術師たちの経験則からよく知られていて、実際、フォンテだけではなく、保有魔力の少ない神職たちは魔力波に耐えきれずによろめき、床に座り込んでしまった。

「巫女長様！　大丈夫ですか!?」

「だ、大事ありません。――島は？」

若い巫女に支えられながら、なんとか身体を起こしたフォンテは急いで窓を向き、目を見開いた。

「なんてこと……」

フォンテは呻《うめ》いた。

窓の向こうに広がる景色の中、神殿島の上空に黒々と浮かんでいた雲のような何かは大きく膨らんで、島全体をすっぽりと覆い隠していたのだ。その黒さときたらまるで夜の闇のよう、降りつつある夜の帳《とばり》よりもなお暗く、反対側の景色どころか一条の光すらも見えない。

フォンテを支えた巫女は腰を抜かし、神官たちも這《は》うようにして窓ににじり寄った。

「――誰か、神殿に、連絡を！」

「……は、はい！」

言葉を失い呆然《ぼうぜん》とする一同に振り返って叫んだフォンテに、立ちすくんでいた神官はバネのように飛び上がると、懐《ふところ》から通信用の魔道具を取り出し魔術を操作した。しかし、大神殿で留守を預かる神官たちと繋《つな》がるはずのそれは、豪雨のような雑音だけを数秒届けると、ぷつりと途絶える。

「も、もう一度繋ぎます！」

「今度は私が！」

別の神官が声を上げ、魔道具を受け取る。前任者と全く同じ作法で紡がれた魔術はぐるぐると展開し、しかし今度は応答どころか、雑音のひとつも返さなかった。

「そんな……」

誰かが小さくぽつりと呟《つぶや》いたきり、室内は沈黙に支配される。

誰しもが青褪《あおざ》め、けれどその続きは口にしなかった。

※

「……それから今日まで、島はみなさんが見たあの通り。神官たちには幾度も通信のための魔術を試してもらったし、王宮の魔術師にも同じ術を試してもらったのだけれど、神殿に繋がることはありませんでした。なんとか連絡を取ろうと小舟で島に向かってくれた神官もいたのだけれど、あの黒い霧のようなものに近づくと具合が悪くなってしまって、戻ってくるしかなかったのです。……わたくしたち神職には、魔力の多い者は少ないですしね」

フォンテは大きく息を吐きだしながら、そう締めくくった。

大神殿に仕える巫女や神官には、魔力の多寡《たか》はさほど重要視されない。それは、大神殿に祀られている精霊が魔力の質を選《え》り好みするためだという。大量の好まれない魔力よりは少量の好まれる魔力が良いとされ、かつての巫女長には、魔力がほぼない王女が就いたこともあるそうだ。

あの黒い霧の中に取り残された、魔力の少ない神職たちが一体どうなっているのか。誰もがそれを想像しながら、その推測を口にすることはしなかった。

一同は身じろぎもせず口を閉ざし、場にはしんと冷たい空気だけが降り積もる。その深刻な沈黙に粟立《あわだ》った肌を、アウローラはこっそりと袖の上から撫《な》でさすった。

「大神殿への渡し場にて事象を目撃した一般人からの報告も、巫女長様のお言葉とほぼ同じでした」

しばしの沈黙の末、メッサーラがそう口にすると、黙って円卓を囲んでいた騎士や魔術師たちも引きずられるように言葉を繋ぐ。

「離宮警備の騎士の中にも同じ衝撃を感じた者が複数名おりました」

「湖港《ここう》周辺を巡回していた騎士の報告もほぼ同じです。体調を崩した者もおりました」

「湖畔付近に居住する市民の中に体調を崩した者が複数いると報告が上がっております」

「魔導院でも、お伝えいただいた通りの時間帯に王都内の魔力観測装置が異常値を記録しております。魔導院に所属する者は魔力値が高いですので、体調を崩したという報告は上がっておりません」

（つまり、あの黒い霧は魔力でできている、ということかしら。でもあんなに大きいの、たとえあの魔法使いたちの術だとしても、ひとりやふたりでできるものじゃあないわよね……）

魔術や魔力についてさほど詳《くわ》しくないアウローラは、場を飛び交う会話を片耳で聞きながら少ない知識を寄せ集め、事態を少しでも理解しようと考える。

（そう言えば……、アルカ・ネムスの遺跡の結界の術は、人の魔力ではなく大地の魔力を使って、強大な力を持つ結界を張るように描き換えられていたんだっけ）

遺跡のことを思い出し、アウローラは眉根を寄せた。

アルカ・ネムスの遺跡では、魔力の濃い土地柄を利用して強力な結界を張り、自分たちに不要な存在を結界の外に強制的に弾《はじ》き出そうという、恐ろしい企《くわだ》てがされていたのだ。

強い魔力で弾き出されれば、その衝撃に苦しむ人も多いだろう。幼子や老人であれば、命を落とすこともありえる。発動すれば犠牲者が出ることは間違いのない、おぞましい計画だった。

（――もしも、あれがアルカ・ネムスと同じように魔法使いたちが陣を描き換えて発動したものなのだとしたら、あの黒い霧は大地の魔力由来のものなのかもしれない。もしかして、アルゲンタムのあの遺跡が動いていたら、あそこもこんなふうになったのかしら……？）

浮かんだ恐ろしい想像に、アウローラは青褪めた。許されるものならばフェリクスの腕にしがみつきたいところだが、さすがに今は許されない。

「大丈夫かい？」

顔色を悪くしたことに気がついたらしきメモリアが、飛び交う会話を邪魔せぬように小声で問う。アウローラは我に返り、こくこくと頷いた。

「大丈夫です、ありがとうございます」

「なにか考え込んでいたようだが」

「……その、あの黒い霧のようなものは結界の一種なのかしら、と。殿下に献上したストールの図案を収集した村で、そのような話を聞いたものですから」

「ああ、クラヴィス夫人はあの山奥の村の事件の際に居合わせたのだったな」

貴人の前で居住まいを正し、表情を取り繕《つくろ》ったアウローラの言葉に、メモリアは腕を組んだ。

「はい。……あの、わたくしが口を開いても問題ないでしょうか？」

「構わないよ。非常時だ、何かひとつでもひらめくことがあれば、意見を聞かせて欲しい」

王太子がにこりと社交用の笑みを浮かべる。本当に良いのかしらと戸惑うアウローラが思わずフェリクスに目を向ければ、フェリクスは安心させるようにしっかりと頷いた。

アウローラは意を決すると背を伸ばし、アルカ・ネムスとアルゲンタムの遺跡で見聞きしたことを懸命に思い出しながら、なんとか口を開いた。

「その、あの黒い霧のようなものが、アルカ・ネムスの遺跡でお話を伺った、大昔の結界の魔術に似ているなと考えておりました。先日殿下がアルゲンタムにお越しくださった際、大昔に都が島にあった頃に結界が張られていたという伝説があると教えてくださいましたし、もしそれが伝説ではなくて本当にあったものだとしたら、この黒いものはその古代魔術の結界に関係のあるものかもしれないわ、と」

「ああ……、言ったねそう言えば」

興奮してうっかり口にしちゃったんだな、と王太子は頭を掻《か》いた。姉に胡乱《うろん》な目を向けられ、こほんと喉を鳴らす。

「例の山奥の村の事件とこの神殿島の異常は、関わりがあるものなのか？」

「叔母上と騎士たちの話を聞く限り、たぶん繋がった事件じゃないかと思っているよ」

それで大慌てで戻ってきたんだ。

そうぼやくと、王太子は座面の上で足を組み、伸びをするように頭の後ろで腕も組む。宙を睨《にら》むことしばし、細い息を吐き出すと、観念したように口を開いた。

「実は、私たちがアルゲンタムに向かったのは、その事件の関係だったんだ」

「……何？」

いつもの気軽なお忍びではなかったのかと、メモリアが形の良い眉を吊《つ》り上げる。王太子は組んでいた腕を解くと降参するように両手を上げ、己のすぐ斜め後ろでセンテンスとともに護衛の立ち位置にいたフェリクスを振り返った。

「そう、何事もなければただのお忍びで終わるはずだった。……フェリクス、アルカ・ネムスとアルゲンタムでの事件の概要の説明を頼んでもいいかい？　私が話すと話がそれて長くなるからさ」

「はい」

気負いを見せず――相変わらずの無表情とも言うが――軽く顎《あご》を引いたフェリクスは、居並ぶ一同にきれいな敬礼をみせると、次のように話し始めた。

「第一騎士団近衛騎士隊特別小隊長のフェリクス・イル・レ＝クラヴィスであります。我々は先口、今夏《こんか》アルカ・ネムスで発生した古い魔術陣の改ざん事件にご興味を持たれた王太子殿下に付き従い、古の時代に類似の魔術陣があった可能性が高いと伝わるアルゲンタムを訪れて、新たな事件に遭遇しました。ここに至るまでの経緯をまずざっとご説明致します――」

そうしてフェリクスは順を追い、春にラエトゥス家で起きた（もちろん家名は伏せてであるが）不審な魔術陣の事件の解説から始めた。

（そう、始まりはお義姉《ねえ》様の赤ちゃん――テオドルス公子が狙われたことだった）

ふにゃふにゃのくにゃくにゃながら、古い魔術の『悪《あ》しき気』に耐えていた赤子の姿を思い出し、アウローラは唇を噛《か》みしめる。半年近く経った今、赤子は随分としっかりしてきて、床にぺたりと座り込んでおもちゃを振り回したりするようになった。彼を寝かしつけることに絶大な力を発揮した、アウローラが守護の刺繍をこれでもかと施したキルトは今でも公子のお気に入りで、うっかり洗いに出そうものなら、これがないと眠れないと言わんばかりにぐずるという。

赤子の成長を思い出し、少しばかりほっこりとしてしまったアウローラの横では、表情を変えないフェリクスによる、淡々とした説明が続く。

山奥の村で、古代の結界の魔術陣が類似の魔術陣に描き換えられる事件が起こったこと。

古代の結界の魔術陣を調べるうち、類似のものがアルゲンタムにあることが分かったこと。

そのアルゲンタムでまた、魔術陣を描き換えて発動させようとする事件が起こり、三つの事件の犯人が同一の魔術師集団――魔法使いを名乗る師弟のグループであると分かっていること。

弟子たちはアルゲンタムで実行犯として逮捕されたが、師と呼ばれる魔法使いが現場に現れず、行方をくらませていること。類似の陣が王都にあるという伝説があり、師と呼ばれる魔法使いがそれを狙っている可能性があること。

（ほ、ほっこりしている場合ではなかったわ……）

決して声を荒げることのないフェリクスの淡々とした声色が、かえって恐ろしい。

事務的な口調だというのに、かまいたちのような魔力に腕を傷つけられたラエトゥス公や、遺跡で宙吊りにされていたフェリクス、赤黒く変色させられてしまったステラの姿など、春から冬へと巻き込まれた事件の数々を次から次へと思い出し、アウローラはぞっと胸の内を冷やした。

肝を冷やしたのはアウローラばかりではなかったらしい。初めは『古い魔術がなんだと言うんだ』というような顔をしていた騎士団の幹部たちも、フェリクスの説明が進むにつれて徐々に強張《こわば》り、事件の概要の説明が終わる頃には一様に、凍りついたような表情となった。

「……報告は確認していたが、とんでもねえ奴らだな」

「ここまで来るとレジスタンスと言うべきですね」

フェリクスにとって上司に当たる第一騎士団長が思わずボソリとそう漏らせば、第二騎士団長も頭痛を堪《こら》えるような表情で首を振る。

「殿下方がアルカ・ネムスから戻られてすぐに、各地の騎士団に指名手配を出したんだが……」

「ご指示通り、街道や河川、王都の守りは厚くしてありましたが、抜けられましたか」

「夏の時点ですでに王都にも潜り込んでいたんだろうさ。それに、魔眼で人間を洗脳する能力を持つ弟子がいるからな、それを使えば街道を抜けることくらいできるだろう。――魔眼避《よ》けの護符の配付が間に合わなかったのが痛いな」

「あれはめったに必要とされない魔道具である上に、制作に非常に時間がかかるものですので、ご希望の数を揃えるには半年かかります……」

魔導院の幹部が呻くようにこぼす。後手に回ったことを悔いる表情を見せた一同に、王太子はパンパンと両手を叩いて視線を集めた。

「まあ、仕方ない。ひと昔前ならまだしも、国中の街道が王都を通っている現代だ、どれだけ手厚く警備をしても抜け道はある。それこそ、古の結界でも張らない限りはね」

「そう、その『古の結界』だが。メッサーラに報告は受けたが、古い時代の魔術はお前の方が詳しかろう？　どういうものなのか、簡潔に、説明を求めたいのだが」

簡潔に、を力強く発音し、メモリアが王太子を振り仰ぐ。姉の言に王太子は軽く目を見張り、うーんと頼りない呻き声を漏らすと癖のある黒髪をかき混ぜた。

「正直それは自信がないなあー。……私の悪癖は姉上もご存じでしょう」

「だがお前より古代の魔術に詳しい者がこの場に他にいるか？」

「いないんですよねえ……。分かりました頑張りますよ、長くなったら止めてくれ」

背後のセンテンスとフェリクスに最後の言葉を投げ、王太子は両の手を広げると口を開いた。

「結界の術自体は今もあるものだし、説明は省くよ。騎士なんかは盾の代わりに部分結界を展開したりするから、みんな知っているでしょう。要するに、魔術による不可視の『壁』だ」

(そう言えば、フェル様は剣の試合でも結界がお得意だったわ)

ぺたり、壁を触るような動作をした王太子の言葉に、アウローラを始め、周囲は頷く。

「基本的に『防御』の術と認識しているだろうけれど、これにはもうひとつの側面があって、それが『物質の出入りの制限』というものになる。簡易結界は『全ての出入りを許可しない』という術構造になっていて、相手の攻撃を遮《さえぎ》るわけだ」

宙に片手を掲げ、王太子はそれをくるりと回す。魔術が展開されると彼の手のひらの上の空気が一瞬、陽炎《かげろう》のように揺らぎ、氷のようにぴんと張り詰めて消えた。しかし、王太子が反対側の手でその領域を突けば指先の皮膚が押しつぶされて、そこに『何か』があることが分かる。

「つまり、そこを調整すると、『許可のあるものだけを通す』という結界を張ることもできる」

「ああ、機密区域などに掛けられている特殊結界のことですね」

「そう。魔術を学ぶ際には『特殊結界』と習うけれど、基本的に同じ術だ。ほら、こんな感じに」

小さく呪言を口にしてから、手の上の『何か』を王太子が突くと、そこには何もないかのように指先は素通りした。しかし、彼が卓上のペンを差し出すと、それはなにかに阻まれる。

「今この結界は、私の魔力を持つ者だけを通す、という許可を与えた状態だ。結界はこういう使い方もできるわけだよ」

王太子は少しだけ得意げに口の端をもたげると、両手を叩いて魔術を解く。

「さて、今見せたのが、『現代魔術の結界』だ。一方『古代魔術の結界』は、というと……」

思わせぶりに言葉を切って、王太子は一同を流し見た。

「実は、ほとんど同じ術だ」

「――は？」

（あんなに危険なのに？）

頷きながら聞いていたメモリアが地吹雪《じふぶき》のような声を出し、アウローラも目をまばたく。場に、ぽかんとしたような空気が流れ、王太子はこほんと喉を鳴らした。

「古代の結界をより簡便に、魔術師であれば誰でも使えるように、と改良されて生まれたのが現代の結界だからね。基本的な構造は同じなんだよ」

「それならば、どうしてクラヴィスの言うような事件に繋がったのだ？」

「動力と範囲が違うから」

メモリアの疑問に、王太子は今度こそ簡潔に答えた。

「現代魔術は基本的に人体が生成する魔力を元に術を構築するけれど、古代の結界の動力は人間の持つ魔力以外であることが多いんだ。アルカ・ネムスの場合は『森の民』の力で、アルゲンタムのものは土地を守る守護妖精の力が動力だった」

（……そうだ、星見の丘は魔力の濃い土地だから『要石《かなめいし》』が置かれて結界の『核』になったのだし、ステラも『魔法は大地の力を使うものが多い』と言っていたっけ）

アウローラはぽんと手を打った。一同の視線を集めたことに気がついて、慌てて目を伏せ一歩下がる。王太子は口の端をふっと緩めて、再び言葉を繋いだ。

「いわゆる魔法種族が使っていた術を解析し、再構築して汎用《はんよう》化させたものが現代魔術だ。古代の魔術は彼らの術をほぼそのまま使っていたようなんだが、無尽蔵な魔力を持っていたとされる彼らの術は、規模も消費される魔力の量も尋常じゃない」

何しろ、『魔法種族』と呼ばれるほどだ。呼吸をするように魔法を使ったと伝わる彼らの遺跡や伝承に残る魔術は、川の流れを変え山を移動し海を割り島を作り、空を飛び湖面を歩き――と、人間からすればおとぎ話の夢物語のようなものである。

「人間が同じ規模の術を使おうとすると、精霊や妖精の力を借りるか、大地や大空、河川や森などの持つ魔力を利用しないと発動できなかったのだろうね。古代魔術と呼ばれるものの魔術陣の動力は、自然界にある魔力や精霊、魔法種族の持つ魔力を『核』に貯め、魔法種族の血を引く術者が起動するという構造になっているものが多い。発動する規模も桁違いで、たとえば結界なら魔法種族が暮らす集落全域だとか、ちょっとした小国に及ぶ範囲をカバーしていることとさえもあったという」

「それだけ聞くと、有用な技術のようにも思えるが何故廃《すた》れた？　どうして危険なんだ」

メモリアの問いに、王太子はううんと小さく唸《うな》ると、「これはあくまで私の説でしかないのだけれど」と前置きをして腕を組んだ。

「廃れた理由には幾つかあると考えている。まずは、人口が増えて『集落全体を囲って守る術』が暮らしに合わなくなってきたこと。人の出入りが多くなると、許可を出したり取り消したり、という操作が大変になる。門を造り、そこだけ結界を弱めておくということはできるだろうけれど、斑《むら》がある結界は脆《もろ》いからね。それでは結界の意味がない」

均一なものと斑があるものを比べるとその強度はまったく違う、と王太子は肩をすくめた。

「そしてもうひとつ——アルゲンタムの事件を受けてここ数日考えていたことなのだが、大規模な古代魔術が廃れた最大の理由は、不具合が発生した場合に『人間のコントロール下』を離れる危険性が高いためではないかな」

（つまりどういうこと？）

アウローラは大きく首を傾《かし》げる。するとふわり、柔らかに笑う気配があって、フェリクスと目が合った。どうやらずっと見られていたらしい。アウローラは頬を朱に染め、視線を泳がせた。

「あー、えーと……」

「……殿下、お言葉を引き継いでも？」

「うん、よろしく！」

王太子はぱっと表情を輝かせ、控えめに申し出たフェリクスに許可を与えた。言葉を継いだフェリクスはアウローラの方に向き直り、「例えば……」と口を開く。

「『火山』の持つ火の魔力を利用することを考えてみて欲しい。湯を沸かす程度の火であれば、人間の手でもコントロールが可能だろう。だが、山が火を噴くことをコントロールすることは難しい。それが可能なのはおそらく、古に伝わる火竜や火の大精霊くらいだ」

「ああ……！」

ようやくにイメージが掴《つか》めたアウローラは、今度こそ気兼ねなく軽やかにポンと手を合わせた。瞳を輝かせた妻の表情にフェリクスは目元を和らげ、場の空気もわずかに和《なご》む。

「力が大きすぎて、何かあっても人間では抑えられないから危ない、ということですのね」

「そういうこと！」

我が意を得たりと王太子が指を鳴らす。メモリアも納得顔で頷いて、フェリクスを振り返った。

「確かに、アルカ・ネムスの結界は旧き森の民の血を引く村人たちが管理していたと報告があったな。クラヴィス領にあったという結界はどう制御されていたんだ？」

「初代に嫁いだ魔女が敷いて起動し、守護妖精が管理してきたようです。ですが、当家には『守るべき場所』とだけ伝わっており、その下に結界の陣があったことはこの度《たび》調査を行うまで失伝しておりました。時が流れ、初代の血が薄れて管理が難しくなった結果、結界の使用をやめて封印し、技術の流出を避けるために『伝えないこと』としたのだと考えれば納得できます」

フェリクスは答え、アウローラは兄の調べた手記の中身を思い出す。

優れた魔女だと伝わる初代クラヴィス侯爵の夫人であったルーツィエは、王家の姫であったという。

初代女王と魔法種族であったらしき夫の子孫であるウェルバム王家は、今の話の中に出てきた『古の魔術を起動する、魔法種族の血を引く人物』という姿に当てはまっているのだ。

「もしかして、王家の血を受け継ぐ方が神殿島の長となられるのも、同じような理由でしょうか？」

巫女長フォンテ――王の妹たる婦人が長を務める、精霊が眠ると伝わる島。アルゲンタムと同じような『要石』があったという伝承もあるという。それが真実であるならば、ステラのような存在と、ルーツィエのような血筋を持つ管理人がいるはずである。

ふとこぼれたアウローラの疑問に、王太子とフォンテはただにこりと笑みを浮かべるだけで答えない。しかしその沈黙こそが答えだった。

「……ここまでの類似性があるのです、アルカ・ネムスとアルゲンタムの事件と、此度《こたび》の神殿島の異常は、王太子殿下の仰《おっしゃ》る通り関連がある可能性が高いと考えますがいかがでしょうか」

王太子の話が落ち着いたと見たメッサーラが場をまとめるように口にする。

「そうなのでしょうね。犯人の『師』、つまり首謀者的な立ち位置と考えられる人物は捕まっていないのですし。――確か、カーヌス、といいましたか」

「どこかの部族の魔女の血を引くらしき、『魔法使い』を名乗る魔術師でしたね」

かけられた問いに、フェリクスが首肯する。

「アルゲンタムにおける事件の主犯は騎士団が身柄を確保しましたが、カーヌスは行方をくらませており、その行き先についての証言は得られておりません。すでに王都に潜んでいる可能性は低くないと考えます。もしこの人物が大神殿に出没した履歴があるならば、疑うべきでしょう」

「一体どのような人物なんだ？」

メモリアが問うと、王太子は苦いものを噛み潰したような顔になって腕を組んだ。

「こいつがまた、やたらと弁舌の立つ魔術師——いや、魔法使いでね。今ではとっくに廃れた、私たちでは対処の難しい空間を制御する術を使うんだよ。しかも、とびきり見目が良くて声まで良い。それらを大いに活用して人を丸め込むのが得意なようで、信奉者が少なくないのもまた厄介でね」

「『塔』のアーラ主席のような、黄金のような色の目と腰までもある長い黒髪を持つ人物です。その顔貌《かおかたち》だけで男女共に魅了するような凄まじい顔立ちをしていますす。弟子の洗脳などなくても、あの顔を見て声を聞いただけで信者になった者もいるでしょうね」

王太子のぼやきに、センテンスがカーヌスについての情報を補足する。

（確かにきれいな顔の人だったけれど、言葉で人を操ろうとする感じが貴族的で、わたしは好きになれないのよね。——社交は苦手でも真っ直《ま》ぐ《す》なフェル様の方が百倍、ううん、一億倍は魅力的だわ）

またお会いしましょう。アルカ・ネムスでそう告げた魔法使いの美しくも揶揄《やゆ》の混じったような笑みが脳裏に浮かんで、アウローラは思わず顔をしかめた。

「叔母上、このような者に心当たりはありませんか？」

問われたフォンテは中空を見つめ、眉間《みけん》に軽くしわを寄せた。

「金の目に黒い髪の美貌の魔術師なんて、そんなのいたかしら……。ねえ、心当たりはある？」

「そうねえ……」

「巫女長様……」

くるりと振り返られ、問いかけられた付き添いの巫女はがくりと脱力し、一歩よろめいた。場の視線が集中するが、巫女はそれらを物ともせず、己の主に向かって声を張り上げた。

「心当たりはありすぎるほどにございますよ……！　ほら、いたじゃありませんか、秋の初めの頃に来た、『古代魔術研究家』とかいう肩書のやたらと顔のきれいな魔術師が……！」

「ううーん、覚えていないわあ」

目をぱちくりと見開いて、フォンテはゆったりと首を振る。その藤色の瞳には、疑いの影すらもない。どうやら本当に記憶していないと見えて、王太子は苦笑を浮かべて卓に肘をついた。

「あの顔を見たとしたら、それを覚えていないというのはなかなかですよ、叔母上」

「でも覚えていないものは覚えていないのだもの、仕方がないと思わない？」

（あの美貌が記憶に残らないだなんて、さすがは巫女長様……）

アウローラはずれた感想をいだき、巫女は肩を落とし眉を下げ、肺腑《はいふ》の奥から深く息を吐き出す。

「巫女殿は見覚えがあるのだね？」

「はい。――わたくしは巫女長様の従巫女を務めております、ブランカと申します」

フォンテとそう歳の変わらぬ婦人である従巫女（長の副官や侍女のような存在であるらしい）は王太子に向き直り、ゆったりと巫女らしく頭を垂れる。巫女長のものよりは質素な、けれど丁寧な刺繍の施された衣装がさらさらと衣擦《きぬず》れの音を立て、場に改まった空気が流れた。

「お話をお伺いする限り、おそらく当人だろうと思われる魔術師の訪問を記憶しております。女性とも男性ともつかぬ中性的な美貌で、腰よりも長く伸びた艶《つや》やかな髪を持つ、金の瞳の人物でした。なかなか見ない美しさで、参拝客が見惚れて転んだりしておりましたので、よく覚えております」

物腰は優美で穏やか、よく通る澄んだ声を持ち、一度話を始めると周囲の耳目《じもく》を否が応でも惹《ひ》き付けた――ブランカはそう続け、困ったような笑みを口の端に浮かべた。

「……その、巫女長様は王女殿下でいらっしゃった頃から、人の美醜に対して少々おっとりしておいでで。王宮という場はお美しい男女の多い場所ですから、さもありなんとは思うのですが、巫女長様となられてからは更に、大精霊様がお好きかどうかという観点で人間を判別していらっしゃって……。巫女としては非常に優れたお考えであらせられるのですが」

「あらだって、見目よりも大精霊様のお力を感じられるかどうかの方が、島ではよほど重要だもの。でも、そんなに美しかったらさすがに覚えていると思うのだけれど、本当にいたの？」

「いましたよ。次代様が入れあげて、教育係を替える問題になったじゃありませんか！」

ブランカが眉を吊り上げる。そんなこともあったわねえとフォンテは笑ったが、もしその人物がカーヌスであるならば笑い事ではない。

「その魔術師は参拝客ではなさそうだな？　――大神殿の書庫の閲覧か？」

「はい、研究者としての訪問です。秋の初めの頃から『古代魔術の研究者』だと名乗る魔術師が、大神殿の書庫に出入りするようになりました」

大神殿には大きな書庫がある。その蔵書は、神殿の成り立ちに関わる建国時代の伝承や精霊にまつわる書物、神殿の建築に関する資料や巫女・神官の振る舞いや衣装に関する覚書、島に暮らしたという初代女王についての文書までと幅広い。

魔術と学問の国を標榜《ひょうぼう》するだけのことはあり、国内に住所を持ってさえいれば、禁書庫以外の書架を閲覧することが可能で、早朝から夕方まで、数多《あまた》の学者が出入りすることで有名だった。

よほどの振る舞いをしない限り、出入り禁止になることもなく、ただこの神殿の蔵書に触れたいがためだけに、王国内に家を借りて書庫に入《い》り浸《びた》る異国の学者までいると言う。

「その人も、そうした学者たちのひとりとして現れました。わたくしも話を聞いたことがありますが、精霊と古代の魔術の関係について調べていたようです。そうした内容を研究しているという学者は他にも幾人かおられますし、もっとおかしなことを研究している方もおられますから、それについては特に不自然とも思いませんでしたが」

むしろ、と続け、ブランカは言葉を濁した。どこか後ろめたそうに視線を泳がせ、素早くまばたきを繰り返してから、観念したように再び口を開く。

「……その、正直なところを申し上げますと、その魔術師は他の学者の方々よりも品行方正で、神殿に関する知識も相当に豊富でした。書庫当番の巫女や神官からの評判も悪くないどころか上々で、昼の休憩時などによく、大神殿の中庭や書庫の前庭で、神官たちと精霊に関する説話や伝承について議論しておりましたのを覚えております」

「ああ、いたかもしれないわ……！　よく覚えているわねえ。そう言えばブランカは昔から面食いだったっけ」

「物見高くて申し訳ございませんでしたね」

ブランカが少しばかり頬を染めて声を荒げる。ころころと軽やかに笑うフォンテと相まって、まるで少女たちのティータイムのようだ。

「まあ、きれいな顔はしているから、見惚れるのは仕方がないかと思うけどね。そちらの神官殿はどうだい？　該当の人物について心当たりは？」

「……ございます。おそらく当人と思われる魔術師が、書物の閲覧に幾度となく訪れておりました」

巫女長とその従巫女のやり取りを、苦笑を浮かべて眺めていた老神官は、うやうやしく頭を垂れると王太子に答えた。

「その魔術師たちが島にやってくると、巫女たちが眼福だと覗きにいったりするものですから、はしたないと幾度か咎《とが》めたものです。──特に、次代様は……その、心酔というか、親鳥にまとわりつくひな鳥のように、後を追いかけておりました」

「次代が？　巫女長の次代は確か……オーステン公爵家の末娘だったな」

王太子はあからさまに顔をしかめ、鼻の上にしわを寄せた。

オーステン家と言えば、先代の婚外子を利用して、ラエトゥス家の嫡子《ちゃくし》たる赤子に呪術を掛ける依頼を出した疑惑のある公爵家だ。ラエトゥス家に縁深い王太子の心証は良くはない。

「そうです。三年前に次代巫女長として選ばれて、一年半くらい前に神殿入りしましたよ」

「オーステンはここ近年、政治の場で発言力を落としつつあるから、せめて神殿に食い込もうと考えているんだろうが。本当に実子なのか？」

「正室の子ではないそうですけれど、父親は先代公爵で間違いありませんよ。次代の目は殿下ほどではないけれど、ちゃんと薄紫色をしていますもの。──巫女長、もしくは神官長には、王家の血を引く『紫の目』を持つ子どものうち、精霊が認めたものが就く決まりなのです。該当者がいれば王家から、いなければ公爵家から選ばれるのが慣例ですね」

フォンテは振り返り、会話を見守っていたアウローラたちにそう説明した。

「私が次代の巫女長となるのが一番自然だったのだろうが、私は魔術的なことがからきし駄目だし、どうやら精霊にも好かれないようだからなあ……」

「姉上が女王になられた暁《あかつき》には、私が神官長として島に入る予定でしたからね」

メモリアがぼやき、王太子がどこか悔しげに呟く。

「そうねえ、王女殿下は島と相性が悪うございましたねえ。王太子殿下は相性が良すぎて、お小さい頃は妃殿下によく怒られておりましたっけ」

フォンテは密《ひそ》やかに笑い、甥と姪《めい》を慈しむ視線で見やる。顔の似ていない、しかし仕草はどこか似たところのある姉弟は同時にごほんと空咳《からせき》をして他所《よそ》を向いた。

「次代は社交界に出たこともない、若い頃のわたくしに負けず劣らずの箱入り娘ですから、そういった振る舞いをする人に免疫がなかったのでしょうね。蝶《ちょう》よ花よと育てられた娘はどうしても、視野が狭くなるものですもの」

「巫女長様はそう仰いますけれど、次代様は『あの方は確かに神々しいほどお美しいけれど、そのお考えこそが素晴らしいのよ』と言っておいででしたよ」

「そういう、『好ましい人の言うことの全てが素晴らしく思える』というのがまさに、少女時代の『はしか』だと思うのだけどねえ」

困ったこと、とおっとり笑うフォンテに、巫女と神官ががっくりと肩を落とす。フォンテは寛容でいるようだが、どうやら神殿としてはあまり好ましい状態ではないらしい。

「……しかし、これはほぼ決まりだな」

「ええ、間違いなくその魔術師はカーヌスでしょう」

王太子の後ろでずっと口を閉ざしていたセンテンスが追従する。すると、王太子はにっこりと、晴れやかな笑みを浮かべてみせた。

「じゃあ、することはもう決まっているね」

もしも今、フェリクスがこの先の定めを占ったなら、それこそ『暗雲』などと出たことだろう。

良いことをひらめいたぞと言わんばかり、かつて幾度か目にしてきた王太子の過剰に眩《まばゆ》い笑みに、アウローラはふるりと身を震わせた。その背をひとすじ、冷たい汗が流れていく。

（あら、嫌な予感）

そして、その予感は残念ながら外れなかった。

「――よし。行ってみようか、神殿島に！」

†3　突入

翌朝。

日の出とともに、ヴィタエ湖の渡し場を出港したフェリクスたちは、島の船着き場の手前に船を浮かべて、黒い霧に包まれた神殿島を呆然《ぼうぜん》として見上げていた。

よく晴れて、ひどく冷え込んだ朝だった。吐き出される息は雪のように白く、朝日に照らされて黄金に輝く湖面からは朝霧が湯気のように立ち上り、神秘的な景色を作り出している。

しかし、彼らの視界の先には、その清々《すがすが》しい景観を台無しにする、夜に取り残されたかのように暗い半球が異様な存在感を放って鎮座していた。

「濃いな……」

「……どうにも息苦しいですね」

「ああ。これほどの高濃度の魔力は経験がない」

顔をしかめる部下の隣、揺れる小舟の上でフェリクスは息をついた。


——あの、湖畔の天幕での緊急会議の最後。

王太子が言い出した『行ってみようか』の矛先は、当然ながら『特別小隊』へと向いた。

何しろ今年結成された『特別小隊』は一名を除いて、武力と魔力を両立できる面々が揃《そろ》っている。

残る一名も、魔術適性が『マイナス』という、外の魔力の影響を全く受けない非常に特殊な体質の持ち主だ。

更に具合の良いことに、特別小隊は日頃の勤務形態も固有のルーティーンがあるわけではなく、王太子の公務やお忍びの内容に合わせて勤務形態の変更が可能な、いわゆる遊撃部隊なのである。こうした調査に派遣されるには、あまりにも都合の良い部隊だった。

そんなわけで、フェリクスたちが島への上陸を試みることは満場一致で決定し、小隊から更に四名が、上陸部隊として選出された。

ひとり目はもちろん、魔法騎士でありながら、魔術師としても身を立てられるほどの技量を持つ隊長のフェリクス・イル・レ＝クラヴィス。

ふたり目は、魔術適性マイナスという特殊体質であるユール・イル・レ＝ルーミス。

調整力の高さを見込まれ特別小隊に編入された魔法騎士の、マンフレート・イル・レ＝ウィーラー。

そして最後に、騎士の技量を持ちながらも魔術師として近衛隊に所属し、魔術師班から小隊へ引き抜かれたバルタザール・イル・レ＝ヴィルケの四人である。

各々、特別小隊に選抜されるだけの理由のある精鋭であり、四人揃えばちょっとした砦《とりで》が落とせるほどの戦力だった。


「近づけば近づくほど濃くなりますね。殿下のご意見をいただきたかったなあ」

「さすがに次期国王をここに連れては来られない。ご納得くださっているかは分からないが」

「来たがって駄々っ子のようになっておられましたからねえ……。全力で止めてくださったアウクシリア隊長に、足を向けて寝られませんね……」

微に入り細を穿《うが》つ報告を待っているぞ！　と拳を握りしめ、対岸で一同を見送りながら、己の立場と好奇心の狭間《はざま》で身悶《みもだ》えていた王太子の姿を思い出し、一行は揃って遠い目になった。

そうするうちにも、バルタザールの魔術によって小舟は徐々に島へ近づき、次第に黒い霧の中に小さな桟橋《さんばし》が見えてきた。

「そろそろ上陸だが、皆、体調はどうだ」

フェリクスは一同を振り返った。

「今は問題ありませんが、自分の魔力には揺らぎがあります」

マンフレートは顔をしかめ、黒い霧を睨《にら》みつけた。

「己の中の魔力をしっかり管理しないと、魔力の干渉に負けそうですね。あ、隊長の奥様の刺繍《ししゅう》は結構いい感じだと思いますよ。呼吸はだいぶ楽なので」

マンフレートは胸元で揺れる刺繍入りの白いタイをひらりと揺らした。今日の上陸要員は四人揃って、アウローラの仕上げた例のタイを身に着けているのだ。

「そうですね。私は魔力核のあたりに自分の魔力を凝《こご》らせることで魔力干渉に抵抗していますが、隊長の奥方の刺繍のタイのおかげで首元は他より息がしやすいです」

「確かに喉元は干渉をあまり感じないな。核の周りの保護はやってみる価値がありそうだ」

バルタザールの言に従ってフェリクスとマンフレートも『魔力核』の周りに魔力をまとわせた。

魔力を持つ人間は、みぞおちのあたりに『魔力核』と呼ばれる器官があると言われている。魔力を生成して保持する、『発動機』と『燃料タンク』を兼ねたものだ。人によって備蓄量や放出可能量には差があるが、魔術師にとっては第二の心臓ともいうべき器官である。

しかし、魔力を生む器官であるのに魔力で生成されている器官であるらしく、保持者が亡くなったり、器官が体内から取り出されたりすると消失してしまうし、魔力の弱い人はその存在を感知することさえできない。それもあって、未《いま》だにはっきりと研究されていない、謎の多い器官だ。

「おお、ちょっと楽になった」

「ルーミスはなんともないのか」

「ないな」

みぞおちに指を当て、ああだこうだと魔力を動かす三人の横で、ユールはあっけらかんと言う。

「知っての通り僕の魔術適性は『マイナス』だ。体内に魔力核が欠片《かけら》もないらしい。おかげで魔力が濃かろうが薄かろうが特になんともない」

ユールはふふんと胸をそびやかす。フェリクスは「ふむ」と顎《あご》を撫《な》でた。

「ということはこの黒いものはほぼ、魔力で構成されているのだろうな。ルーミス、魔力の濃い場所を見つけたら、手を突っ込んでみろ」

「僕で実験するな！」

ユールが吠《ほ》えたその時、小舟はカタンと音を立て、桟橋の端の杭《くい》に舳先《へさき》をぶつけた。好き勝手に口を開いていた四人の口はすっと閉ざされ、一同はいつ何があってもよいようにと身構える。

船上から暗がりの島を睨みつつ、フェリクスは探査の魔術を放つと顔をしかめた。生物の心音や魔力核に反応して存在を伝えるソナーのような魔術なのだが、不気味なほどに何も返ってこないのだ。

（魔術が掻《か》き消されたか――？）

フェリクスは眉を寄せ、無言で指示を待つ部下たちを振り返った。

「バルタザール、明かりを」

「先ほどから試していますが、明かりの魔術がほんの二秒ほどしか保《も》ちません」

「……やはりか。巫女長殿《みこおさ》も島に向かう魔術が全く通らないと仰《おっしゃ》っていたし、発動する傍から魔術が掻き消されているようだな。今の探査も広がる前に消えたと考えるべきか」

「核を保護する魔力は無事のようですが……」

「あれは素のままの魔力であって、術の形をとってはいないからではないだろうか。——だめだな、備えとして持ち込んだ火を使う形のランタンを使おう」

バルタザールの報告に自分も明かりの魔術を試し、消えてしまうのを確認したフェリクスは、蝋燭《ろうそく》の入ったランタンを取り出すとマッチで火を点《とも》し、頭上に掲げる。

魔術灯とは違う、ちらちらと揺れる炎の明かりに照らされたのは、人どころか動物の気配もない、静寂の波止場である。桟橋のたもとにある、初代女王とその王配と伝わる人物が森の獣を従えている白い石の彫像が、ランタンの光を受けて不気味に光った。

フェリクスについでユールも、携帯用のランタンに火を点《つ》ける。二倍になっても光は弱々しく、時刻が朝であることを忘れそうな薄暗さだ。

「火で点ける明かりなんて使ったのは、学生時代以来だ」

「魔術・魔道具使用禁止の野営訓練か」

「魔道具なしがあれほどきついとは知らなかった」

ユールはぼやき、フェリクスも浅く頷《うなず》いた。

明かりに虫よけ、暖房に冷房、連絡や記録——。魔術師が多く、魔術研究の盛んなウェルバム王国では、日常のあらゆる場面で魔道具が使用されている。高名な魔術師から学生の小遣い稼ぎまで、製作者の質も価格帯も幅広く、王都の広場周辺の土産物屋《みやげものや》などでもちょっとした魔道具が売られるほどには広まっており、異国の客人が魔術の隆盛に驚き恐れつつもこぞって買って帰るほどだ。

そんな国であるから、魔術の使えない環境下で力を発揮できなくなることを危惧し、士官学校では毎年、魔術・魔道具を禁止された上で森の中で三晩過ごす訓練が行われている。士官学校の学生は多くが貴族や騎士家の子息であり、子どもの頃から魔術や魔道具があることが当たり前の暮らしを送っているので、この訓練は殊《こと》の外《ほか》こたえるらしい。

「火を強くしすぎて夕飯が惨事になったのを思い出したぞ。しかし見事に誰もいないな」

「そのようだ。――では、今回の作戦について説明する」

フェリクスがランタンの明かりとともに振り返れば、他三名はすっと背筋を伸ばし、気配を研ぎ澄ませる。彼らの佇《たたず》まいに満足し、フェリクスは大きく頷くと口を開いた。

「此度《こたび》の上陸は調査である。目的は島の内部の状況把握、大神殿に到達できるかどうかの確認、そして可能であればこの黒い霧の採取だ。目的地はポイント五、ルートはAの一と二。フォーメーションはB。ポイント五にたどり着かずとも予定時刻をすぎれば撤退、また、遭難者を見つけた場合は極力連れて退避すること。魔力の採取管はひとり六本、ポイント毎に一本分採取し、ポイント五だけ二本だ。ポイントに到達できなかった場合は、その旨採取管に記載すること。一切の魔力は使えないことを想定し、事にあたるように。おそらくは連絡の魔術も動作しないだろう。二時間後には何があろうともこの場に戻《もど》り、各々報告することとする。どちらかが戻らなければ三十分待機、それでも戻らなければ即座に対岸に明かりで信号を送り、救援を要請する」

「了解！」

「では、上陸！」

部下の敬礼に敬礼を返し、フェリクスは先頭に立って小舟を飛び降りた。

事前に取り決めてあった作戦に従い、彼らは二手に分かれた。

島の中腹にある神殿前の広場までは、小港から始まる階段が左右に二本伸びている。フェリクスとユールが右回り、マンフレートとバルタザールは左回りで、それぞれ神殿を目指すのである。

マンフレートたちの班と別れたフェリクスとユールは周囲を警戒しながら、右回り――大神殿に向かって続く階段沿いに土産物屋や飲食店が慎ましく並ぶ、小さな商店街を通るルートに足を踏み入れた。古《いにしえ》の時代に敷かれた石畳や、石積みの建物がそのまま残った趣《おもむき》のある小路だ。

「それにしても何の気配もなさすぎやしないか。誰かひとりやふたりくらい、倒れていてもよさそうなものじゃないか？」

被害者と思《おぼ》しき人影すらもなく、ユールはランタンをかざして顔をしかめた。

「島に眠る精霊は湖上に火を灯すことを好かなかったという言い伝えに従って、大神殿は日没前に門を閉ざす。それに合わせ、参拝者と土産物屋などの店員は、日没前に対岸に戻るという」

淡々と答えたフェリクスに、ユールは顔をしかめたまま首を捻《ひね》る。

「なら、今島にいるはずなのは神官と巫女だけってことか。いるならやはり大神殿の中か？」

「そうだろう。この季節だ、用なく外をそぞろ歩くということはあまり考えられない」

「水が近い分、城下よりも寒いからな」

火が熱を放つランタンに手をかざし、ユールはブルリと震えた。隊服とマントに仕込まれた保温の魔術は現状、かろうじて動作しているが、どうやら効きが悪いらしい。

「しかし、異様だな」

「……ああ」

石階段の小路が折れ曲がった踊り場で足を止め、フェリクスとユールは大神殿を振り仰いだ。

神殿島は、湖水の中にぽつんと浮かんだ小さな島だ。

その形状はなかなかに険しく、船着き場のある一番低い浜を除けば、島の周囲はぐるりと崖のように切り立っている。島への出入りは船着き場以外のところからは難しく、鉄壁の守りでもあり、天然の牢獄《ろうごく》のようでもあった。

しかし、崖のように険しい周囲には立派な石段の階段が備えられ、その周りにはへばりつくように建物と木々が生えている。そしてそれらの頂《いただき》に、天を衝くような巨大なマギの古樹と、白亜の大神殿がそびえているのだ。

だが、優美で荘厳な大神殿には今、禍々《まがまが》しい黒い霧がまとわりついている。空へ伸びる木のシルエットと相まって、まるで神殿から黒い煙が湧き上がっているかのようにも見えた。

（……神殿の奥の巨木周辺の闇は、他より濃いように見えるな。錯覚ならいいが）

「おい、ぼさっとしてどうした？　行くぞ」

ユールに声を掛けられ、フェリクスは浅く頷くと周囲に警戒しながら再び歩き出した。

まるで夜道のような階段に、フェリクスとユール、ふたりの足音だけが響く。

湖から吹き寄せる冷たい風すらも遮《さえぎ》られているのか、常緑樹の葉擦《はず》れの音さえ聞こえない、不気味なほどに無音の世界だ。

「何も起こらんな」

「これほど怪しいのに何も出ないとか、逆に不気味なんだが」

知らずふたりは足早となり、結果、難なく小路を踏破してしまった。石階段を上りきれば、そこは神殿前広場と呼ばれる開けた場所である。石畳のそこは立派な欄干《らんかん》が設《しつら》えられていて、ヴィタエ湖越しに王都を眺めることのできる、展望台のような広場だ。

フェリクスはランタンを掲げ、広場を見回した。

常であれば、巡礼の信徒に参詣《さんけい》の貴族、議論を楽しむ書庫を訪れた学者たちや、島からの眺めを楽しむ観光客などで溢《あふ》れているのだが、今は当然、誰もいない。

「ウィーラーたちはまだか？」

ユールもきょろりと視線を巡らせる。

一般の客の通る右回りのルートと、神殿関係者の通る左回りのルートは、この広場で合流している。その階段口から見下ろせば、少し下にふたつ、火の明かりが見えた。

「おい、どうした？」

その明かりの揺れが不自然で、ユールが軽やかに階段を駆け下りる。フェリクスはランタンを高く掲げ、ゆっくりと上ってくる部下たちを見守った。

「マンフレートが体調を崩しました」

「す、すみませ……、思ったより、魔力が、濃くて」

バルタザールに背を押されて上ってきたマンフレートが、ようやく広場に転がり込む。彼は額《ひたい》にびっしりと脂汗を浮かべて、石畳の広場にぐったりと座り込んだ。

「道を七割ほど来たところで、急に魔力が濃くなりまして」

「た、対応しきれ、ませんでした」

申し訳ありません、とマンフレートが呻《うめ》く。マンフレートの前にしゃがみ、フェリクスはその顔をランタンで照らした。その面《おもて》は真《ま》っ青《さお》で呼吸も浅く、今にも倒れそうな風情だ。

「申し訳……」

「気にするな。誰かが体調を崩す可能性は低くないと考えていた。――ヴィーラーの魔力値はグラーフ式検査で七二だったな」

「は、はい」

開発者の名を冠する『魔力量の測定』検査の数値を口にして、フェリクスは腕を組む。

グラーフという魔術師が開発した、魔力を込めると重さが変わる物質にどれだけの魔力を込められるかというこの検査は、ウェルバム王国軍に所属する際に全員が受ける必要があるものである。国軍の魔術師になるには最低八十、魔法騎士になるには七十以上の数値が必要とされていた。

なお、国民の平均値は三十から四十ほどと言われており、アウローラは二十五である。ちなみに王太子は二五六だ。

「ヴィルケは一二五だったか」

「そうです」

「……ルーミスは『測定不能』だったな」

「出力される魔力がないからな」

ふふんとユールは胸を張り、フェリクスは興味をなくしたように視線をバルタザールに戻す。「おい！」と声を荒げるユールを無視して顎を撫でた。

「八十と一二〇の間くらいの数値がこの黒い霧に耐えられる境界だろうか」

「正直、一二五でもやや影響を感じます。隊長はおいくつですか」

薄《うっす》ら浮いた額の汗を軽く拭《ぬぐ》い、バルタザールも神殿を見上げる。フェリクスはしれっと答えた。

「一八七だ」

その数値にぎょっとして、バルタザールが目を剥《む》く。百を超えれば魔術師として天性のものがあると言われるのだ。一五〇超えなど、宮廷魔術師でもなかなかいない数字である。

「……どうして魔術師にならなかったんです？」

「クラヴィス家は騎士の家系だからな」

魔術師の立つ瀬がありません。バルタザールがそうぼやき、フェリクスは口の端をもたげる。しかしそれは本当に一瞬のことで、その表情はすぐにいつもの無表情に取って代わった。

「私はこのまま、神殿の入り口まで向かってみようと思う。厳しいのならばヴィルケはウィーラーとともにここで待機するか」

「そうさせてください。この先でより魔力が濃くなれば、隊長たちの足を引っ張るかと」

「僕は行くぞ。クラヴィスだけではあまりに頼りないからな！」

ユールは両手を上げる。フェリクスは「お前は端《はな》から頭数だ」と返し、大神殿へと続く大階段を仰ぎ見た。人が同時に十人以上も上れそうな幅広の階段は白亜の大神殿とは異なり、所々すり減った石でできている。島に最初に作られた神殿の頃からあると伝わる、非常に古いものだ。

（やはり、気のせいではないな……）

階段は上に向かえば向かうほど、闇が濃くなって見える。最上段は闇の中に吸い込まれているように暗く、上りきったところにあるはずの大神殿の大扉はちらりとも見えない。

「――行くか」

「いつでもいいぞ！」

「……ご武運を」

腰に佩《は》いた剣を抜き、盾の代わりにランタンを持ち。フェリクスが最初の段に足を乗せた。その時だった。


ウォオオオオオン！


水の腐ったような鼻をつく匂いと、獣の遠吠えのような轟音《ごうおん》が、島全体に響き渡った。ゴウ、と黒い突風が湧き上がる。

風は侵入者を吹き飛ばさんとうねり、刃《やいば》となって襲いかかった。

「ぐうっ⁉」

「ぐわあッ！」

階段に足を掛けたフェリクスと、今まさに掛けんとしていたユールに、風の刃が降り注ぐ。ユールは吹き飛ばされて広場に転がり、フェリクスは咄嗟《とっさ》に全力の結界を張ろうと試みた。しかし、展開したかに見えた結界はあっという間に霧散し、三秒も保たない。

「隊長⁉」

「ルーミス殿！」

背に部下たちの悲鳴が響くが、応える余裕はない。

フェリクスは体内の魔力を練り、再び結界を展開しようと試みた。だが、フェリクスが魔力を練れば練るほど、吹き荒れる黒い風もまた威力を増す。

結界はまたしても薄ガラスのように割れ、風はフェリクスの頬に爪痕を残した。

（くそ……）

額に頬に、緋色《ひいろ》の筋が滴《したた》り落ち、目に流れ込む。

フェリクスはそれを無造作に拳で拭い、奥歯を噛《か》みしめた。

（これは、ラエトゥス家で義兄上《あにうえ》の腕を傷つけた術に似ている――）

剥き出しの皮膚を次々に切り裂いていく鋭い魔力に、フェリクスの脳裏を過《よぎ》る記憶があった。

浄化の術の改悪である『浄化で取り除いた悪いものを注ぐ』あの魔法、ラエトゥス公爵の腕をずたずたに傷つけた、かまいたちのような魔力だ。

（――ならば、ローラの刺繍が効果を発揮するはず！）

フェリクスは首元のタイを外すと腕に巻き付け、剣を握る。

結界に注いでいた魔力を剣に注ぎ込み、浄化の魔術を奮うように風に向かって振り抜いた。

しかし。

「っ……！」

相手が強大すぎるのか、魔力が凝りすぎているのか。

フェリクスにまとわりつく黒い風は剣を振り抜いた瞬間、ほんのわずかに弱まったが、間髪入れずに轟々《ごうごう》と、再び湧き上がってくる。

だが、風が途切れたその刹那《せつな》、フェリクスは風の荒ぶる領域外に飛び退《の》くことに成功していた。

その一瞬を逃さず、地面に転がるユールの首根っこを掴《つか》み上げると、天に向かって大きく吠える。

「――撤退する！」

「は……っ！」

「りょう……かいっ……！」

フェリクスの号令に、息も絶え絶えのマンフレートと、青褪《ざ》めたバルタザールが必死に立ち上がり、階段へと動き出した。

目を回しているユールを肩に担ぎ、部下の背を追いながら、フェリクスは神殿を振り返る。

そうしてそこに、『影』を見た。


(あれは……、狼《おおかみ》……？)


尖《とが》ったふたつの耳、膨らんだ尾。

ふたつの紅い点の下に、研がれた鋭い牙――


オオオオオオン！

再び、絶叫にも似た音を立てて暴風が吹き荒れる。奥歯を噛み締め踵《きびす》を返したフェリクスのその背

を、紅いふたつの瞳がじっと見据えていた。

※

「——去ったようですね」

大神殿の奥深く、最も神聖と言われる巨樹の根元にて。

鏡面のように凪《な》いだ水面を見つめていたカーヌスは、水面から像が消えると腰掛けていた黒い岩の上から立ち上がった。

「……去ってしまいましたわね」

同じ水面——巨樹の傍らにある禊《みそぎ》のための小さな池——を覗《のぞ》き込んでいた少女は、カーヌスの言葉に嘆息する。カーヌスは『仕方のない子』と言いたげな笑みを口の端に乗せ、どこか不満そうな少女に声を掛けた。

「不服そうですね、エリーザベト」

「——いいえ、そんなまさか」

カーヌスの声に慌《あわ》てて顔を上げ、流れ落ちた栗色《くりいろ》の巻き毛を背に払うとツンと澄まして取り繕《つくろ》ったのは、歳《とし》の頃は十五か十六か、成人前後のあどけなさを多分に残した、美しい娘である。

「でも……いいえ、尊師・カーヌスに嘘《うそ》はいけませんわね。なかなか鋭い魔術師のようだと感心していたのですわ」

「顔も美しいですしね」

「ええ！　――って、尊師！　違いますわ、そのようなこと、考えておりません！」

うっかりぽろりと本音をこぼした娘は、サッと頬に朱をはいてカーヌスに抗議する。

「いいのですよ、貴女《あなた》はまだ年若い。本来、貴女くらいの歳ならば、社交の世界で集《つど》い、美しい人物についてあれこれと言葉を交わすことも珍しくないことでしょう」

「俗世の者はそうでしょうけれど、わたくしはそんなくだらぬことに時間を使ったりしませんわ」

「その対象がなんであれ、美しいものについて語ることは悪いことではありません。力あるものは美しく、美しいものには力があります。わたくしたちの力の源たる大地の魔力は、美しいでしょう？」

カーヌスの指先が宙を踊る。その指の動きに沿うように、マギの樹の根元から黄金の筋が伸びてきてキラキラと輝き、大神殿の裏庭を守るようにぐるりと囲った。

その光の美しさに、エリーザベトは息を吐く。淡い紫の瞳をうっとりと細めた。

そう。古風な白いドレスを身にまとい、一見清楚《せいそ》で淑《しと》やかな巫女に見える彼女の瞳は淡い紫――つまるところ、彼女こそが大神殿の『次期様』、次期巫女姫の地位を預かるエリーザベト・エル・ラ＝オーステンである。

「なんと美しい光でしょう……。巫女長様の奮われるお力よりも、よほど眩《まばゆ》く輝いておられます」

「――この輝かしい土地を預かる長でさえ、わたくしよりも力弱いとは、哀《かな》しいことですね。この地にはこれほど強大な力が眠っているのです、旧《ふる》き魔法が正しく受け継がれ続けていたのであれば、巫女長様のお力も、今よりずっと強く揺るぎないものだったことでしょうに」

カーヌスは、精霊にも似た美貌を悲しげに曇らせる。エリーザベトはパッと駆け寄って、力なく垂れたカーヌスの手を握りしめた。

「ご安心くださいませ！　尊師にご指導をいただいているわたくしが長となる頃には、神殿も大精霊様も、正しき力を取り戻しているはずです！　そうすれば、尊師やわたくしたち、旧き魔法を受け継ぐ者たちの地位は今よりもっと向上し、わたくしたちの『楽園』がこの地を——いいえ、この国、この世界を正しく導くことができるようになるはずですわ！　ああ、尊師はまことに、迫害され苦しんでいた民を率いてこの地に降り立った、初代魔女王の再来のよう。なんと素晴らしいことでしょう、この地はまさしく、苦しむ民を救うためにあったのですね」

カーヌスの前にひざまずき、エリーザベトはその瞳を傲然と輝かせて言った。

この偉大な魔法使いのもとで、魔法について『正しく』学んだ結果、今の世の在り方——市井《しせい》に在る自分や巫女、神官のような古代魔術に偽装された古い魔法を受け継ぐ人々が、まるで生まれ故郷で迫害された初代女王のように追いやられ、ただ消えゆく一方である世界——がどれほどおかしいかを知ることができたことは、彼女にとってあまりにも僥倖《ぎょうこう》だった。

「わたくしが魔女の子であるのに魔術が苦手であることを、父は苦々しく思っていたようですけれど、父の考えの方がおかしかったのですわね。魔術でなく魔法が使えるわたくしは、正しく母の祖先の血を引いていたというのに。でもわたくしたちは正しいことに気づけたのですから、世界を正しい形に戻すことができるはずですわ」

「——ええ、そうですね。弱気になってはいけませんね。わたくしたちの使命が正しく果たされる世になれば、この国は……いえ、この世界はもっと良い方へ向かうことができるはず」

人を魅了する黄金の瞳をやさしく揺らし、カーヌスはエリーザベトの髪を撫でた。エリーザベトは満足そうに鼻を鳴らすと、お任せくださいと胸を叩《たた》く。

「そうですとも！　……ああ、今となっては、これまでの自分の無知蒙昧《もうまい》さにゾッと致しますわ。これほど素晴らしい力を授かっておきながら、魔術が苦手なことを苦く思っていただなんて。より優れた力を持っているのですもの、劣る力をうまく使えないことは当たり前のことでしたのに」

「苦手であっても懸命に学んでいたからこそ、書庫での出会いがあったのです。今までの貴女の努力が、この運命を手繰《たぐ》り寄せたのでしょう。――わたくしも、巫女様や神官様のお使いになる術が、『古代魔術』ではなく、『旧き魔法』に連なるものであると気づけなければ、ここに来ることはなかったでしょうから、大精霊様のお導きに感謝しなくてはなりませんね」

「ええ！　大精霊様も、長くお眠りになっておいででしたから、目覚められてこうしてお力を奮われること、喜ばしく思っておいでだと思いますわ。――だってほら、黒いベルベットのような美しい魔力が、こんなにも溢れているんですから」

　エリーザベトは再びうっとりと、カーヌスの寄りかかる黒い岩へ目をやった。カーヌスの黄金の魔力が木の根のように絡《から》みついて輝く隙間《すきま》から、濃厚な黒い闇が染み出している。その黒の中に黄金が混じって、まるで空を流れる星の河のようだ。

「――ほんとうに、強く美しい見事な魔力です。さすがはこの地を統《す》べる大精霊様のお力ですね」

　己の座る岩肌を撫で、カーヌスはそっと口の端をもたげた。その麗しさにエリーザベトは頬を真っ赤に染め上げ、慌てたように視線を泳がせる。

　美しいものには力がある、これこそ真理だわ。

　熱くなった頬をパタパタと扇《あお》ぎながら彼女はその言葉を胸に刻む。それから頬の熱を冷ますために息を吸いながら、鏡面のように静かな池の水面を眺めた。

「……ところで尊師、先ほど映し出されていた男性たちについてご存じですの？」

「金と銀の、どちらの男性です？」

「……ど、どちらもですわ」

口ごもったエリーザベトに、カーヌスは微《かす》かな笑みを浮かべてみせた。

「どちらも存じ上げておりますよ。きっと貴女も、ご令嬢でいらした時に、名を聞いたことがあるでしょう。金の髪がルーミス家のご嫡男、銀の髪がクラヴィス家のご嫡男です」

「――ま、まあ……！　あの方たちが、陽光の騎士様と銀月の騎士様ですの？」

エリーザベトはぱちぱちと目をまたたかせた。

公爵家の婚外子であるエリーザベトは、王都のオーステン家の屋敷で育っている。王都で暮らす貴族の娘にとって、とびきり見目のよい麗しの近衛騎士である彼らの噂話《うわさ》は、ロマンス小説を読むことと同じような一種の娯楽だ。次期巫女長として神殿に入るまで公爵家の娘として当たり前に令嬢たちとの付き合いのあったエリーザベトが、知らぬはずもない。

まるで物語の主人公たちに出会ったような高揚がエリーザベトの身を包む。しかしカーヌスは悲しげに首を振った。

「残念ながら、わたくしは彼らと戦ったことがあります。――彼らは国の騎士、国策である『魔術偏重』を逸脱《いつだつ》することは許されません。わたくしの思想とは相容《あいい》れず、戦わねばならなかったのです。この度《たび》も、立ち向かってこられることでしょう」

「……まあ」

「クラヴィス殿など、この神殿に仕えた騎士の血を引く一族の裔《すえ》でいらっしゃるというのに。これほど哀しいことがあるでしょうか」

「……まあ！」

エリーザベトは口元を押さえ、驚きの声を殺した。けれど、湧き上がる思いは声となって、堪《こら》えきれずに喉の奥から迸《ほとばし》る。

「なんと、なんともったいないことでしょう！　そのような素晴らしい血筋の家に生まれて、間違った形で生きていくなど、社会の損害ではありませんか……！」

「全くです」

エリーザベトの叫びを肯定し、カーヌスは浮かぬ表情で息を吐いた。

「あの美しい力が、古のように奮われれば、どれだけわたくしたちの助けとなったことでしょう」

「あの方を取り込むことはできませんの？」

「難しいでしょうね。王太子の覚えめでたく、近衛騎士隊のなかでそれなりの地位があり、婚姻を結んだばかりの妻もいる。世俗に染まりきった人を正しい世界に導くことは、並大抵の力でできることではありません。――あのような力を持つ存在は本来、世界を統べる人々に傅《かしず》くことこそ相応《ふさわ》しいでしょうに」

カーヌスの惜しむ声色が、エリーザベトの心をくすぐる。

自分はこの師とともに楽園を導き、人々を導く使命を帯びている。その存在は、巫女長や王妃といった世俗の婦人たちの最高峰より、いち段上の地位であるはずだ。――であればそれは、美しく強き者たちが傅くに相応しい立場ではないか。

「……楽園を導く立場に立つのであれば、わたくしも尊師のように、人々を従える存在にならねばなりませんわね？」

　ぽつりとこぼれた言葉に、カーヌスはとろけるような笑みを浮かべ、一際甘い声で囁《ささや》いた。

「さすが我が弟子、そこへ至りましたか。――頼りにしておりますよ、未来の『楽園の巫女長』殿」

「……えっ、ええっ！　全力を尽くしますわ！」

　一瞬でのぼせ上がったエリーザベトに、カーヌスは口元を隠して笑う。

「そうと決まれば、学びを深めなければなりませんわね。尊師、お先に失礼致します！」

「ええ、お励みなさい」

「はいっ！」

　意気込んだ返事とともに、少女らしい軽やかな足取りでエリーザベトは回廊の向こうに消えていく。

「……他愛もないこと。そう思いませんか？」

　その背を見送ったカーヌスの視界の端に、フェリクスたちを追い払った黒い獣が足音もなく現れる。

　後ろ足で立ち上がればカーヌスの身よりも大きかろうという巨躯《きょく》を持つ、漆黒《しっこく》の狼だ。

　山野で遭遇すれば死を覚悟せざるを得ない凶暴な獣は獰猛《どうもう》に喉を鳴らし、紅く濁った瞳でカーヌスをじっと見つめ、大きく吠えかかる。

　しかしカーヌスは怯《おび》えの欠片も見せず、獣に向かってうっそりと微笑《ほほえ》んでみせた。

「ああ、わたくしのいる場所がご不満ですか」

　寄りかかっていた黒い岩からカーヌスが身を離せば、黒狼は岩の上に飛び乗り、低く呻いた。石を取り巻く金の魔力――カーヌスの魔力が気に障《さわ》るのか、前足でがしがしと岩を蹴る。しかし金色の魔力は薄れることなく、一層輝きを増して岩を取り囲んだ。まるで黄金の檻《おり》である。

「ふふ。貴女の力は、本当に見事なものだ。よくぞここまで、眠っていてくださいましたね」

獣の唸《うな》り声が大きくなる。その音すらも心地よいと、カーヌスはうっとりと目を細めた。

「――これほど冬至が待ち遠しいのは、生まれて初めてですよ」

†4　刺繍の力

クラヴィス家のタウンハウス、若夫婦の居間に備えられたアウローラの『刺繍《ししゅう》専用スペース』は、大きな窓が自然光をたっぷりと取り入れてくれる、明るい空間だ。刺繍をするアウローラとくつろぐフェリクスとがともにのんびりと時間を過ごせるようにと気を配られている、大変に居心地の良い部屋である。

しかし今、その心地よいはずの空間は、どんよりとした重苦しい空気に充《み》ち充ちていた。

暗い雰囲気の発生源は、部屋の主の片割れたる若夫人、アウローラだ。愛する刺繍にも身が入らないらしく、刺繍道具を傍《かたわ》らにこの世の終わりのような顔をして、長椅子に座り込んでいるのである。

その理由は、彼女の隣に座って猫のようにくつろぐ夫の頭部に、ガーゼや包帯がこれでもかと巻かれていることだった。

そう、神殿島に調査上陸したフェリクスが、傷だらけで屋敷に帰ってきたのだ。

(こんなにお怪我《けが》をしてお戻《もど》りになるなんて。……わたしが刺繍したタイは、お役に立てなかったんだ)

ちらりと横目で夫に目をやり、アウローラは唇を噛《か》み締めた。

フェリクスの美神に例えられる美しい顔を、目が痛くなるほど白い包帯が覆う様はひどく痛々しく、わずかに滲《にじ》む血液が傷の痛みを想起させる。

アウローラは椅子の上で子どものように膝を抱え、こぼれそうになる涙をぐっと堪《こら》えた。

(……そもそもわたしの『原始の魔女』の力は、ささやかで優しいものだ、って言われていた。つまりそれって、ほとんど効果がないちっぽけなものだ、ってことだったのに。どうして『これがあれば大丈夫！』なんて思い上がれたんだろう）

タイに刺した刺繍があれば、魔法に類する力には、対抗できるのだと思っていた。けれど、アウローラは所詮《しょせん》、ルーツィエのような力ある『魔女』ではなく、力の弱い『原始の魔女』でしかない。それなのに、珍しい存在だともてはやされていい気になっていたのではないか。

アウローラは膝を抱える腕に力を込めた。

（もしもわたしが、初代夫人のような力ある魔女だったら、フェル様は怪我しなかったのかな）

原始の魔女がなんだというのか。強い力を持つ魔女だったら、もっと助けになれたはずなのに。

「ローラ」

そんな妻の落ち込みようをどう思ったのか。すぐ隣からひどく優しく名を呼ばわれて、アウローラはおずおずと顔をもたげた。すると、呼ばわった人の頬を覆う白いガーゼ、頭と首に巻き付く包帯が目に飛び込んできて、アウローラの視界は急速にぼやけ、堪えきれずに一筋弾《はじ》ける。

「そんなに泣いては、目が溶けてしまう」

長い指先が目尻を拭《ぬぐ》う。

アウローラはその指をやんわりと引き剥《は》がし、己の拳でぐしぐしと目元を擦《こす》り上げた。

「――ごめんなさい」

「謝るようなことではないが――」

フェリクスはぱちくり、不思議そうにまたたく。しかし、彼の言葉を聞いた妻の瞳からぼろぼろと、大粒の雫《しずく》が立て続けに滴《したた》り始めたのに気がついて、宙に浮いた指先をさまよわせた。

「ごめんなさい、フェルさま……」

「ごめんなさい……」

「ごめ、なさ」

——力が足りなくて、ごめんなさい。

くり返し呟《つぶや》いたアウローラの目元が、本格的に決壊する。フェリクスはぽかんと口を開けたが、アウローラが何を謝っているのかに思い至ると、涙の溢《あふ》れる面《おもて》を己の胸元に押し付けた。

「ローラが謝る必要は全くない」

「でも」

「知っての通り、魔法とは未解明の分野だ。この怪我は、魔法の対策には不明な点も多いと分かっていたのにローラの刺繍に頼りすぎて準備を怠《おこた》った、私自身のせいだ」

引き寄せた妻の後頭部、柔らかな髪の隙間《すきま》に指を差し入れて子どもをあやすように優しく撫《な》でながら、フェリクスは訥々《とつとつ》と続ける。

「それに、ローラの刺繍に効果がなかったわけではない。隊員のひとりは、あのタイがあることで呼吸がしやすくなったと言っていた。外すと濃度の高い魔力からくる息苦しさで行動が制限されたという。ローラの刺繍がなければ、おそらくもっと手前で引き返すことになっただろう。神殿前広場まで行けたのは、間違いなくあのタイの功績だ。誇るべきことだ」

うつむくアウローラの頬を支え、フェリクスはその顔を覗《のぞ》き込む。真っ赤になった鼻先をちょんと摘《つま》んで、困ったような笑みを浮かべた。

「島への通信の魔術が通らないと言われた時点で、島内では魔術が使えない可能性があることは分かっていたのだ。それなのに調査だからと侮《あなど》って、攻撃や防御のための魔力を使わない道具の準備が不足だった。それは私の落ち度であって、ローラのせいではない」

きっと、中世の騎士が着たような全身鎧《よろい》を着ていけばよかったのだろう。フェリクスはおどけたように言い、ほとほとと涙をこぼすアウローラの頬を撫でて、唇を寄せた。

ひとつ、ふたつ。涙を吸い上げるように、閉ざされた目蓋《まぶた》に、鼻先に、頬に。柔らかく順番に口づけてから、フェリクスは最後にそっと唇を塞ぐ。それは、落ち込んでしまった明るい気持ちを吹き込もうとするような、優しく柔らかい口づけだった。

「さあ、泣くのはやめて、くたびれて帰ってきた夫に笑顔を見せてくれ。それが何よりの薬だ」

長い口づけに息が上がり、涙どころではなくなったアウローラだが、その言葉にぎこちなく笑みを浮かべてみせた。涙にまみれてぐしゃぐしゃの、きれいとはとても言えないその表情も、フェリクスにとってはただただ愛《いと》しいだけのものだ。

「ようやく笑ってくれたな」

「ごめんなさい、動揺してしまいました。騎士の妻失格ですわね……」

「そんなことはない。心配されないのもそれはそれで寂しい」

アウローラは苦笑を浮かべ、夫の頬に貼り付けられたガーゼにそっと指を伸ばした。

「痛いでしょう……」

「痛くないとは言わないが、大げさに手当てされているようにも思えるな」

撫でられて喜ぶ子犬のように、フェリクスは目を細める。

「開いた傷口は魔術で閉じてあるし、殿下より特殊な軟膏《なんこう》を授かったので一晩でほとんど消えるはずだ。魔力でついた傷は、魔術による治癒促進が容易らしいからな。――まあ、殿下の調薬の実験台というところもあるので今晩は熱が出るかもしれないが、その程度で済むだろう」

看病してくれるだろう？　フェリクスが少しばかり甘えたように言えば、アウローラは頷《うなず》く。

「もちろんです！」

沈んだ気持ちを明るくしようと言葉を尽くしてくれるフェリクスの心遣いに胸を温めながら、アウローラは拳を握りそう応えた。一日でも二日でも、全身全霊で看病するつもりである。

その仕草にフェリクスは眩《まばゆ》く破顔し、それでようやく、部屋にはいつもの明るさが戻ってきた。

場の空気が変わったことを読み、そっと近づいてきた使用人が、湯気の立ち上るハーブティをカップに注ぐ。それを同時に勢いよく傾けたふたりはこれまた同時に息をつき、ふたり揃《そろ》って長椅子の背にもたれた。

「――でも、フェル様。タイの刺繍に効果があったのなら、どうしてそれほどお怪我を？」

「相手の力量を見誤ったということだ」

情けないことだな。フェリクスはそう呟いて、己の手のひらをじっと見つめた。

「船着き場から神殿前の広場まで、身体《からだ》の不調ひとつなくたどり着いたので、その先も行けるだろうと踏んだのだ。しかし、大階段の先はそこまでとは段違いに濃い魔力で囲まれていた」

開いていた手のひらをぐっと結び、フェリクスは目を閉じる。

「――細かい分析は明日以降になるが、あの黒い霧はおそらく、神殿島周辺に発生する魔力だ。大神殿に眠ると伝わる精霊が実際にいるのであれば、その力かもしれない」

アルゲンタムで言えば星見の丘とステラのような、そういう魔力だ。人の身で相対するにはあまりに大きく、言うなれば雪山に何の装備もなく、普段着で登ろうとしたようなものだとフェリクスは呟く。

「ビブリオ山脈の最高峰は、魔力も濃く気温も低く、空気も薄いという。魔力の濃い場所で常に魔術を奮い続けることは難しい。一瞬気を抜いただけで凍死しかねないそうだ」

（お、恐ろしい……！）

アウローラは思わずぶるりと震えた。それはおそらく、普段着でなくても一歩間違えば命を落とすような危険な世界なのだろう。

「この例えは少し大げさかもしれないが、まあそういうことだ。あの島はもともと、湖で最も魔力が濃い場所で、王都全域で見ても屈指だ。それだけの土地の魔力が襲いかかってきたのだと考えると、準備のない人間が敵《かな》うわけがない。むしろこの程度で済んで幸いだった」

「お戻りになられて、本当に良かったです……」

アウローラは思わずそっと、隣の夫にもたれかかった。背中から肩へ、彼の体温が染み入るように伝わって、アウローラは安堵《あんど》の息を漏《も》らす。彼は確かにここにいる。そう感じられたのだ。

「だから、ローラのせいではない。分かったか？」

「はい」

そう締めくくり、フェリクスは再びハーブティに口をつけた。隣で香ったすっとする柔らかな香りに、アウローラは深く息を吸う。精神の昂《たかぶ》りを抑え、緊張を和《やわ》らげる効果があるという薬草の茶は香りも優しく、ささくれだった心を宥《なだ》めるようだ。

（今、刺している図案について、もう一度考えてみた方がいいのかしら）

心が落ち着けば、思考にも冷静さが戻ってくる。アウローラは己の傍らの刺繍道具を入れた籠を取り上げ、刺しかけの刺繍枠を取り出した。そこにあるのはもちろん、あの天文図の刺繍である。

（手助けになればと思っていたけれど、効果がないのでは意味がないものね……。わたしが刺して楽しいだけになってしまう）

枠を掲げて考え込むアウローラの手元を、フェリクスが覗き込む。

「相変わらず、素晴らしい腕だな」

「でも、アルゲンタムではもっと効果があったように思うのです。図案が向かないのか、相手の力の質がぜんぜん違うのか……。もしかしてこの図案を刺し続けても、あまり意味がないのかしら」

「それは私も気になっている」

アウローラの手から刺繍枠を受け取ってしげしげと眺めながら、フェリクスは顎《あご》を撫でた。

「星見の丘も、神殿島ほどではないが魔力の濃い土地だ。あの地であれだけの力を発揮したのだから、もう少し効果があるかと思ったのだが」

優しい魔力の込もった、良い刺繍なのだがな。フェリクスは呟いて腕を組む。

「――そう言えば、かつてテオに贈った刺繍の図案は、どのようなものだった？」

「ええと……、ラエトゥス公爵家の竜と……、『成長』を意味する『蔓草《つるくさ》』と、『身を守る』意味があるという『貝』のモチーフでしたわ。『蔓草』には蔓が壁を覆い尽くす様から、『護り』の意味もあるというので、二重に良いかと思って」

突然の問いかけにまごつきながら、アウローラは目を閉じ、己の脳裏にある記憶の図案帳をぱらぱらとめくった。あの時は、久しぶりに会った義姉《あね》の丸く大きくなったお腹《なか》を見て、「小さな公子さまが元気で無事に大きくなりますように」「赤ちゃんが、悪いものから守られますように」と、そうした祈りの意味がある図案を選んで刺したはずだ。

「では、アルカ・ネムスで私を助けてくれた時に、貴女《あなた》が腕に巻いていたのは？」

「あれは確か……、巻いていたストールをふたつに裂いたのでした。山の中の隠れ里に行くというので、森をイメージした図案のものを選んでいたような気がします。旅が楽しく、安全に終わりますようにと思って、旅に出る前に刺したのです。図案は旅先をイメージして、マギの実とマギの木の葉と……、ユリの花とリスと鹿と……」

「そして、アルゲンタムではこれだな」

「そうです。みなさまがご無事であるようにと祈りながら刺したのですけれど……」

フェリクスが掲げた枠に目をやって、アウローラは頷き、しばし遠い目をした。思えば恐ろしく目まぐるしい半年である。二十年の人生の中で最も密度の高い日々だったと言っても過言ではない。

「別々の図案だな」

「はい、蔓草のような共通のモチーフもありますけれど、それぞれのメインのモチーフは別ですわ」

「だが、それぞれに効果は発揮している」

モチーフの問題ではないのだろうか。しかしそれならば、アウローラが祈ったり願ったりした内容の効果が発揮されるはずである。

「魔術であるならば、特定の手順を踏めば程度の差はあれ同じ効果が出るはずなのだがな……」

フェリクスはそう首を捻《ひね》った。

魔術の多くは、定められた音や図形に魔力を充たすことで発動する。

音や図形をどれだけ省略するかやどれだけ詰め込めるか、必要とする魔力の量をどれほど節約できるかなどには個人の力量の差が出るが、火をおこす呪文を正しく唱えれば火が出るし、水を出す陣を正しく描けば水が出る。魔術とは、長い年月を掛け、数多《あまた》の魔術師の手によってそういうふうに『整えられてきた』ものなのだ。

「同じ図案であれば同じような効果が出るはずだし、同じ祈りであれば同じような効果が出る。それが魔術というものだ」

「わたくしの刺繍は、魔術と言うほどのものではないのでしょうね」

アウローラの言葉にフェリクスは小さく唸《うな》り、刺繍枠を妻に返す。

「島の魔力が非常に強いということかもしれないが、肌で感じたところでは、アルゲンタムのものとて充分に強かった。ここでだけ効果が薄いというのはどうもしっくり来ないな。——占ってみるか」

茶器の底にわずかに残った淡く薄い黄色の水面を覗き込み、フェリクスが呟く。アウローラはぱっと顔を輝かせて無言で頷いた。

フェリクスの使う占術は、とても美しいのだ。

そんな表情を見せた妻の姿にフェリクスは面食らったようにまたたいたが、ひとつ咳払《せきばら》いをすると磁器の縁を爪で弾いた。高く澄んだ音とともに、白磁を彩る繊細な金彩の輝きに、彼の魔力である青紫の澄んだ光が重ねられる。

『我に示《てがかりを》せ』

涼やかな声が空間を支配し、カップが刹那《せつな》、眩く輝く。

眩《まぶ》しさに目を細めれば、青紫の淡い光はほろほろと星が解けるように明滅して、静かに消えた。

（ああ、いつみても、本当にきれい……）

魔力が先か、瞳が先か。フェリクスの『青玉を溶かして煮詰めたような』と言われる瞳の色そのものの光を宿す彼の魔力は、とびきりに美しい。

うっとりと頬を染め、目を細めて魅入《みい》るアウローラに、フェリクスの頬もわずかに染まる。彼は再び咳払いをひとつして光の失《う》せたカップを覗き込み、目を見開いた。

「……ん？」

「どうなさいましたの」

持ち手に指を乗せたまま、フェリクスが首を捻る。彼の腕に手を乗せて、アウローラもまた茶器を覗いた。薄い黄金色の液体はさざなみひとつ立てずに凪《な》いでいるが、アウローラの目には何の変哲もない、良い香りのハーブティの残りにしか見えない。

「カップの底に現れたこの形状、意味を解くと『近い』という暗示なのだが……」

「ちかい？」

「手がかりは直《す》ぐ傍にある、もしくは手がかりは近々にやってくる、だろうか。すでにあるのに気づいていないことの暗示という可能性もあるが……」

茶器の底、月面の陰影のようにわずかに見える影を指し示し、フェリクスが言葉を詰まらせる。もちろん、アウローラも首を傾げた。『手がかりを示せ』と問いかけた占いの結果が『近い』とは、これいかに？　である。

フェリクスの占術の精度は大変に高いのだが、占術とはそもそも、解釈次第のところがある。

答えがはっきりとしていること――『誰それはどこにいるか』などを問いかけたのであれば答えは分かりやすいが、『今日は良い日か？』といったような、問いかけそのものが漠然としているケースに関しては、解釈がいかようにも取れる結果が出ることが多いのだ。

力ある占術師とは要するに、この解釈を読み解くことに長《た》けた人のことを指すのであり、ほとんどの場合は実際に事が起きてから、『あれはこういう意味だったのか』と分かるのである。

夫婦がふたり揃って口をつぐんだので、居間は不意に静まり返った。

穏やかな空気が流れ、アウローラが大きく息をついたその時、フェリクスがふと声を上げた。

「……騒がしいな」

部屋が静けさに充ちたことで、夫婦の耳に微《かす》かなざわめきが届くようになったのだ。それはどうやら廊下側、部屋の外から響いているようで、ぱたぱたとした軽く慌《あわ》ただしい足音が聞こえてくる。

誰かがこちらに来るようだ。そう気づいたアウローラが背を伸ばすのとほぼ同時に、居間の内扉が叩《たた》かれて、エリアスが姿を現した。

「失礼致します」

「どうした」

「レオが若奥様にお目通り願いたいと。いかが致しますか」

眼鏡の奥の瞳には、微かな困惑が浮かんでいる。アウローラはぱちくりと目を丸くして、フェリクスと顔を見合わせた。

レオ、とはアウローラがアルゲンタムの孤児院で出会った、魔法的な絵画を描く少年の名である。

年齢にそぐわぬほどに素晴らしい腕前の持ち主なのだが、彼の描く人物画は本物そっくりで、更に彼の感情に呼応して涙を流したり輝いたりとまるで生きているように動くので、魔法に馴染《なじ》みのない周囲の人々から気味悪がられて、街でも孤児院でも孤立していたのである。しかしアウローラと出会い、その絵に価値を見いだされて、クラヴィス家の食客《しょっかく》となったばかりだった。

「後続組が到着したのね？」

「はい」

アウローラたちが魔術高速船で戻るのと同時にアルゲンタムを出た、レオを含む若夫婦付きの使用人たちが、陸路で戻ってきたらしい。

「皆にはご苦労さまと伝えて。レオには、フェル様がご一緒でも構わなければどうぞと」

特に断る理由もなく、アウローラは若夫人としてそう応える。分かりましたと答えたエリアスは足早に内扉の向こう――取次の間に足を向け、ほどなくして小さな影を連れて戻ってきた。

歳《とし》の頃は十歳ほど、癖の強い黒髪とアクアマリンのような瞳をした、なかなかに将来の楽しみな顔立ちの少年――レオである。

「し、しつれいいたしますっ！」

室内に呼び込まれたレオはアウローラの存在を見てほっと息をついたが、隣に座るフェリクスの顔を見た途端かちんと固まり、油切れのからくり人形のようにぎくしゃくとした礼をした。

「楽にしてね。何かあったの？」

「わかおく様！　わ、わかだんな様も！　た、大変です、こちらをごらんください……！」

アウローラが声を掛ければ、レオは抱えていた箱をずいと差し出した。

少年従僕が着るようなお仕着せを着せられた彼が抱えていたのは、小柄な少年には少々余る、一抱えほどの大きさの櫃《ひつ》だった。底以外の五面に刻まれた花模様の彫りが美しい、見事な木箱だ。

「これは、お義父《とう》さまにいただいた箱よね？」

「はい、ふるいものだから気にしないで、すきにつかえって言い……おっしゃいました」

アウローラの問いに、レオはこくんと頷いた。

アルゲンタム城で世話になっている間、レオは侯爵夫妻の絵を描いていたのだという。

そして、その腕前の見事さに感動した侯爵が、絵画の道具をしまうといいと言って、侯爵家に長年伝わる美しい箱を下げ渡したのだそうだ。

しかし、それは、侯爵にとっては「家にあった古いもの」であっても、年代物としての価値が大いにある、コレクターが泣いて羨ましがるであろう、古い時代の工芸品だった。

「ええと、絵の道具を入れるにはちょっとりっぱすぎるので、よごさないように、わかおく様からいただいたししゅうとか、しきゅうされた服とかをしまっていました。こちらのおやしきに着いて、お部屋をいただいたので、かたづけようと思ってふたをあけたのですが……」

そこでレオは言いよどみ、ぎゅっと目をつぶると意を決したように眉を吊《つ》り上げ、手にした箱を更に持ち上げた。高々と掲げられた木箱に、アウローラが手を伸べる。

「受け取ればよいのかしら？」

「その、あ、あけてみて、ください……！」

「これはレオのものになったのでしょう、わたくしが開けて構わないの？」

「は、はい、あの、自分の目が、しんじられなくて。どうしていいか、わからなくて……」

「――ローラには重かろう。私が開けよう」

茶器を片付けさせると、フェリクスは受け取った箱を小卓の上に置いた。

（素敵な模様だわ。この模様、後でフロッタージュ《こすりだし》させてもらってもいいかしら？　モチーフは雪解

けの季節かな、春待草の曲線が見事だわ。刺繍の図案にも応用できそう。……でも、箱としては普通の箱のように思えるけれど）

置かれた箱を、アウローラはしげしげと眺める。見事な工芸品だが魔術的な加工は見当たらないし、不審なところもないようだ。

「開けるぞ」

フェリクスも同じ結論に至ったようだ。レオに声を掛けると蓋と側面をこんこんと指の関節で叩き、何の反応もないので気負いもなく蓋を開け――そして凍りついた。

「……フェル様？」

夫の動作に首を傾《かし》げてアウローラも箱の中を覗き込み、ぽかんと口を開けた。

箱の底には、アウローラがアルゲンタムでレオに渡した刺繍の品が丁寧に畳まれてしまわれていた。それは想像通りだ。想像と違ったのは、その布の上にいたものだった。ここにあるべきではない小さな白い耳が、ぴょこんと覗いていたのである。

（うそでしょう？）

己の目に映ったものが信じられず、アウローラは恐る恐る、箱の中を再び覗く。

ベビーピンクの内側をした、ぴくぴくと動く小さな耳。柔らかそうなミルク色の毛に包まれたそれは、明らかに子猫の耳だ。

「……みゃう」

そして響いた高く頼りない、そしてちょっぴり気まずげな小さな鳴き声に、時が止まった。

（まさか……）

思わず伸ばした指先に触れた柔らかく小さな身体は、アウローラの指先にピンク色の鼻先を押し当てると、ぺろりと舐《な》めた。その時ちらりと見えたのは、普通の猫ではありえない、銀の星散る夜空の瞳だ。

そこにいたのは、生後ひと月ほどに見える、ミルクのように真っ白な小さな子猫だったのだ。

「え――えええええええっ!?」

それを認識した瞬間、貴婦人にあるまじき大音声が、アウローラの喉から迸《ほとばし》った。

「す、ステラの子猫!? あ、あの子ったらいつの間に!」

「みゃん……」

そうじゃない。そう言いたげに子猫が不満げな鳴き声をこぼす。硬直していたフェリクスは、頭痛がすると言いたげに額《ひたい》に手を当て、深々と息を吐く。

「……この子猫から感じる魔力はステラのものと完全に同一だ。占術の言う『手がかり』とはまさか、これのことか?」

アウローラとレオがフェリクスを振り返る。子猫は「みゃん!」と朗《ほが》らかに鳴いた。

「完全に、同一、ということは……?」

アウローラは恐る恐る、フェリクスを振り返った。フェリクスはこめかみを揉《も》みながら、大きなあくびをしてみせる白い子猫を横目に口を開く。

「魔力には個人差があり、血の繋《つな》がりがどれほど濃くても、個体が違えば違う質のものになる。姿かたちが全く同一の双子では極稀《ごくまれ》に、全く同じ魔力を二分して持つ性質を持っている者がいるが、それは双頭魔力と呼ばれる、同じ魔力を共有して生まれてくる非常に稀有《けう》なケースだ。双子が一万組いて、一組いるかどうかだという。――つまり、同一の魔力を持っているということは」

「……これはステラ本人ということですか⁉」

アウローラは愕然《がくぜん》として小さく叫んだ。

フェリクスの故郷、アルゲンタムの守護妖精・ステラは、白猫の姿をした妖精なのだ。

「そうだな」

「みゃあん」

フェリクスが頭痛を堪えて浅く頷く。そうです！　と言いたげに子猫が胸を張って鳴いた。頭が重そうで頼りない、見た目は完璧にただの子猫だが、その仕草はどこか人間臭く、少々猫らしくない。

「でも、ステラは成獣の姿だったはずですけど……？」

「おれ、ステラを、連れて来てしまったのでしょうか……⁉　せいれい様を失ったら、あ、アルゲンタムはどうなってしまいますか……⁉」

アウローラが訝《いぶか》しむ横で、レオは目尻に涙を浮かべ、がくがくと震え始めた。

土地から生まれた妖精を、その土地から引き離すと消えてしまうこともあるという。そうでなくとも、土地を守る妖精や精霊が離れてしまうことは禁忌《きんき》、その土地にもたらされていた祝福が消え、土地が衰退するというのはおとぎ話のセオリーで、子どもでも知っている話である。

レオの怯《おび》えからアウローラもそのことを思い出し、愕然として青褪《あおざ》めた。

「そ、そうですわ……！　フェル様、どうしましょう⁉」

「大丈夫だ、落ち着いてくれ」

フェリクスは、今にも泣き出しそうなレオの頭をくしゃりと撫で、震え始めたアウローラを抱き寄せる。子猫なステラもみゃんと鳴き、箱からぴょこんと飛び出してアウローラの膝によじ登った。

「だ、だって、子どもの頃に、絵物語で読んだことがあります。精霊を邪険にして出ていかれてしまった村が廃《すた》れてしまったり、悪い魔術師に守護妖精を引き離された町が滅びかけたりするお話を！土地を守る存在の祝福を失うと、土地はあっという間に力を失ってしまうのでしょう⁉」

「おれも聞いたことがあります。わるい人がようせいを追い出したら、かれてしまった泉の話でした」

すぐにもステラをアルゲンタムに連れ戻さなくてはならないのではないか。

思いつめた表情のアウローラの拳を、フェリクスはそっと手のひらで包む。

「落ち着いてくれ。そう言った伝承は確かにあるが、ステラの本体はあの霊廟《れいびょう》の下の白い石だ。まだ精霊になりきっていないステラ本人が、これほど長距離を離れられるとは思えない。――ステラ、お前はひょっとして、分身か？」

「みゃうんー」

ステラの耳と短いひげがぴくぴくと震えた。

「……ぶんしん？」

意味は分かるが耳馴染みのない言葉に、アウローラはオウム返しに呟いた。レオも目を丸くしてこちらを見ている。アウローラの膝の上でみゃんみゃんと鳴いているステラをひょいと抱え上げ、己の胸元でぷらりと揺らすと、フェリクスはため息まじりに頷いた。

「妖精とは基本的に、発生地から離れられないものだ。離れてしまえば消失すると言われている。しかし、大いなる力を持つに至った妖精――大妖精や精霊もどきなど呼ばれる存在は、力を分かつことができるらしい。本体が大樹である妖精が、その大樹の枝を持つ人間のところに現れるという伝承や、湖精《ウィリ》に水底の石を渡された人間のところに湖精が会いに来たというような伝説は、ウェルバムに限らずいろいろな地域に幾つもある」

「そ……そんなことが、ありえるのですか？」

「まあ、ありえるのだろうな」

降ろせと言いたげにみゃんみゃんと抗議の声を上げるステラを抱えながら、フェリクスは続ける。

「妖精は神出鬼没ゆえに研究が進んでいない分野なので、実例を聞いたことはないのだが、力の強い個体は依代《よりしろ》という、己の力を分けることのできるものがあれば、離れたところに出現できるのではないかと研究者たちの間では考えられている。この本体とは別のところに現れる存在を、学会では『分身』と呼ぶそうだ。ちなみに、かつてアーラ殿に聞いたところによれば『精霊ならば可能』らしい」

「そ、そうなのですね……。つまりステラ、貴女の本体はアルゲンタムにいるのね？」

「みゃうん！」

そうですそうです！　おそらくそんなニュアンスであろう鳴き声を上げて、子猫はフェリクスの胸元から飛び出した。「あっ、こら！」とフェリクスが小さく叱責《しっせき》するのも構わず、アウローラの足元からドレスをよじ登って、満足げに膝の上に座り込む。

「そ、そうなの……。よ、よかった。肝が冷えました」

おどろかせてごめんねとステラが鳴く。ふんわりとした毛玉を撫でながら、アウローラは脱力した。

「ホッとしたわ。……ふふっ、子猫なんて久しぶり。かわいいわねぇ。ねえほら、レオ見て頂戴」

「か、かわいいです……。あ、あの、画帳とペンを出してもいいですか？」

「構わなくてよ」

安心すると現金にも、子猫の可愛《かわい》らしさに目が向かう。

その愛らしさにうっとりするアウローラの向こうで、レオは上着の内ポケットから小さな画帳とペンを取り出し、目を輝かせて手を動かし始めた。

(ああ、レオの気持ちがよく分かるわ。わたしもこの小さいステラを刺繍にしたい……！　あまりにもかわいい……！)

何しろステラ本体は、星空のような青い瞳と、雪のごとき真っ白で絹のように手触りのよい毛皮を持つ、とびきりの美猫《びびょう》である。本来、この子猫の月齢であればいわゆるキトンブルー、レオのような濃いアクアマリンに似たブルーの瞳をしているものだが、この子猫は本体の特徴を引き継いでいて、瑠璃《るり》に銀をちらした猫ならざる色の瞳をしている。それも相まって、子猫特有のかわいらしさと猫妖精の神秘性を併せ持つ、魅了の魔術でもかかっているのかと思われるような愛らしさの生き物になっていた。

ただでさえ、ステラには甘いクラヴィス家の使用人たちがこの子猫を見れば、際限なく甘やかしにかかるに違いない。

(レオに図案を作ってもらうのもいいかもしれないわ。白い子猫の周りに雪の結晶のモチーフをちりばめたらどうかしら。水晶を砕いたビーズとパールを使って……ああでも、テオ公子に贈る冬のキルトにしてもいいかも！　猫は異国では、幸運を招き寄せるモチーフとされているところもあるというし、小さい子に贈るものとしてはいいのじゃないかしら……)

なでなで、ふみふみ。なでなで、ふみふみ。

安堵の表情で子猫と戯《たわむ》れる妻の姿をフェリクスは目を細めて見ていたが、アウローラがとろけた顔をしていつまでもその背を撫でているので、段々と気に障《さわ》ってきたらしい。しばらくすると子猫の身体をひょいと抱え上げ、その瞳を覗き込んだ。

「小さいステラ、なにか用があってここに来たのではないのか？」

「みゃう！」

「あいにくと猫語は分からんのだが」

「みゃん……」

(な、なにかしらこの……この胸の高鳴りは……!?)

目眩《めまい》と動悸《どうき》を覚えたアウローラは、思わず胸を押さえて呻《うめ》く。

子猫の鼻先が触れそうな位置にある美貌。それが真面目《まじめ》な顔をして、みゃうみゃう鳴く子猫に話しかけている。その構図に撃ち抜かれ、アウローラは雷に打たれたように硬直したが、夫は気づかない。

(これは、ぜったいに、何らかの形で刺繍にしなくては……！)

冬の王と子猫のモチーフでなにか刺そう。絶対刺そう。決意をしたアウローラにフェリクスが振り返り、ぎょっと目を剥《む》く。

「ど、どうしたローラ……？　大丈夫か……？」

「だ、大丈夫ですわ……。そう、子猫の可愛さに目眩がしただけですの……」

「そ、そうか……」

幸せそうに苦しんでいるという不可解な構図にフェリクスはなにか言いたげに口を開いたが、それ以上は追求しなかった。刺繍に耽溺する際の表情に、よく似ていたからかもしれない。

「しかし、一体何を依代にここまで来たんだ？」

「みゃうん！」

フェリクスの問いに、ステラは櫃の中にぴょんと飛び込み、前足でたしたしと底を叩いた。

フェリクスが覗き込めば、櫃の底の隅に、小さな白い石が三つほど転がっている。

「これは……？」

「あ、あの、それは、向こうにいる時、ステラがくれたんです。きれいだから、大事にしようともって、しまっていました」

「なるほど……」

レオの答えに納得したフェリクスは、中のひとつを取り出して宙にかざした。

乳白色の美しい石だ。アウローラにはただのきれいな石としか見えないが、ステラが拾ってきたというのだから、要石《かなめいし》の周辺に転がっていたものなのだろうか。

「これをひとつ、分けてもらっても構わないだろうか？」

「あ、はい！　——あ、ステラ、おわけしても、いい？」

「にゃん！」

どうぞどうぞと言いたげにステラが鳴く。「ありがとう」と告げたフェリクスは、その小石を手のひらに乗せ、しばし考え込んだ。

「……ステラ、私が魔力を貸せば、ここでも人の姿を取れるか？」

「みゃん？」

「——やってみるか」

フェリクスが小石をぐっと握り込む。握った拳から、青い光がきらきらと滝のように流れ落ちた。

それはまたたく間に光量を増して膨らみ、子猫の姿を包み込む。最後にぽんと音がして、部屋の中は一瞬、真っ白になった。

そして光が収まった時、そこにあったのは、ほんの小さな子どもの姿だった。

くるくると渦を巻く、真っ白の巻き毛。てっぺんにふたつの白い耳。

ふくふくとした丸いほっぺと、長い睫毛《まつげ》、ぱっちり大きな青い瞳。

小さな手はぷっくりとして、投げ出された足はむっちりと短い。

フリルたっぷりの白いベビードレスのおしりには、もちろん白いしっぽがある。

「にゃっ！」

どうだ！　とばかりに握った拳の両手を伸ばし、ステラが自信満々に胸を張る。アウローラは口元に手を当て、叫びだしそうな己を必死に抑えた。

（かっわいいい……!!）

光の中から現れたのは、いつもの人型のステラではなく、白い耳としっぽを生やした、二歳くらいの小さな女の子だったのだ。

（な、なんてかわいいの!?　刺繍たっぷりのエプロンドレスを着せてみたい！　絶対にかわいい！）

かわいい以外の言葉を失って震えるアウローラから、ステラがびくりと一歩後ずさる。しかしどうにも足取りがおぼつかないらしく、絨毯《じゅうたん》の上でこてんと後ろにひっくり返った。

上手く手足が動かない事に驚いたのか、目を見開いて固まった幼児を、フェリクスが抱えあげる。

「……テオに比べるとだいぶ重いな」

「むー」

フェリクスの膝の上で不満げに頬を膨らませる小さいステラに、アウローラは息切れを押し殺してレオを振り返った。いつの間にやらひと回り大きな画帳を取り出して一心不乱にペンを走らせているその姿に、後で絶対に一枚貰《もら》おうと心に決める。

「ローラ?」

「な、なんでも、なんでもありませんわ」

己の頬をぺちぺちと叩きながら、アウローラは深呼吸を繰り返すと最後にこほんと喉を鳴らした。

フェリクスは少しばかり怪訝《けげん》な顔をしていたが、ステラを抱え直すとその顔を覗き込む。

「それで、どうしてここまで来たんだ?」

自分の小さな手を不思議そうに眺めていたステラは、視界に入ってきたフェリクスの姿に目をまたたかせると、ぱちんと手を叩いた。どうやら姿に合わせ、思考回路も少々幼くなっているものらしい。

「たかのおてまみ!」

「……たか?」

「魔鷹《またか》便の魔鷹のことか?」

「おてまみもってきた、たか!」

ステラはぱっと笑顔になり、両手を高々ともたげたが、口調はいつもの姿よりも更に舌足らずで、意味がすんなり通らない。人間の二歳児よりはよほど言葉が達者とは見えるが、幼子に慣れていないふたりは首を傾げた。

「おてまみ? ……『お手紙』か? やはり魔鷹便の魔鷹のことだな」

(うう、なんて可愛らしいやり取りなの……)

幼子の言葉を必死で翻訳するフェリクスにアウローラは内心で身悶《みもだ》える。しかしフェリクスは真剣に、ステラの言葉を噛み砕いていった。

「たか、いった！　おうと、やなかんじする、って」

「嫌な感じ……か」

フェリクスが低く唸る。動物は人間よりも魔力に敏感なものである。特に魔獣と呼ばれる種類の獣はその傾向が強い。魔鷹が王都の不穏を察知していても、不思議なことではなかった。

考え込んだフェリクスに、ステラは神妙な顔をして頷く。

「しゅてらはくらびしゅをまもるもの。くらびしゅは、ほしみのおかと、おうとにいる。だから、おうと、いかなきゃって。ちからわけて、れおのはこにはいった！」

どうだ！　と言わんばかりの自慢げな顔で、ステラは胸を張った。その姿は大変に可愛いが、アウローラは脱力し、フェリクスもため息を吐き出した。レオもとんだ災難である。

「……事情は分かった。だが、今度からはついてくる時は事前に教えてくれ」

まるで娘に言い聞かせるようなフェリクスの姿に、アウローラは笑みこぼれる。

白い髪に青い瞳のステラが、銀の髪に青の瞳のフェリクスの膝に座っていると、まるで父子のようなのだ。まだぎこちない父親が、膝の上でじたばたする好奇心旺盛な娘をなんとか宥めようと頑張っている、そんな風に見えるのである。

(何年か後には、こうした光景がいつでも見られるようになるのかしら……)

そんな言葉がふと浮かび、ついで思い当たった事実にアウローラは赤面した。他人事のように想像したが、よほどのことがなければその子はアウローラの子でもあるはずである。

（そ、そうよね、フェル様の妻はわたしだもの。それにし、寝室でのフェル様は……あれだし……！ああわたしったら一体何を思い出してしまっているのよ！）

子どもを抱くフェリクスの想像から引きずられ、情熱的な夜のことなど様々に思い出してしまったアウローラは頬のほてりを冷ますべく、布の張られた刺繍枠で顔を扇《あお》いだ。

そうしてはたと気づく。刺繍枠にセットされている生地は、効果の薄かったあの図案のタイだ。この図案の何が問題だったのか、ステラであれば心当たりがあるのではないか。

「ねえ、ステラ」

勢い込んでの呼びかけに、ステラとフェリクスが一緒に振り返る。父子のような姿に再び頬を染めながら、アウローラは小さなステラが見やすいように刺繍枠を掲げた。

「星見の丘でステラに教えてもらったこの刺繍を持って、フェル様がお仕事に行ったのだけれど、こんなに怪我をしてしまったの。星見の丘ではもっと護りの力が強かったでしょう？　どうしてこんなに違ってしまったのか、ステラは分かる？」

ぱちぱちと、瑠璃色の瞳がまたたいた。ステラの小さな手が刺繍の枠に伸び、アウローラは慌《あわ》てて針の有無を確かめると、刺繍の枠をステラに渡した。桜貝のような小さな爪のついた、ぷくぷくとした白い指がぎゅっと枠を握りしめる。

「しゅてらこれ、しゅき」

ステラはまじまじと刺繍枠を眺めると猫らしくふんふんと鼻を寄せ、最終的にすりすりと頬を擦《す》り寄せた。やはりステラにとってはお気に入りの刺繍であるらしい。

「これ、あったかい、『ほどく』のちから。しゅてらはだいしゅき。……でも、つよく、にゃい」

舌足らずに必死で説明するステラの言葉をなんとか汲《く》み取ろうと、アウローラは一生懸命耳を傾けた。いつの間にかフェリクスも、ひどく真剣な表情で耳をそばだてている。

「しゅてらのちからで、ちゅよくした」

「ああ、なるほど……」

合点が行って、アウローラは手を合わせた。

体内の魔力だけを使う魔術と異なり、魔法の多くは土地と結びつく。それは土地の魔力、多くはその地に宿る精霊や妖精の力を借りる形になっているという。つまり、魔法的な力の多くは、その土地に君臨する精霊や妖精の存在によって、その質や効果が大きく変わるのだ。

原始の魔女——魔術が魔術として確立する以前の力であるアウローラの刺繍の持つ力は、魔術よりも魔法に近い効果を持っている。守護妖精が好むがゆえに力を貸した図案が、その守護妖精の領域外——王都では力を発揮できないというのは、ごく自然なことだった。

「では、この刺繍はやっぱり、王都では意味がないのかしら……」

納得はできたけれど、暗澹《あんたん》とした気持ちになってアウローラは肩を落とした。

（フェル様は慰めてくれたけど、やっぱりこれは、役に立たないのね……）

夫たちの力になりたくて、なれることが嬉《うれ》しくて。図案の原案を探すところから懸命に取り組み、図案を磨き上げるところにはレオの手も借りて、最後は寝る間も惜しんで祈りを込めて刺した、渾身《こんしん》の刺繍だった。

けれどやはり、アウローラの力は、ささやかなものでしかなかったのだ。土地の力を借りなければ、強い効果は得られないのだから。

虚《むな》しさとやるせなさが胸に押し寄せ、アウローラは口を閉ざし、図案を卓上に戻した。

自分のこのひと月の頑張りが空回りだったことも切ないが、なによりも、「これで夫たちの身を守れるかもしれない」という願いが儚《はかな》く消えたことが、悲しくてならない。

(——だめだめ、暗くならないのよアウローラ！)

己の心を取り巻く暗雲を振り払うべく、アウローラはぱちんと己の頬を張った。ステラと、部屋の隅で画帳を構え直していたレオが目を丸くして口を開けるのが目に映ったが、アウローラは叩いた頬を今度はむにむにと揉みしだく。

(フェル様だって仰《おっしゃ》ったでしょう、力が全く発揮できなかったわけではない、島の内部を探査できたのはこの刺繍の力だった、って。力がゼロではないのだから、もっと祈りを込めるとか、図案を改良するとか、できることはあるはずよ)

気持ちが沈んでしまう時は、まず身体で上を向かなくては。

彼女はぐっと拳を握り、うつむいた顔を上へと向けた。

「いみは、あるって、おもう」

「……ありがとう」

ステラのちいさな手が、アウローラの頭をよしよしと撫でる。

「ふぇりくしゅ、おおけが、なかった」

「えっ？」

「ろーらのが、ほどいたの」

首を傾げたアウローラに、ステラはフェリクスの膝の上でくるりと振り返り、顔の周りに巻かれた包帯をじっと睨《にら》んだ。膝立ちをして首元の包帯をふんふんと嗅ぐと、嫌そうな顔をする。

「くしゃーい」

「……それは薬の匂いだろう」

臭いと言われたフェリクスが、むっと眉間《みけん》にしわを刻んだ。ステラはぶんぶんと首を横に振り、

「ちがう」と唇を尖《とが》らせる。

「おくすりじゃにゃい、やなにおい、しゅる」

「お薬じゃない、」

「嫌な匂い？」

繰り返した夫婦に、ステラは「やなにおい」と大変不満そうな顔をして繰り返した。

「ふぇりくしゅを、いじめたやちゅの、におい！」

フェリクスがハッと目を見開く。

「私を攻撃した存在の残り香があるということか」

「しゅてらみたいな、やつだけど、くしゃい」

小さな両腕をいっぱいに広げ、ステラが懸命に訴える。

「つまり……、神殿島でフェル様を攻撃したのは、妖精、ということ？」

「――もしや、島で見た、黒い生き物のことか？」

「あっ」

フェリクスが呟いた言葉に、アウローラの脳裏を過《よぎ》るものがあった。黒い霧が揺らいだ一瞬、島の桟橋《さんばし》に見えた『獣』の姿だ。息を呑《の》んだアウローラを、フェリクスが振り返る。

「ローラ？」

「王都へ帰ってきた時、わたくしは島の桟橋に、動物の姿を見ました。黒い霧が揺れた一瞬です」

問いかけるような目を向けられて、アウローラは記憶を絞り出した。

「島に取り残された家畜が助けを求めて桟橋まで下りてきたのかと思ったのですが、一瞬で消えてしまったので何かを見間違えたのかと思っていたのです。はっきりとした形は分かりませんけれど、四つ足だったと思います。湖港《ここう》から見えたのですから、かなり大きな生き物だと思うのですが……」

「それ、きっと、くしゃいの！」

両手を上げて、ステラが全身で同意する。気分が高揚した赤子のように手足をぶんぶんばたばたと振り回し、耳もしっぽもぴくぴくと忙《せわ》しない。

「初代女王伝説の大精霊の成れの果てだろうか」

「巫女長《みこおさ》様も、『伝説の大精霊は今も島にいる』と仰っていましたものね。……もしもそうなら、大精霊様を宥めるような図案の刺繍だったら、もっと効果が高くなるのかしら？」

「その可能性はあるかもしれないが、無理はしないでくれ」

また無理をしそうな妻の頬を撫で、フェリクスは微かに苦笑してから、深く息を吐いた。

「しかしそう考えると、あの黒い霧はやはり、カーヌスが島の精霊に手を出し、古《いにしえ》の結界を作動させた結果の現象である可能性が高いな」

夫婦の見た黒い影と、島に残る、古の結界。

アルゲンタムで起こった結界の事件を思い出せば、とても無関係とは思えない。

「……でも、あの人の口にしていた『楽園』は、あのように閉じこもる形のものではなさそうでしたけれど。結界の起動に失敗したのでしょうか？」

「古い時代の結界だ。当時とは島周辺の状況も大きく変わっているだろう。その上精霊が歪《ゆが》んでいるのでは、意図通りの結果が出なくても仕方があるまい。――いや、まさか」

カーヌス自身を頂点とした、魔法使いたちの優先される国を築くのだと言っていたはずなのに。アウローラの疑問に首を振ったフェリクスは、しかし途中で何かに気がついて言葉を切った。青い瞳が見開かれ、虹彩《こうさい》が震える。

「……精霊という存在は、『魔に連なるもの』だ。やつはもしや、冬至の日――魔の力が最も強くなる時を待っているのではないか」

「それ、は」

今なにか、とてつもなく恐ろしい言葉を聞いたような気がする。

「知っての通り、冬至は魔力が強まる日だ。それはすなわち、魔力を抑えるものが最も弱まる日だということ。――そのタイミングであの結界を拡大されたらどうなる？」

無意識のうちに、アウローラの身体はカタカタと震えだした。心臓が唐突に勢いを増し、冷や汗が滝のように吹き出す。脳が理解を拒否したように夫の言葉を上手く飲み込めない。

「ローラの想像通りだろう。恐ろしい、などという言葉では片付かない惨事になる」

ステラを膝からそっと下ろし、顔を真っ白にしたアウローラを抱き寄せたフェリクスは、きつく目をつぶって長嘆息した。

「――せっかくいただいた休みだが、今日一日で返上だな」

†5　結界と大精霊

「ようこそ王太子妃殿下、クラヴィス夫人」

その人は、窓辺の椅子に座ったまま、にこやかに手を伸べた。

爪の先まで整えられた白い指、しわもシミも見当たらぬかんばせ。霧の中にけぶる藤のような色の瞳はまるで妖精か精霊のよう。歳《とし》の頃はアウローラの両親とそう変わらぬはずなのに、ミルクティの色をした豊かな髪だけが、白髪交じりにその人の歳を教えている。

彼女は巫女長《みこおさ》・フォンテ。ウェルバム王国の宗教の頂点に立つ、高貴の人である。

「急なご相談でしたのにお時間をいただきまして、ありがたく存じます」

「いいのよ、今わたくしにできることはないのですもの。甥姪《おいめい》の活躍を邪魔しないようにおとなしくしているのが一番の『できること』だわ。クラヴィス夫人もいらっしゃい。会えて嬉《うれ》しいわ」

「こちらこそ、再び御目に掛かる栄誉に与《あずか》り、大変光栄に存じます」

「まあまあ、身内ばかりの場ですもの、そう堅くならないで自由におしゃべりして頂戴《ちょうだい》な。妃殿下もどうぞいつもの口調でお話しなさってね。さあ、おふたりとも楽になさって、お座りなさいな。お茶でも運ばせましょう」

うやうやしく膝を折り、頭《こうべ》を垂れて貴人たちの挨拶を聞いていたアウローラは、許されて窓辺の椅子に座る。寄せ木の細工の美しい小さな卓の向かいの席からは、小雪の交じる空と広がる湖面、そして、黒い霧に包まれた神殿島がよく見えた。

――まだ傷の癒えぬまま休みを切り上げたフェリクスが、早朝から対策本部へと出動していったその日。アウローラは王太子妃・リブライエルを頼り、観湖宮《かんこきゅう》に滞在している巫女長・フォンテを訪いたいと相談した。すると、島のことで身動きがとれぬがゆえに時間を持て余していたリブライエルとフォンテは即日了承し、こうしてアウローラを招き入れたのだった。

ふたりの前に、巫女長の付き人である従巫女・ブランカが、独特の香りの漂う茶を供する。あまり嗅いだことのない香りにアウローラが鼻をひくつかせると、フォンテは王太子とよく似た悪戯《いたずら》な表情を浮かべて、カップの縁をとんと叩《たた》いた。

「すっきりした珍しい香りでしょう。神殿で育てた薬草を使った薬草茶なのよ。体を温めて、風邪を引きにくくしてくれるの。島から持ってきていてよかったわ」

「もしかして神殿のヒソプ茶でしょうか？　きれいなお花が咲くのですよね」

「まあ、詳《くわ》しいわねえ！　そうそう、紫色でね、とても美しくて」

リブライエルと明るく言葉を交わすフォンテの腕の動きに合わせて、フォンテの衣装の長い袖が、ひらりと翻《ひるがえ》る。高貴な方々の会話をおとなしく聞いていたアウローラの目は、そこに釘付《くぎづ》けになった。

(今日のご衣装も、湖畔の天幕で見たものと同じデザインの刺繍《ししゅう》だわ。……っていけない、また夢中になって礼儀を忘れるところだった)

アウローラは慎《つつ》ましく視線をそらしたが、視界に時折映り込む袖にどうしても目を向けてしまう。

「ふふ。巫女装束の刺繍って、一見おとなしめなのに、本当に凝《こ》っているよね」

ふたりの話に耳を傾けつつも、ちらちらとフォンテの衣装に視線を送ってしまうアウローラをからかうように、リブライエルが囁《ささや》く。フォンテも目尻に優しいしわを刻み、己の袖を広げて見せた。

「どうぞ、じっくり見て頂戴な」

「よ、よろしいのですか……？」

「もちろん」

「では、失礼して……」

アウローラはごくりと喉を鳴らし、広げられた袖の刺繍をじっくりと眺めた。

（水面に浮かぶ大樹に星……、よく見たら、『森の祝福』の模様とは違うのね。ひょっとしてこれは、神殿島を図案化したものなのかしら。袖周りに刺すために簡易化と、模様を繋《つな》げられるようにアレンジされているようだけれど、水面を示す曲線の優美さ、大樹の安定感、そして枝に輝く星と月のきらめきがすてきだわ。ああ、帳面に写させていただきたい……！）

淡いクリーム色を帯びた白い袖をぐるりとめぐるのは、金色のようにも見える光沢のある淡い黄色の糸と水晶の粒で施された、大樹を模した図案の刺繍である。アルカ・ネムスに伝わる『森の祝福』の図案と大変によく似ているが、根に当たる部分には水のモチーフが連なっている。

（いかにも古くから伝わる図案という感じだけれど、糸と粒の揃《そろ》ったビーズは大海国《グラン・マーレ》の最新のものじゃあないかしら？　だから古臭く見えないのかも……）

糸とビーズの色合わせも素晴らしく、ステッチも驚くほどきれいに揃っている。一流の職人の手によると思われる、丁寧で緻密《ちみつ》な素晴らしい刺繍だ。

「……堪能《たんのう》させていただきました」

これ以上はお茶が冷めてしまっていけない。しばしの至福の時の末、アウローラは深く息を吐き出すと、後ろ髪を引かれつつも刺繍から目を離した。

「アウローラさんは本当に刺繍が好きだね。もしかして、今日のドレスの刺繍もご自身で？」

「全てではありませんが、胸元はわたくしの手でございます」

愉《たの》しげなリブライエルに問いかけられ、アウローラは少しだけ胸を張った。

今日の彼女のドレスは、ピーコックグリーンのバッスルスタイルのドレスだ。オーバースカートに共布のフリルと白いレース、アイスグリーンと白の糸でヒヤシンスの群生を刺繍した、貴人を訪ねるに相応《ふさわ》しい上品でエレガントなデザインである。

ふっくらと豊かな胸元には、ヒヤシンスのブーケが糸やビーズ、リボンを使って巧みに刺繍されていて、愛らしくも清々《すがすが》しい。首筋を彩るパールのジュエリーと組み合わさって、華やかさの中に清楚《せいそ》な印象を作ることに成功していた。

「相変わらず上手だなあ。わたしの刺繍もまた手伝っておくれね」

はにかみつつも胸元の刺繍を指差したアウローラに、刺繍の苦手なリブライエルは遠い目をしてぼやく。彼女もまた、白とパールグレーのクリスマス・ローズの刺繍の美しい、ヘリオトロープの色のドレスを身にまとっているが、その刺繍はもちろん彼女自身の手によるものではなく、王室御用達《ごようたし》の工房の手によるものだ。

「妃殿下はお刺繍が苦手なのねえ」

「ええ、一通りは嗜《たしな》みとして習ったはずなのですが、まあ猫を刺せば熊と言われ、花を刺せばちり紙と言われますね。わたしが嫁ぐ前に王宮に滞在していた頃、アウローラさんに短期で侍女をしていただいたことがあるのですが、代わりに刺してもらった刺繍は本当に素晴らしいできでした」

「ありがとうございます。……あれからもう一年以上経《た》ちますのね」

時の流れの速さにため息がこぼれる。アウローラの呟《つぶや》きにフォンテは笑い、「そんなにお好きなのなら、せっかくだから」と、今度は反対側の袖口をかざしてみせた。

「美しいでしょう？」

「はい、大変見事な刺繍と思います。昔ながらのデザインと見えますのに、糸やビーズの使い方が素晴らしくて、古いものには全く見えません。一見一色と見えますのに、よく見ると似た色合いの違う色がたくさん使われているところも、図案に奥行きを生んでいてとても素敵です……！」

思わず手放しの称賛を口にしたアウローラに、フォンテは嬉しげに声を弾ませた。

「ありがとう。これは、被服を担当する巫女や神官たちの手によるものなの。昔から受け継がれているデザインで、元になっている図は神殿のシンボルとしていろいろなところに飾られているわ。妃殿下は見覚えがあるのではなくて？」

「昨年奉納のために参詣《さんけい》した時に、拝見した記憶があります。壁に彫られていたりタイルに焼き付けされていたり、床にモザイクで刻まれていたりしていましたね」

リブライエルがにこやかに返す。アウローラは胸を弾ませて声を上げた。

「いつか拝見させてくださいませ……！」

「図案の原本は神殿の秘宝だからお見せできないのだけれど、それ以外の物だったらいつでもお見せできますよ。年が明けたらおふたりでぜひいらっしゃいな」

口元に歯を覗《のぞ》かせて、フォンテはふたりを誘う。そして、話が一区切り付いたかしらねと長い袖を手元に戻《もど》し、薬草茶の注がれた茶器に手のひらを向けた。

「さ、クラヴィス夫人もぜひ冷める前にお茶を味わってね。島外ではあまり手に入らないものなのよ」

フォンテの言葉に従って、アウローラは薬草茶に口をつけた。

苦いのに甘酸っぱく、後味はすっきりとしている。妙に癖になりそうだ。

「不思議な味わいのお茶です……」

「ヒソプ茶はね、初代女王の時代から育てられ続けているヒソプという薬草から作っているのよ。彼女が故郷から持ってきたのだと言われているわ。大海国の西、海沿いの地域で今でも育てられているというから、初代様の出身はあの辺りだったのでしょうね」

（神殿島に眠る大精霊の相棒だった、初代女王の時代から伝わる薬草……）

フォンテの言葉に、アウローラはまじまじと薬草茶の水色を見つめた。

「――巫女長様、大神殿にはこのお茶のような、始まりの魔女様の時代から受け継がれているものが他にもあるのでしょうか？」

島の黒い霧の原因が古代の結界だけではなく、『大精霊』にもあるのだとしたら。アルゲンタムに伝わっていたルーツィエの刺繍のように、初代女王の時代から受け継がれてきたものの中に、大精霊を宥《なだ》めるためのヒントが見つかるかもしれない。

（わたしの刺繍の力はちっぽけだって分かっているけれど、少しでも効果を高められたら……）

どこか思いつめたような表情になったアウローラに、リブライエルとフォンテは首を傾《かし》げた。

「ええ、初代様の時代から伝わっているものはたくさんあるけれど……」

アウローラは茶器を置くと居住まいを正し、フォンテに向き直る。それを見たフォンテもまた背筋を伸ばした。そうすると、気さくな貴人の雰囲気はいかにも巫女らしい、神秘的な佇《たたず》まいに変わる。

「ひょっとしてそれが、今日いらっしゃった理由と関係があるのかしら？」

「はい。アルゲンタムの事件での、守護妖精についての話なのですけれど……」

促《うなが》され、アウローラはぽつりぽつりと話し始めた。


「なんとまあ。そんなことがあったの……」

「彼らは守護妖精を暴走させて結界を発現させようとしたのだと、わたくしたちは考えています」

「力ある妖精を暴走させようとするとはまた、怖いもの知らずだなあ」

改めて思い返すと、なんと恐ろしい話だろう。

赤黒い魔力を受けて巨大化し、凶暴な獣に成り果てる寸前だったステラの姿を思い出し、アウローラは奥歯を噛《か》み締めた。

「この事件を踏まえてわたくしと夫は、王都のあの黒い霧はただ古代の結界が誤作動したのではなくて、島に眠っていらっしゃる大精霊様にカーヌスという人物が手を出した結果、結界が不自然な形で作動したものなのではないかと考えました」

「……アルゲンタムの守護妖精は無事だったんだよね？」

「はい、幸いにも、アルゲンタムの守護妖精が正気を手放す前に元に戻すことができました。そのきっかけとなったのは、守護妖精が気に入っていた、古《いにしえ》の魔女の残した図案を刺繍したものだったのです。――本日お伺いしましたのは、大精霊様を宥めるような図案や術について、神殿になにか伝わっていないか、お聞きできないかと思ったためです」

張り詰めた表情となったアウローラに、フォンテとリブライエルも顔を曇らせる。

「神殿島には同じような結界があるはずだと、王太子殿下が呟いておられました。魔法使いたちがそれを知っていたとしたら、彼らの目的は最初から、大神殿だったのかもしれません。その、言い方は悪いのですが、アルゲンタムを『練習台』にしたのではないかと。もしそうならば、神殿島で同じことが行われても不思議ではないと思うのです」

アウローラが考えを述べると、リブライエルは「おぞましいことを考える者がいたものだ」と頭を押さえて身を震わせる。「まったくだわね」とフォンテもこぼし、手にしていた茶器をぐっと傾けると、深く嘆息した。

「守護妖精は、夫の負った傷に『くさい』ものが残っていると言っていました。それが、本来の精霊様のお力を歪《ゆが》めた何かなのではないかと思うのですが……」

フェリクスの傷口の匂いを嗅いで、くさいくさいと繰り返していたステラの姿が脳裏を過《よぎ》る。フェリクスはとても嫌そうな顔をしていたけれど、毒の刃《やいば》で傷つけられた傷口から腐臭がするようなことであるのならば、笑うに笑えない。

「――わたくしもね、一昨日王太子殿下とクラヴィス殿が言っていらしたように、あの黒い霧が結界的な魔術である可能性は、とても高いと考えているわ」

アウローラが重ねた言葉に沈黙していたフォンテだが、すがるようなアウローラの視線に観念したのだろう、頭痛を堪《こら》えるように額《ひたい》に手を当てると、呻《うめ》くようにそう呟いた。

「王太子殿下が仰《おっしゃ》っていらしたとおり、神殿島には古代の結界があったのですね」

「大神殿に飾られている建国当初の島を描いたタペストリーに、島の周りをぐるりと白い壁のようなものが覆っている様子が描かれたものがあるの。『守りの帳《とばり》』と呼ばれているわ」

「『守りの帳』、ですか……。アルゲンタムでは『魔女の壁』と呼ばれていたそうなのですが、同じものかもしれません」

「初代女王は偉大な魔女だったもの、きっとそうね」

思わず立ち上がりかけたアウローラを横目に、フォンテはソファに深く座り直すと窓の向こうへ目をやった。今日は風もないらしく、青い空が鏡面のようになった湖水に映り込んで、空と大地が逆転したかのような不思議な光景を作り出している。あの黒い霧さえなければ、とびきりに美しい眺めであったことだろう。

しばらくの間、黙って島を眺めていたフォンテは、島から視線をそらすと薬草茶でのどを潤し、どこか吹っ切れたような声色で口を開いた。

「迫害から逃れてきた初代女王は島に渡った後、夫とともに『守りの帳』を作って人々を守ったと言われているわ。おそらくそれが、結界の魔術だったのでしょう。初代女王の夫は『旧《ふる》き森の民』の指導者だったと言われているし、彼らの術だったのでしょうね。アルゲンタムにあってもちっとも不思議ではないわ。旧き森の民の隠れ里にも、似たような術が伝わっていたと言っていたものね」

フォンテはそこで細く息を吐き、表情を翳《かげ》らせてうつむいた。

「ただね、あの黒い霧が大精霊様と関係があるとは、わたくしは明言できません。大精霊様が悪《あ》しき存在のように変貌してしまったかもしれないだなんて、そんな恐ろしいことを認めるわけにはいかないわ。……たとえ本当はそうなのだとしても、わたくしの立場ではそれを公言はできない」

今は私的な場だけれど、それでも言えないわ。フォンテはそうこぼす。

「……それに、大精霊様のお力を弱める術なんて考えたこともないのよ。神殿は、建国の女王夫妻と、女王の友である大精霊様を祀《まつ》る場所。そして、今もこの地を守って眠るという大精霊様に、護国の祈りを捧《ささ》げるところですもの」

国を護《まも》るために力を貸して欲しいと祈ることはあっても、その存在の力を抑えて欲しいと祈ることなど思いもよらないとフォンテは呟いた。ブランカ始め、周囲に控える巫女や神官たちも、こくこくと頷《うなず》いている。

「おとぎ話にある竜を祀る祠《ほこら》のように、祀られているものが『悪しきもの』であったり、『無理やりその地に押し留められた』ものなのであれば、それを封じたり、抑え込んだりする術もあるかもしれない。異国で信仰されているという『海神』のように、恵みを与えることも荒ぶることもあるという神であれば、それを宥める儀式もあるのでしょう。でも、島の大精霊様はご自身でこの地を選んで眠りにつかれたとされているし、わたくしの知る限りでは過去に荒ぶられたという記録もないの」

「さようでございますか……」

フォンテの言葉にアウローラはしおれた。力をなくし、すとんと椅子に腰を落とす。

「アルゲンタムで役に立ったという、『古の魔女の残した図案を刺繍』というのは、どのようなものなの？　クラヴィス夫人がタイに刺したものを、甥が部下たちに配付したと聞いているのだけれど」

気落ちしてうなだれたアウローラを励ますように、フォンテがそっと伺ってくる。

アウローラはのろのろと顔を上げ、持ち込みを許された小さなかばんから夫のタイを取り出した。神殿島に乗り込んだ時に身に着けていたそれは、微《かす》かに汚れが付いている。

「……こちらです」

「わ、いいねえ！」

「まあ！」

広げられたタイを見て、フォンテとリブライエルは花開くような笑顔になった。

密度の高い、なめらかな白の絹地。その角の部分、着用した際に見えるようにと施されているのは、アルゲンタムの人々が古くに信仰していた、天を司《つかさど》る星々の姿だ。

まず中央に、銀のように見える真珠色の糸で施された、大きな太陽が鎮座している。

太陽を囲むのは、深海のような藍《あい》の糸で刻まれた、十二の月と、アルゲンタムの空に輝く星座だ。

そして、タイ全体を縁取るのは幾何学《きかがく》的にアレンジされた『守護』の鎖と茨《いばら》のモチーフで、その端を飾るのは、かつて森の民たちが信奉していた神の一柱、夜の女神の加護を祈る古代の聖句である。

まるでアストラローべのような、少しばかり男性的な雰囲気を漂わせるそれは、島での効果こそ弱かったものの、アウローラ渾身《こんしん》の祈りと願いが込められた逸品《いっぴん》である。

「素敵！　それにおしゃれだわ！　妃殿下の奉納品もよかったけれど、こちらもいいわねえ」

「格好良いね！　タイを着ける機会なんてないけれど、これはわたしもちょっと欲しいなあ」

「お褒めいただき、光栄にございます……」

手放しの称賛に、アウローラは恥じらってうつむいた。仕立て屋に褒められたほどの腕前を持つアウローラだが、素晴らしい刺繍の施された衣装をまとう人々に褒められると、やはり面映《おもはゆ》いのだ。

「これが、『古の魔女の残した図案』なの？」

問うたフォンテにこほんと咳払《せきばら》いをひとつして、アウローラは口を開く。

「これは、『古の魔女』――初代クラヴィス侯爵夫人が残された刺繍を元に、アレンジしています。騎士たちの戦装束《いくさしょうぞく》の上着に施されていた図案を、少し現代的にしているのです」

タイを手にし、しげしげと眺めていたフォンテが驚いたように振り返る。

「まあ、戦装束のための刺繍だったの？」

アウローラは「はい」と返して、フォンテの掲げる刺繍を見上げた。

「アルゲンタムは土地の魔力が濃く、昔から魔術師たちが欲しがる場所だったので、そこで暮らしていた人々は頻繁《ひんぱん》に襲撃されていたといいます。そこで、王家から力ある神官騎士と魔女、初代侯爵夫妻が派遣されたのだそうです。当時、彼《か》の地を襲っていたのは『魔眼』を使って妖精を使役する術を持った人々——『外法《げほう》の呪《まじな》い師』と呼ばれた人々だったと聞いています」

アウローラはわずかに目を伏せて、ルミノックスが見つけた初代の手記を思い出す。

「神官騎士が呪い師に立ち向かう時、魔女は彼の装束に魔法に対抗する手段として、この刺繍を施したのだそうです。結果、彼らは呪い師に勝利し、その報奨として王家から侯爵位とアルゲンタムを授けられたと伝わっています」

「なるほどねえ……。でもどうして天文の図案なんだい？」

学者肌の王太子妃、リブライエルの好奇心に満ちた瞳が、眼鏡の奥で光を湛《たた》える。

「アルゲンタムの守護妖精に言わせると、多くの『魔法』は『土地』すなわち『大地』に紐《ひも》づくので、対抗するにはその土地にまつわる『空』、特に、雲よりも更に上にある『天文』に関するものが良いのだそうです」

「なるほど、魔術の属性学で言うところの『中和』か！」

リブライエルは、今にも転がり落ちそうな勢いで、前のめりで手を叩いた。

「水が火を消し、火が木々を焼き、木々は水を吸って育つ、だから火の魔力は水の魔力で中和でき、木の魔術は火の魔術でかき消せて、水の陣は木の術で覆い隠せる――というアレだよね？」

学問として、また魔術師としての経験則として。ごく一般的に言われる例を持ち出して、リブライエルが宙に図を描く。さほど魔術に詳しくないアウローラは、少々首を傾げつつ言葉を続けた。

「多分そういうことなのだと思いますけれど、わたくしは詳しくは分かりません。――ただ、守護妖精もこれがよいと言いましたし、それが何よりだろうと思って刺繍しました」

フォンテが卓に戻したタイに手を伸ばし、それを膝の上に広げながらアウローラは小さく息を呑《の》み込んだ。白いタイの所々に、薄《うっす》らとした黄色い染み汚れ――落ちなかった血痕が残っている。

「結果、アルゲンタムでは、高い効果を発揮することができました。……でも残念なことに、神殿島ではあまり効果がなかったのです。守護妖精に聞いてみたところ、これ自体には弱い力しかなく、アルゲンタムで強い力を発揮できたのは、守護妖精が力を貸すことができたからなのだと言われました」

膝の上の刺繍を眺めながらアウローラは言葉を続けた。

「この刺繍が生まれた時代、守護妖精はまだいなかったはずなので、当時は初代夫人自身が騎士たちのサポートをしていたのかもしれません。彼女はわたくしとは違って本物の『魔女』でしたから、魔女として参戦していた可能性もあります。わたくしも彼女のように夫の力になりたいと思って、何か対抗策になるものを用意できないかと考えてはいるのですが、やはり力が足りないようです」

夫の首を取り巻いていた真っ白な包帯を思い出し、アウローラは自嘲するように口の端を歪めた。自分が力ある魔女だったならと、どうしても考えてしまう。

アウローラの背負った深い落胆の気配に、フォンテとリブライエルは顔を見合わせた。

「……確かに、古の魔女の残した術というのは強力なイメージがあるけれど、わたくしはアウローラさんの刺繍、とても好きだよ？」

　黙り込んだアウローラの肩をリブライエルがそっと撫《な》でる。その幼子を慈しむような指先に、アウローラはぐっと奥歯を噛みしめた。一層うなだれてしまった彼女の姿に、リブライエルは困ったように眉を垂れたが、ふとフォンテの方を向く。目が合った巫女長は目をまたたかせ、首を傾げた。

「巫女長様、覚えていらっしゃいますか？　昨年の『奉納の儀』の奉納品に、アウローラさんの刺繍をいれさせてもらったこと」

「ええ、もちろんよ！　奉納品として選ばれたものは全て、一度わたくしたちが目を通すのだけれど、皆の記憶に残る素晴らしいハンカチーフだったわ！」

　フォンテは目を細め、明るい声で大きく頷いた。

「あれを選んだのは、わたしが殿下と結婚した時に貰《もら》ったストールが、ものすごく良いものだったからなんです。技術が素晴らしいのもあるけれど、すごく温かい気配がして、身に着けているとなんだかほっとするんですよ。社交や公務で疲れ果てた夜にそのストールにくるまって休んでいると、段々とささくれだった気持ちが落ち着いてくるから、本当に気に入っていてね。……奉納品は全て、国中から選びぬかれた高品質のものばかりが並ぶけれど、捧げられる側の初代女王陛下や大精霊様たちも、たまにはこういう、力は弱くても優しい品が欲しくなる時もあるんじゃないかなって思ったんですよ」

　何かを思い出したらしい、リブライエルが少しだけ遠い目をして小さく笑みをこぼす。

「――昔、殿下が仰っておられたのだけど、力が弱いからこその『心地よさ』というものがあるらしくて。力と力は強ければ強いほど大きく反発してしまうから、抵抗した結果、お互いが破壊されてしまう、ということもあるのだけれど、弱いものでそっと宥められると、ささくれだっていたものがほぐれるらしいんです。……まあ、わたくしの『吸魔』の力について説明してくださった時の話なのだけれどね」

一気に魔力を吸うことはできないが、ただそこにいるだけでゆっくりと魔術や魔法を吸収、分解してしまうというのが、リブライエルの持つ『原始の魔女』としての能力である。

アウローラのそれと同じく弱い力なのだが、長く同じ場に留まると、その場に施されている術を解いてしまうそうで、いつもは王太子が作った魔道具の装身具でその力を抑えているらしい。

「わたしの力は、いまひとつ有用とは言えないからね。王太子妃になるだなんて思いもしていなかった学生の頃に、『一気にかき消せるならばまだしも、ゆっくりだと何の役にも立たないんじゃないか』という話をした時、殿下が慰めとしてそんなことを仰ってくださったんだ」

リブライエルはほんのわずか頬を染め、はにかんだ。

「――待てよ、わたしが島に滞在すれば数十年であの黒い霧も消えるのでは？」

「数十年もかかるのでは、現実的じゃあないわねえ……」

はたと目を吊《つ》り上げたリブライエルに、フォンテは呆《あき》れたように口を開く。リブライエルはアウローラを宥めるように、今一度肩を撫でた。

「……ま、わたしのことはともかく、アウローラさんの力もそういうタイプのものでしょう。焦《あせ》るのはよくないよ。専門家集団を集めていることだし、島のことは殿下たちにお任せしよう？」

「では、刺繍以外でもよいんです、なにか、夫たちの役に立てることはないでしょうか？　巫女長様、些細《ささい》なことでも構いません。たとえば結界を出入りする術であるとか、なにか神殿の秘術が伝わってはいないでしょうか……!?」

優しい慰めに焦《じ》れったくなって、アウローラは膝の上で拳を握りしめた。丁寧に整えられた爪の先が、手のひらに食い込んで痕を残す。

「多分、残された時間は、あまり長くありません……」

「時間？」

首を傾げながらオウム返しにフォンテが問い返す。同じ仕草を見せるリブライエルと彼女に向かい、アウローラはためらいつつ、重い声でこぼした。

「冬至が近いのです。――島を覆っている黒い霧はあくまで序章であって、首謀者は最も『魔』の力が高まる冬至の日にこそ、何か事を起こそうとしているのではないか、と夫は推測しています」

「それは……」

フォンテは喘《あえ》ぐような声を上げ、さっと頬を青褪《あおざ》めさせた。

「冬至に結界が強まるのではないか、ということかい？」

リブライエルが声を潜める。アウローラはしばし迷い、結局自身も声を潜めて小さく口を開いた。

「……強まる、というか。範囲が拡大するのではと、思うのです。あの結界は最大で王都を覆っていたこともあると殿下にお聞きしました。昔の王都なので、湖畔の旧市街の範囲だけかもしれませんけれど、そこでは今もたくさんの人が暮らしています。そこに、巫女長様がご経験なさったあの魔力波が、威力を増して再び浴びせられたら、どうなるでしょう」

アウローラの小声にリブライエルが絶句する。勢いよくフォンテを振り返れば、彼女は青を通り越して白くなった顔で、ふたりに視線を向けていた。口にすることで本当になってしまうことを恐れるように、開け閉めされる唇から呼気だけが漏《も》れる。

「――もしも、そうあくまでもしもですけれど」

長い沈黙の末にフォンテは震える声で口を開き――しかしそこで、一旦言葉を切った。その瞳は未《いま》だ逡巡《しゅんじゅん》するように視線をさまよわせていたが、アウローラとリブライエル、それぞれと瞳を合わせると、決意したようにゆっくりと口を開く。

「もしも、あの日の魔力波が本当に大精霊様のお力だったのだと仮定して、それがもう一度、冬至の日に放たれるのだとしたら……あの日の程度で済むわけがありません。護国の存在である大精霊様は、もともと強大なお力を持つ精霊ですが、冬至祭の日に島で感じることのできる大精霊様のお力は、一年で最も強いものです。あの日の何倍、いいえ何十、何百倍もの力が降り注ぐことになるでしょう」

ごくり、喉を鳴らしたのは誰だったか。

アウローラは唇を噛み、リブライエルは頭痛を堪えるように額を押さえて天を見上げる。

自然、一同の視線は窓の向こう、黒い霧に包まれた島の姿へと寄せられた。冬の静謐《せいひつ》な空気の中、異質に光を吸い込む黒い島はひどく禍々《まがまが》しく、圧を放っている。

「もし、もしそんなことになったなら……」

アウローラは思わず、ぽつりとこぼす。

「わたくしにできることがあったのに、それに気づかぬまま冬至を迎えることになったら、後悔してもしきれません」

「……そうね。大精霊様の関与はあくまで仮定ですけれど、万が一に備えて何か思いあたるものがないか、わたくしも考えましょう」

フォンテも動揺しつつそう言って、茶器ののった卓上に伏せるように息を吐いた。

「しかし巫女長様、そもそもの話で恐縮なのですが、島の大精霊様はどのような存在なのですか？」

一度仕切り直しましょう。そういうことになったのだが、ここまでの対話で疲れ切った三人は、ぐったりとやや行儀悪く、それぞれ長椅子にくずおれた。

「島の大精霊様について、わたしはそれほど知らないんです。建国神話には『女王の逃避行の最中に出会い、友となった』、『女王が死ぬまで相棒として付き従った』と書かれているだけですし。アウローラさんもそうでしょ？」

「わたくしは、初代女王陛下の友であらせられたという、建国のおとぎ話を知っているだけです」

建国にまつわる女王と精霊のおとぎ話は、ウェルバム王国で育った者なら貴族や一般市民の別なく、皆が知っている物語だ。子どものための絵本や冒険譚《たん》の題材としても有名で、学舎《まなびや》での小さな子どもたちへの読み書きの教材などにも使われている。

しかし、そこで語られているのはあくまで『おとぎ話』。絵本と演劇、歴史書など、それぞれで描かれ方が全く異なるので、そのほとんどは後世の創作だと言われているのだ。

「大精霊様の活躍として残されている伝承はほとんどが、勧善懲悪《かんぜんちょうあく》の冒険譚、幻想譚といったおとぎ話でしょう。よく考えたら、大精霊様がどのようなお姿でどんなお力を持っているのか、どのような属性の精霊であるのか、そういったことはほとんど知らないなと。――隠されているのかと思うほどです」

リブライエルの瞳が、挑戦的にきらりと光る。フォンテは小さく苦笑した。

「そうね、一般的な初代女王の物語では、大精霊様のお姿については種々様々よね」

「ええ。演劇では美女か美男子、絵本では美しい子ども、冒険譚では森の獣。旧き森の民の姿だとする伝承もありますね。異国の民だったという学者もいるし、今はもう北に去った魔法生物であったという説もある。実態がさっぱり分からない」

「ええと、わたくしが今まで見た中で一番おもしろかったのは、ヴィタエ湖の主——巨大な亀だというものでした」

リブライエルが指折り数える。アウローラも思い出せる限りを思い出そうとしたが、リブライエルのあげなかったものの中で思い出せたのはそのくらいだった。

「ふふ。わたくしもその大亀のお話は知っているわ。楽しい童話よね。——でも実はね、大神殿に伝わっている大精霊様のお姿も、あやふやなものなのです」

「えっ？」

驚きの声が、アウローラの喉からぴょこんと飛び出した。リブライエルのぎらついた視線が、フォンテに突き刺さる。フォンテは苦笑を浮かべたまま、「本当なのよ」と眉を垂れた。

「たくさんのタペストリーや絵画に大精霊様と思《おぼ》しきお姿が描かれているのだけれど、それは風のような曲線であったり、人間の姿であったり、森の獣の姿であったりと、一定ではないのよ」

無意識に膝を打ち、アウローラは思わず声を上げた。

「アルゲンタムの守護妖精も、猫の姿と人の姿、ふたつの姿を持っていますわ！」

「確かに、精霊や妖精が複数の姿を持つことは、伝承でも珍しいことではないなあ。最後は湖の島にいたことになっているわけだし、亀に変身したことも、もしかしたらあったのかも」

「学者や神職たちも、大精霊様は色々な姿を取ることができたのではないかと考えています。もちろん、大精霊様はいつも眠っておいでで、人前に姿を見せることがありませんから、あくまで推測なのですけれどね」

　ふたりの反応に満足げに頷いてから、フォンテはふいに、声を潜めた。

「――でも実は、わたくしは若い頃に一度だけ、大神殿でそれらしきお姿を見たことがあるのです」

「なんですって!?」

　がたん、椅子の倒れるような大きな音がして、一同が音の方を振り返る。見れば入り口付近で警護についていた神官が、動揺のあまりに手近の椅子を倒したところだった。しかし彼は倒れた椅子に見向きもせず、すたすたとフォンテの手前ににじり寄り、すがるように膝をつく。

「巫女長様、どうしてそれをいままで黙っておられたのですか!?　大精霊様のお姿をご覧になったなど、神殿としては大大大事件、大大大発見ですよ！　学者たちが聞けば、どれほど喜んだか！」

「ごめんなさいねえ、早朝の勤めの後だったし、寝ぼけていたのだろうと思っていたのよ。もしかして、と思うようになった時にはもう随分と時が流れていて、言い出しづらくなっちゃったのよねぇ」

　悪びれないフォンテに、神官ががくりと両膝をつく。従巫女も諦《あきら》めたように左右に首を振っているので、どうやらフォンテのこの大雑把《おおざっぱ》さは、いつものことであるらしい。

　くずおれる同僚たちを他所《よそ》に、フォンテは夢見るように瞳を潤ませ、小さく息を吐いた。

「あれは……そう、わたくしが神殿に入って二年目の、夏至の日の朝でした。朝の禊《みそぎ》とお勤めをしたわたくしは、マギの巨樹の根元にある大きな白い岩の傍で、湖から吹く風を受けていました――」

語り始めながら、フォンテは静かに目を閉じる。

「その白い岩は、大精霊様が宿っていると言い伝わっているものです。高位の神官や巫女しか入ることを許されない奥庭の池のほとり、湖からの気持ちの良い風が通る心地の良い場所にあって……静かなので、とても気に入っていました」

（王太子殿下の仰った『要石《かなめいし》』のことかしら……？）

アウローラは想像を巡らせる。霊廟《れいびょう》の地下に安置されていた『要石』は白くて美しい、アウローラが上に立てるほどの大きさの石だった。大精霊が宿るのならば、もう少し大きいだろうか。

「冬至だけではなく夏至の日にも、神殿では祭祀《さいし》が行われます。太陽が南中したところから沈むまでの、時間のかかる祭祀です。次期巫女長として、初めて儀式に臨むことになっていたわたくしは、前の晩よく眠ることができず、眠気を催してしまって。南中まではまだ少し時間があるからと、少しだけ岩陰で休もうと思ったのです。ふふ、今思うと気負いすぎて情けないことですね」

少女の頃の自分の振る舞いを思い出したのだろうか、フォンテはくすりと笑みをこぼす。

「軽く目をつぶって頭痛を堪えていたら、ふと、風の流れが変わったのを感じました。涼しく冷たい風がわたくしの頬を撫でていって……その時、わたくしは何か大きな魔力の気配を感じて、目を開けたのです」

己の言葉に合わせて、フォンテがゆっくり瞳を開く。霧にけぶるリラの花のような淡い紫色の瞳は、ここではないどこか――遠い昔を見ているようだ。

「――そこにいたのは、雪のような白い毛並みの美しい、わたくしの数倍もある巨大な獣でした。形はそうね、狼《おおかみ》に似ていたでしょうか。瞳は素晴らしく鮮やかな紫水晶のような色で、溢《あふ》れる魔力は神々しくて。その気配はまるで湖そのもののような清々しさと、わたくしたちを護り包み込む大地のような安心感に充ちていて、この土地を守る尊きものなのだと、肌で分かりました」

（思い浮かべるだけで、美しい光景だわ……）

アウローラはほう、と息を吐いた。

朝の淡い光が差し込む中、朝靄《あさもや》に紛《まぎ》れ佇む白狼と、白い衣をまとった年若い清廉《せいれん》な巫女。

湖からは清らかな風が吹き寄せ、巨大なマギの木の青々とした葉が、その薫風《くんぷう》に揺れている……。

（ああ、図案のイメージが溢れてくるわ！　淡いブルーとグリーンに偏光するシャンブレーに、巫女長様をイメージしたリラの花、大精霊様のイメージは白く輝くアラベスク模様……！　小さな水晶の粒をちらして、風に揺れる朝露を表すの……！）

うっとりしかけたアウローラはしかし、次のフォンテの言葉で我に返った。

「――今、島を覆っているような禍々しい気配とは、全然、全く、違うものです」

絞り出すようにそう言って、フォンテは悔しげに顔を歪め、淡い桜色の唇を噛みしめる。

「その大精霊様はその後、どうなさったのです？」

「しばらく見つめ合っていたはずなのだけれど、ふと気がつくと、お姿は消えていましたわ」

「島で飼われている犬、ということはありえませんか？」

「島では何匹か犬を飼ってはいるけれど、狼と似た形をしている子はいないのよ。少なくとも、わたくしが島に入ってからの子はみんな耳が垂れているのよね。それに、わたくしがまみえた存在は、犬と言うにはあまりにも大きかったわ」

リブライエルは腕を組み、ふうんと鼻を鳴らした。

「つまり、狼のような形の巨大な生物は島にはいないはずということですね。それなら大精霊様は少なくとも、白狼のようなお姿はお持ちでいらっしゃるのかな。朝に出現されたのであれば、夜の眷属《けんぞく》というわけでもないのでしょう。お話を聞く限り可能性としては、風や水の属性の精霊なのかもしれない」

「わたくしがあの時見たものが本当に大精霊様なら、きっとそうねえ。あの優しく清い気配の存在が、黒い霧のように歪んでしまったとは、認めたくないのだけれど……」

「……巫女長様、妃殿下方、発言をさせていただいてもよろしいでしょうか」

届いた声に、三人は口をつぐんで振り返った。肩を落として背もたれに寄りかかったフォンテの斜め後ろに、従巫女・ブランカが足音もなく歩み寄り、頭を垂れている。

「ええ、もちろんよ。どうしたの、ブランカ？」

「次期様が、あの不審な魔術師のいる書庫に入《い》り浸《びた》っていた時に聞きつけてきたことの中に、大精霊様に関することがあったかもしれません。お伝えしてもよろしいでしょうか」

「まあ、ぜひ話して頂戴」

フォンテが許すと、ブランカは小さな椅子を持ってきて、そこに腰をおろした。

「魔術師は、古代の術や遺跡を研究しているという名目で書庫を利用しておりました。次期様からわたくしが聞いたところによれば、神殿の成り立ちについて興味があると言っていたそうです。今思うと大精霊様のことを調べていたのではないかと思います」

（それはきっと、島に伝わる古代の結界について調べる口実だわ）

アウローラは顔をしかめた。アルゲンタムでも彼らは事前に協力者を街に潜り込ませ、土地の歴史や地形、要石のある位置などをかなり正確に調査していた。神殿島の結界を作動させることを目指すなら間違いなく、島について調べていたはずである。

「その前に、次期……オーステン公の末娘は、一体どんな子なんだい？　デビュー前に神殿に入ってしまったから、あまりよく知らないんだ。年若い娘さんたちからは、真面目《まじめ》で聡明《そうめい》だという評判と、傲慢で尊大だという評判、どちらも聞いたことがあるけれど」

公爵令嬢ならそのどちらも兼ね備えていても不思議はないけれどね。リブライエルはそう続けて椅子から身を乗り出す。ブランカは顔をわずかにしかめた。

「――次期様は一見清楚で、黙っていれば誰もが一度は振り返る、愛らしい見目をしています。ですが、地位や外見を利用することをよくご存じで、内面も清楚かと聞かれると、神殿としては口を閉ざさざるを得ない方でした」

「ううーん、ひょっとすると苦手なタイプの女子かもしれない」

（わたしも苦手なタイプの娘さんかもしれない……）

リブライエルが困ったように眉を寄せるのに、アウローラも内心で同意する。

「聡明――というか、頭の回転は早い方です。学問なども要領よく進めるタイプですね。そして、己が正しいと思ったことを他者にも強要するような傲慢さと、己を中心に置きたがる尊大さ、どちらもありました。もっとも、妃殿下が仰いましたように次期様が公爵家の子どもであることを思えば、全く不思議なことではありませんけれど」

ブランカはそう言って肩をすくめた。やっぱり苦手なタイプかもしれないと、お互い元伯爵令嬢であるリブライエルとアウローラは顔を見合わせ苦笑する。

「そんなタイプの娘さんでも巫女長になれるのかい？」

「巫女長――もしくは神官長になる条件は、王家の血を引く紫色の瞳を持つことと、島の魔力と親和性のある魔力を持っていることなの。魔力の質は人間性とはあまり関係がないし、歴代にはちょっと横暴な王子が神官長になっていた時代もあったのよ。もっとも、そういう方は何故か、在位が長く続かないのだけれど」

フォンテが肩をすくめた。一体どういうことなのと、アウローラは背筋に冷たいものを感じる。

「それに、次期はまだ子どもだもの。多少性格に問題があっても、十代のうちならば矯正《きょうせい》も可能だろうという判断があったのよね」

「はい。それで、そうしたところを改めるように教育係が奮闘していました。しかし、あの魔術師が来て以降なにを吹き込まれたのか『巫女は本来、もっと崇《あが》められるべき存在だった』というようなことを言うようになりまして……。権威を回復するために、古代の術をこそ復活させるべきなのではないか、精霊に授けられた魔法を使って人々を導き、初代女王のように国の頂点に立って人々の無知蒙《むちもう》昧《まい》を晴らすべきだと、そのようなことを繰り返していました」

（な、なんて恐れ知らずな……！）

アウローラは絶句し、さすがにそれは聞き捨てならないと、リブライエルも顔をしかめる。

「それは、次期王妃としては聞き捨てならないな。国家転覆《てんぷく》を図っていると取られてもおかしくない発言だよ。仲間内で口にしているだけならば眉をひそめられるだけですむけれど」

「わたくしが聞いたのはごく私的な時間帯でしたので、発言の場は選んでいたようですが……」

「公の場で口にしようものなら、次期巫女長という立場を失いかねないだろうになあ」

「まったくです」

むしろそうなった方がいいのではと言いたげに、ブランカがぼやく。

「次期巫女長様は、カーヌスの甘言に乗せられてしまったのでしょうか」

（野心家だというのなら、ものすごく相性が良さそうだものね……）

アウローラの呟きに、リブライエルは行儀悪く組んでいた足を組み替えると唇を尖《とが》らせ、天井を見上げた。

「そういえば、カーヌスと言う魔術師は人を扇動するのが巧みだと、殿下のところに報告されていたな。その上、洗脳術の得意な弟子もいるんだろう？」

「はい、相手の記憶を自分の都合の良いように書き換える魔眼の持ち主が弟子におりました。……でも、やはり恐ろしかったのは、カーヌスの方です」

ルーベルに瞳を覗き込まれたことを思い出し、アウローラはブルリと震えた。大切な記憶を無理矢理に上書きされる、あの苦痛。魔力が体中の穴から染み込んできて、身の内を小さな虫が這《は》い回っているようなあのおぞましさは、思い出すだけで吐き気を催すほどだ。

しかし、魔眼は相手がそれを使うと知っていれば、魔眼を無効化する魔道具を身に着けたり目を合わせないように気をつけるなど、対処のしようもあるものだ。

そういった術を使わないのに信奉者の多いカーヌスの方が、得体のしれないものがある。

「カーヌスの手口は、不安や不信、不満を抱えている人にまず共感し、その心の隙《すき》を突いて、相手が今まさに欲しいと思っている言葉を与える、というものです。良い声をしているので、相乗効果で聞き入ってしまうのかもしれません。心酔している弟子や信奉者が多くいるそうです。……そうして信じてしまった人は魔術ではどうにもなりませんし、他の者の言葉も届かなくなるといいます」

「そうした甘い言葉を吹き込まれたら、次期様はあっという間に籠絡《ろうらく》されてしまうでしょうね」

ブランカは「嘆かわしいことです」と頭を抱えた。

「やっぱりあの子が此度《こたび》の事件の手引きをしたのかしら……」

「わたくしにはもはや、そうとしか考えられません」

フォンテのため息が止まらない。ブランカも苦い顔をして、膝の上で重ねた手指を握りしめた。

「しかし、魔術師はどうして『神殿の成り立ち』を調べていたのかしらね？」

「魔術師は『神殿』という組織の成り立ちというより、建国当初の巫女や神官が島で何をしていたのかを調べていたようです。巫女や神官の手記を読み漁《あさ》っていたとか。今思えば、彼らの手記の中に古代の結界や大精霊様に関する記述があるかもしれないと考えたのでしょう。……今では形骸化している様々な儀式も当時は何らかの意味があって行っていたのでしょうから、的外れとも言えません」

「ああ、なるほど。確かに昔の神官長の手記には古い時代の儀式の記述が………」

納得の表情で耳を傾けていたフォンテは、ふとなにかに思い至ったように口を閉ざす。

そして次の瞬間、突然小さく叫び、椅子から飛び上がった。

「……思い出したわ!!」

立ち上ったフォンテは興奮したように、勢いよく卓を叩く。卓上の茶器がカチャカチャと揺れ、注がれていた薬草茶が跳ねた。リブライエルがあんぐりと口を開け、アウローラもあわやティーカップからお茶をこぼしかける。しかしフォンテは頓着せず、凍りついた場がもどかしいとでも言いたげにその場でたしたしと足踏みをすると、誰よりも固まっている己の従巫女に向かって声高に叫んだ。

「ブランカ、わたくしの道具箱を持ってきて頂戴！　あと、手袋も！　はやく！」

「は、はい……！」

滅多《めった》にない主の暴挙、強い口調に、ブランカは慌《あわ》てて部屋を飛び出していく。

アウローラとリブライエルは呆然《ぼうぜん》としたまま、部屋を出ていったブランカの背を見送った。

「み、巫女長様……？　何を思い出されたのでしょう……？」

「思い出した、思い出したわ！　ああ、どうして忘れていたのかしら！　歳を取るっていやねえ」

アウローラの疑問にも上の空で、フォンテは小卓の上を指先でトントンと叩き続ける。

「ブランカ、まだかしら？」

「はいはい、今参ります、お待ちを！」

我慢できない子どものように、椅子の上でうずうずと身動きするフォンテの前に、ブランカが戻ってくる。その手には、見事な寄せ木の木箱が抱えられていた。

（まあ……！　素晴らしい寄せ木細工だわ……！）

アウローラは感嘆の息をごくりと呑み込んだ。

大きさは女性が片手で抱えられるほどで、ステラが入っていたレオの櫃《ひつ》よりはふた回りほど小さい。

（お義母《かあ》様のコレクションの寄せ木家具よりも、ひょっとしたら手が込んでいるかも……）

蓋の寄せ木は、白や焦《こ》げ茶、灰に黒、飴《あめ》色に赤茶色と、様々な色の木が組み合わさった、非常に精緻な魔術模様である。小さな魔術模様が複数合わさって大きな図案に見えるところなど、なんとも見事な工芸品――むしろ美術品だ。

「巫女長様、その箱は？」

「巫女長の仕事道具をしまっておく箱ですよ。さすがに初代様の時代のものではないけれど、随分と昔から巫女長・神官長に受け継がれてきた由緒あるものなの」

ブランカから箱を受け取り、フォンテはその美しい蓋を雪花石膏《せっかせっこう》のような指先で撫でた。指先からじんわりと淡い藤色の魔力がにじめば、寄せ木の繋ぎ目が細く光って、ぱかりと蓋が開く。

中にはフォンテの言葉の通り、巫女が日々の仕事で使う道具が、ベルベットのような厚手の布に覆われて丁寧に収められていた。

しかし。

「み、巫女長様⁉　一体何をッ⁉」

由緒あるもの、そう言った舌の根も乾かぬうちに、フォンテはおもむろに箱をひっくり返すと、中に収められていた道具を無造作に投げ出した。

ブランカが悲鳴を上げて滑り込み、宙を舞った道具を受け止めるが、そんな従巫女の献身も何のその。フォンテは箱を空にすると、一緒に運ばれてきた手袋をはめ、今度は箱の底に手を突っ込んだ。

(もしかして……、底にからくりが⁉)

アウローラの脳裏を過るのは、兄・ルミノックスが初代クラヴィス侯の遺品の櫃の底から見つけ出した、隠し箱である。隠し箱は櫃の底に仕込まれたからくりを解いた中に隠されていて、血縁者の魔力でのみ開封できるようにしてあった。これもひょっとすると、あれと同じような仕組みの箱なのではないか。

果たしてアウローラの予想は当たった。皆が固唾《かたず》を呑んで見守る中、フォンテは考え込みながら、寄せ木のほんの僅かな出っ張りに指を掛けると、整然と並ぶ模様をずらし始めたのだ。

　しかし、どうやらこのからくり箱の開封には非常に手数がかかるらしく、箱はなかなか開かなかった。

　だがそれこそはその中身が重要物であることの証《あかし》でもある。気づけば日差しは随分と傾いていたが誰もが中座しようとせず、ついに底板が外れた時には小さな拍手が沸き起こった。

「ああ、手順を無事に思い出せてよかったわ。やたらと手数が多いんだから！」

　達成感に充ちた笑顔で額に浮いた汗を拭《ぬぐ》うと、フォンテは箱の底からそっと取り出した羊皮紙の束を卓上——アウローラの置いたタイの横に静かに置いた。

　糸で端を束ねただけの、装飾もない古ぼけた束だ。保存の魔術は掛けられているようだが、掛けられるまでの間に変色が進んでしまっていたようで、だいぶ褐色になっている。表紙にあたる部分にはこちらも変色の進んだ黒褐色のインクで、なにやら古い時代の文字が書かれているようだ。滑らかで少し癖のある、女性的な筆蹟《ひっせき》である。

（……兄さまが見たら狂喜乱舞しそう）

　それらを見たアウローラは再び兄の姿を思い出した。古文書の大好きなルミノックスが羊皮紙の束を手に小躍《こおど》りし、興奮しすぎて熱を出す姿があまりにも容易に想像できてしまったのだ。

「これはまた、随分古い時代の文字だ。……この時代の羊皮紙が、よく残っているなあ！」

　学園の卒業生であり、古代文字もある程度は習得しているリブライエルも、アウローラの想像の中のルミノックスと同じように、興味津々《しんしん》で身を乗り出す。

　分かるの、さすがねえとフォンテは目を丸くした。

「保存の魔術を定期的に掛け直しているのよ。序章だけなら許可できるのだけれど、読むかしら？」

「ぜ、ぜひ！　あ、わたしにも手袋を！」

　顔を太陽のように輝かせ、頬を真っ赤に上気させたリブライエルは、差し出された絹地の手袋をはめるとうやうやしく、押しいただく勢いで羊皮紙の束を受け取った。

（古書が好きな人って、もしかしてみんなこうなのかしら？　それとも兄さまのあれが、殿下方から後輩として継承したものだったりするのかしら）

　今にも頬擦《ほおず》りし始めそうな恍惚《こうこつ》とした面差しに、彼女が王太子の妻でありルミノックスの先輩なのだと、アウローラはしみじみ感じ入る。

　ところが、鼻息も荒く羊皮紙の束をめくり始めたリブライエルは、冒頭の数ページをめくるにつれて、次第に困惑の色を浮かべ始めた。目の前のものが信じられないというような疑いの眼差《まなざ》しと、ここに書かれていることが事実であるならばという興奮とが入り混じった、なんとも形容しがたい表情である。

「何が書いてあるのですか？」

　そう問いかけ、横からリブライエルを覗き込んだアウローラは、ぎょっとしてのけぞった。食い入るように文字を眺めるリブライエルの目が、充血し始めていたのだ。

「あ、あの、妃殿下？　まばたきなさってくださいね？」

　書物に没入するリブライエルの姿が兄の姿に重なって、アウローラは思わず声を掛ける。掛けられた声にようやく我に返ったリブライエルは、のろのろとアウローラを振り返ると声を震わせた。

「アウローラさん――いえ、巫女長様、こ、これは……」

　アウローラからフォンテに視線を移し、リブライエルはごくりと喉を鳴らす。

「ひょっとして、と、とんでもないものなのでは……？」

フォンテはにこりと笑い、不意に懐《ふところ》から取り出した小さな懐中時計のネジを巻く。するとアウローラにもすっかりと馴染《なじ》みになった防諜《ぼうちょう》の魔術が作動して、客間はどこか込もったようなもったりとした空気になった。しかし、アウローラは怪訝《けげん》な顔になる。

（巫女様と神官様を弾《はじ》き出した……？）

防諜の魔術は部屋全体に掛けることが基本だというのに、フォンテの懐中時計から発動した術はもっと小さく、アウローラを始めとする三人のところにだけ、小さなドームのように張られている。術の外に置かれた神官や巫女たちが右往左往するのを横目に、フォンテは深く息を吸うと口角を上げ、ひとことこう言った。

「これはね、初代巫女の日記です」

「まあ、そうなのですか」

「――――は？」

アウローラはふうんとその森色の瞳をまたたかせたが、それを聞いたリブライエルは錆《さ》びついた歯車のようなぎこちない動きで、フォンテを振り返った。

「ほ……本物で？」

「もちろん」

更ににっこり。

フォンテの笑みは揺らがない。一体何が問題なのだと首を傾げるアウローラの横で、リブライエルは妃《きさき》としてあるまじき表情で、顎《あご》が外れそうなほど大きく口を開け、固まった。

「……妃殿下？　大丈夫ですか？」

「あ……ああ」

アウローラの呼びかけに頷いたリブライエルは、手元の束を睨《にら》みつけたまま、一息に言った。

「――初代巫女・メディキナについては当時の資料がびっくりするほどないんだ。王宮書庫にも学園の図書館にも、あるのは後世の伝聞ばかり。つまりやたらと神格化されて持ち上げられた、後世に都合の良い解釈のものしかない。彼女は実体がほとんど分かっていない、謎の巫女なんだよ」

「えっ」

わなわなと指を震わせ始めたリブライエルに、アウローラもぽかんと口を開け、慌てて閉めた。

「つまりいまここにある日記は、あるはずのないもの、ということですか……？」

「そう！　そうなんだよ！　これは一級資料、いや超一級資料！　初代女王の時代を研究する学者からしたら、生命を捧げてでも読みたい禁断の書だ!!」

がばりと顔を上げ、リブライエルは真っ赤な頬でそう叫ぶ。フォンテは微笑んだまま、リブライエルの手の中から日記を取り上げた。

「ああっ」

おもちゃを取り上げられた子どものように取りすがるリブライエルに、フォンテは首を横に振る。

「残念だけれど、これは門外不出。今読んだ冒頭三ページの内容の口外も、巫女長として禁じます。

――実はこれね、神殿には不都合の多いことがたくさん書かれているから、歴代の巫女長と神官長にのみ閲覧が許されているという、本当に『禁断の書』なの。わたくしも就任の直後に一、二度読んだきりなのよ。……クラヴィス夫人もお読みになる？」

「いいいいいえ、結構です！　わたくしぜったい、夫に話してしまいますもの！」

アウローラは慌てて首を振った。フェリクスの真摯《しんし》な面持ち、特にあの青い瞳を見ていると、隠し事などできないのだ。それならば最初から見ない方がよい。

首に合わせて両手をも力いっぱい左右に振ったアウローラに、フォンテは目を見張り、それから滲《にじ》むような笑みをこぼした。

「旦那様と仲良しなのね。よいことだわ」

「クラヴィス家の若夫婦は『対妖精《ジェミニ・フェアリ》』のようだと社交界でも評判の新婚夫婦なのですよ。わたしの侍女をしていた頃はまだ婚約者でしたけれど、休憩時間にはまあ仲睦《むつ》まじく」

「あらあら」

「ひ、妃殿下！」

リブライエルの揶揄《やゆ》に、アウローラはゴホン！　と喉を鳴らした。

「ええと！　最初の巫女様は、『最も女王に似た力を持っていたので、精霊が仕えることを許した』と言われている方でいらっしゃいますよね！」

「そうね。ただねえ……本人の日記には、そんなことはどこにも書いていないの」

話の方向転換を図ったアウローラに、フォンテはそう答えた。えぇっと声を揃えるアウローラとリブライエルに、彼女はぱらりと羊皮紙の束をめくりながら、話し始める。

「初代の巫女は女王の末娘だった方よ。とはいっても当時の島――ウェルバムはまだ、国という形になる以前、どこの国にも属さない人々の集落でしょう。神殿などという立派なものもなく、女王の精霊の拠《よ》り所になる石の置かれた祠があるだけ。巫女の仕事も、大精霊様を穏やかに眠らせるために祠を管理する人、という位置づけだったようよ」

（……わたしたちが知っている話と、随分違うわ）

何しろアウローラの知る初代巫女の逸話《いつわ》は、建国神話の登場人物としてのエピソードなのだ。国を作った女王の末娘で、母親譲りの魔力を精霊に気に入られて巫女となり、兄である二代目の王とともに国を大きくしたと伝わる、伝説上の人物なのである。彼女の祈りは人々に祝福を与え、有事には外敵を嵐で薙《な》ぎ払ったとさえ言われているのだ。

「彼女の仕事は、祠を静穏に管理して、眠る大精霊様を安らがせることだったようね。大精霊様は友である初代女王を失ったことで『魂が半分になってしまったようだ』と嘆いていたので、それを宥める意味があったらしいわ」

アウローラの耳がぴくりと動いた。思わず身を乗り出せば、フォンテが再びページをめくる。

「大精霊様は眠りについたとは言っても、当時はまだ、時折目覚めることもあったそうなの。そんな時に彼女は大精霊様と女王の思い出を語り、彼女の残した草花を摘んで彼女の愛した食事を作って、彼女から引き継いだものを愛《め》でて……とすることで、大精霊様を再び穏やかに眠らせていたらしいわ」

「ああ、初代女王陛下を、大精霊様と巫女様で『悼《いた》んで』おられたのですね……」

（ポルタのお祖母《ばあ》さまもお祖父《じい》さまの命日には、お好きだった食事を作らせて、思い出のご衣装をお召しになって、お部屋にお祖父様に頂いたというお花を飾られていたっけ……）

アウローラがしみじみ言えば、そうねえとフォンテも呟く。

「ひょっとして、冬至祭の前に神殿で行う『奉納の儀』は、この巫女の任務を現代に受け継ぐものだったのでしょうか」

はっと息を呑み、リブライエルが問う。フォンテは己の顎を撫で、困ったように浅く首肯《しゅこう》した。

「そうかもしれないわ。今年はさすがに中止か延期かしらと思っていたけれど……」

「大精霊様を安らかに眠らせるための儀式であるなら、むしろ今年こそ中止しない方がいいかもしれないのか。──必要なことなのであれば、開催するのはやぶさかでないけれど」

リブライエルは低く唸《うな》り、腕を組んで顔をしかめた。何しろこの儀式は彼女の公務なのである。

フォンテも眉を垂れて細く息をついたが、諦めたように首を左右に振ると、更にページをめくった。

「初代巫女が持っていたと伝えられている『初代女王に似た能力』というのも、初代女王が故郷で習い覚えた『機織《はたお》り』の技術を引き継いだのが末娘だった、という話らしくて……」

ほら見て頂戴。フォンテが掲げて見せたページには、手書きでたくさんの格子を連ねた、織り図のようなものが描かれていた。波のような曲線と小さな木のモチーフ、風のような絣《かすり》と、小さなドット。なかなかに手のこんだ、どこか可愛《かわい》らしい図案だ。

(これは……!)

アウローラはいつの間にかフォンテににじり寄り、掲げられた羊皮紙を食い入るように見つめた。その勢いたるや、先ほどのリブライエルのかぶりつきを笑えないほどである。

目を皿のようにして図案を見つめ、アウローラは上気した頬のままにフォンテを見上げた。

「──巫女長様、これ、お袖の刺繍の図案と似ていますね?」

「ええ。わたくしが先ほど思い出したと叫んだのは、初代巫女の手記の存在と、この図案のことよ」

目を細め、フォンテはそのページをアウローラに差し出すと、その横に己の袖を並べてみせた。

「袖の刺繍の図案はこの、初代女王が末娘に伝えた『機織り』の図案が元になっているの。この織り図は初代女王が精霊のために織った布の図案を描き写したものだ、とここに書いてあるわ」

「織物の図案が、母から娘に引き継がれたのですね」

ウェルバム王国を含む大陸のこの一帯では、織物や刺繍というものは昔から、長い冬の手仕事であったり、祝いや弔《とむら》いのために村中の女性たちが集まって施すものだった。村に受け継がれる図案や家に伝えられている図案は、母が子に教え引き継いでいくことが当たり前のもので、そうして残っている図案は今も世界各地に存在する。

貴族の娘であり、刺繍や織物は職人に任せることの多い立場のアウローラでさえ、祖母から受け継いだポルタ家の刺繍図案が幾つもある。これからはおそらく、クラヴィス家の図案も義母・アデリーネから教わることになるだろう。

「この大樹は神殿の裏庭に生えているマギの樹。水のモチーフは湖。月と太陽は初代女王とその夫、星は大精霊。晴れた日の朝、ふたり寄り添って木に寄りかかり、湖を眺める夫婦とその傍《かたわ》らの大精霊という、初代女王が愛した光景を摸したものと言われているわ」

（ああ、それはなんてすてきな図案だろう）

アウローラは恍惚の吐息を漏らした。

想像するだけで心が穏やかになり、爽やかな湖面の風が吹き抜けていくようだ。

「――大精霊様は初代女王が織った敷布を殊《こと》の外《ほか》気に入って、『お昼寝の敷布』にしていたそうよ」

遠くを見つめてうっとりするアウローラに、フォンテは小さく笑って羊皮紙の束を閉じた。

「あの黒い霧が大精霊様のせいだとは認められはしないのだけれど……、もしもそうなのだとしたら、そのお力を育めるには、これが一番なのではないかしら」

その言葉に、アウローラは深く頷いた。

古の時代から受け継がれた、島の精霊の愛した図案だ。暴走する大精霊を育める力があるとするならば、これ以上のものがあるだろうか。

（わたしは王家の娘ではないし、初代女王陛下や初代巫女様のような力を発揮できるとはまさか思わない。作れるものも織物ではなく刺繍だし。でも、大精霊様がカーヌスによって、あの日のステラのように歪められかけているのだとしたら、それをほんの少し解く力、それが無理でも絡《から》まった糸玉の一端くらいにはなるかもしれない……）

アウローラは勢いよく立ち上がるとフォンテに向かって、騎士のように膝をついた。

「く、クラヴィス夫人？」

いくら相手が王家の血を引く巫女長とは言え、侯爵家の夫人が迷いもなく膝をついたこと、そしてそのアウローラの必死の形相に、フォンテは目を剥《む》いてわずかにのけぞる。しかしアウローラは怯《ひる》むことなく、合わせた両手の手指を握りしめ、フォンテに迫った。

「巫女長様、お願いでございます。その図案を写す許可をいただけないでしょうか！」

「ああ……、そうねえ……」

ほとんど祈るようにすがるアウローラの姿に、フォンテはううんと小さく唸ったが、次の刹那《せつな》、ふと何かを思いついたように目を細めた。そのいかにも「なにか企んでいますよ」という表情に彼女の甥が悪巧みをする姿を思い出し、アウローラは思わず怖気《おじけ》づく。

しかし、ここで引くわけにはいかない。フォンテの足元にひざまずき、「どうか！」と声を上げたアウローラに、フォンテは口の端をニッと持ち上げた。

「交換条件付きでなら、許してあげてもいいかしら。……ねえ、クラヴィス夫人。あなた、『奉納の儀』の臨時の巫女に就任する気はない？」

※

「あー、第二陣も駄目だったか」

特別小隊の第二陣がボロボロになって帰還し、医療天幕に収容されたのを見舞いながら、王太子は苛立《いらだ》ったように後頭部をガリガリと掻《か》いた。

「防魔の装備はだいぶ固めたはずだけど、未だ押し負けるんだなあ……」

「め、面目ございません……」

「いや、気にしないでくれ」

王太子による慰問——というよりは尋問に近い聞き取りを受け、戻った時より更にぐったりと疲弊した魔法騎士が簡易寝台の上で呻く。王太子はくしゃりと顔を歪めて、いやいやと首を振った。

「無理をさせたのはこちらだし、今日の調査はそもそもが『昨日がたまたま駄目だったのか、毎日駄目なのか』の確認がしたくての派兵だからさ。魔力値の高いフェリクスが駄目だったなら、他の魔法騎士もまあほとんど駄目だろうとは思っていたんだ。ユールは結構いけたらしいけど、あの特性持ちはそうそういないからなあ」

寝台の傍を離れた王太子は折りたたみの椅子に腰をおろすと、行儀悪く机に肘をついた。その真向かいでは『塔』のアーラと第一王女付きのメッサーラが、塔や魔導院、宮廷魔術師たちから次から次へと舞い込む周辺調査の報告をまとめている。

「ううーん、対ドラゴンぐらいの装備を導入しないといけないかなあ。そんな装備、魔術大国から輸入するくらいしか入手手段がないけど！　しかもあれって目が飛び出るほど高価だし、緊急予算も下りないレベルだし？　それに在庫があるのかも、到着まで何日かかるかも分からないし？」

「現在、第一王女殿下主導で軍にある限りの装備を準備中です。それが揃えばもう少しマシでしょう」

王太子のボヤキに、護衛のセンテンスが口を挟む。王太子は「そうであって欲しいー」と答えつつ、中空で指をくるくると回した。指の先に小さく紫色の光が灯《とも》り、パンと弾《はじ》けると王太子を包む。魔術師であれば誰でも施せる、ごく簡易な身を守る結界の魔術だ。

「ここではこんなに簡単に発動するのになあ。島では魔術がほとんど発動しないってのが、痛いよなあ。道具に仕込まれた陣は多少効果があるというから、とりあえず防御陣のマントを発注したけど」

「……ポケットマネー、ですよね？」

「さすがに私財だよ！」

眼鏡の奥の瞳をぎょっと見開いたセンテンスに、王太子が噛み付く。

「殿下は魔術的なことにはびっくりするほど目がないので……」

「それは否定しないけどさ……。ねえねえ、やっぱり俺が自分で行ったら駄目かな？　ここらで一番魔力値が高いのって俺なんだけど」

「絶対ダメです。あんた自分が王子……いや王太子だってことを忘れないでくださいよ！」

「分かってるけどさ。ああ悔しい、なんで俺は王太子なんだ？　今からでも姉上が復権できないかな？」

「議会が絶対に承認しませんから諦めてください」

じゃれ合いのような会話に、机の向かいから小さな笑声が溢れる。それを耳にした王太子は肘をついた手のひらに顎を乗せ、向かいに佇む麗人たちに目をやった。

「――メッサーラ、アーラも。フェリクスたちが採ってきた島の魔力の分析はどう？」

「魔導院の魔力調査部に出しておりますが、詳しい調査にはもう少しかかる予定です」

「塔での分析はまだまだこれからですよ。年単位で取り組む者もいそうですしねえ」

仮面の奥に笑いを収めて、メッサーラは事務的に答える。アーラは「皆目の色を変えて飛びついていましたので、短期的な結果は魔導院にお任せしたほうが良さそうですよ」と肩をすくめた。

「そうか、まだか……」

王太子は両肘を付き、唇を尖らせて息を吐き出した。子どものようなことをしないでくださいよとセンテンスが咎《とが》めるが、不満げな表情は変わらない。

「王都で起きている魔術事件なのに、俺自身が動けないっていうのが、ものすごく腹立たしいんだよね。しかも原因が俺の専門、古代魔術関連っぽいってところがもう、悔しくて仕方がない」

「お気持ちは分かりますがね、頼みますからおとなしくしててくださいよ。……ん？」

センテンスがぼやき返したところでにわかに外がざわめき、天幕の入り口がサッと開かれた。

「失礼致します」

天幕の内部に朗々と響いたのは、氷や月を思わせる、冷たく硬質な美声だ。

声の主が王太子たちの傍に歩み寄るにつれ、湧き上がった周囲のざわめきは徐々に小さくなり、いつの間にか耳が痛むほどの沈黙となった。

「王立第一騎士団近衛騎士隊特別小隊長クラヴィス、王太子殿下にご報告申し上げたきことがあり、参上致しました」

静寂の中、天幕に現れたのは次期クラヴィス侯爵――フェリクス・イル・レ＝クラヴィス。眩《まばゆ》いばかりの銀月の髪と青玉の瞳を持つ、王都一と名高い美貌の近衛騎士である。人々がざわめいていたのは、美しさで知られる彼の頭部に真っ白な包帯が幾重にも巻かれていたためだった。

しかし、少年時代からその容貌の美しさで知られたフェリクスは、人に見られ、ひそひそと囁かれることに慣れきってしまっている。他人の視線や言葉は受け流すものと考えているらしく、周囲の激しい動揺も全く気にならない様子で、座っている王太子に向かって流麗な敬礼を披露した。

「いや……、フェリクスその頭、大丈夫なのかい？　明日までは休むように言ったじゃないか」

「見た目は醜いですが、傷自体は大したものではありません」

「いくら若いからって、慢心したら駄目だよ」

痛々しい包帯に包まれながら、フェリクスはしれっとそう口にする。王太子は顔をしかめ、目を眇《すが》めてフェリクスを睨んだ。フェリクスは無表情のまま、微かに視線をそらす。

「私の怪我《けが》はさておき、殿下がこちらにいらっしゃることも問題かと思いますが。王宮、魔導院と無駄足を踏みました」

「最前線にいないと見えないものがあるだろう？　それに、結界関係の古代魔術に今一番詳しい魔術師は俺だと自負しているよ。……頭部の怪我は小さくても大ダメージを受けていることもあるし、怪我は魔術でぱっと治せるものじゃないんだから、きちんと療養しないと治るものも治らなくなるぞ」

　王太子はメッサーラの向こうに声を掛けた。

「義兄からもなにか言ってやってよ」

「はあ……」

　メッサーラの奥で書類をめくっていた、関係者として招聘《しょうへい》されたらしきルミノックスは、なんとも言えない青い顔をして、包帯に巻かれた義弟の顔を見やる。

「さあ、ここは兄として、何かガツンと！」

「兄としてでしたら……、そうですね、不肖《ふしょう》の妹を泣かせることのないように、お願い致します」

「…………胸に刻みます」

　アウローラとよく似た、しかしより麗しい顔立ちで困ったように眉を垂れたルミノックスが呟いた言葉に、すでに泣かせたとは言えず、フェリクスはひらひらと視線を泳がせた。

「まあ、来てしまったものは仕方ないな。手早く終えてご帰還いただこう。――さあ、報告したいことって一体何だい？」

「昨日の島で目撃した『影』について、追加でお伝えしたいことがあります」

　手を叩き、音を遮る陣を小さく展開しながら王太子が問う。居住まいを正し、任務中の顔になったフェリクスが重々しく口を開いた、その時。

「――みゃん！」

　包帯にくるまれたフェリクスの首の後ろから、ひょっこりと白い子猫が姿を現した。

　それまで影も形もなかった姿の突然の登場に、場がぴしりと凍りつく。

「こ、子猫……？」

ミルクのような白い毛並み、ぴんと尖った三角耳に、いちごとミルクを混ぜたような甘いピンク色の鼻先。その姿は生まれてひと月ほどの子猫だが、銀の星降る瑠璃色《るりいろ》の瞳は普通の猫ではありえない。

「みゃぁん」

甘えたように鳴き、フェリクスの首筋に身を擦《す》り寄せるのはアルゲンタムの守護妖精ステラ――のちいさなちいさな分身である。

「いや、まさか……、あ、アルゲンタムの守護妖精殿!?」

座っていた椅子を薙ぎ倒しながら、王太子が飛び上がる。

「ええっ!?」

ぎょっとしたのはルミノックスもで、驚きの速度で駆け寄ってきた。

「これはもしや……伝説にある、妖精の『分身』でしょうか!?」

「そ、それだ！　うわ、うわあ、すごい、初めて見たぞ……！」

「み、みにゅん……」

鼻息の荒い男たちににじり寄られ、小さなステラは甲高くか弱い声で鳴くと、ぴんとしっぽを立ててフェリクスの首の後ろに隠れる。とは言え、それほど足場は広くない。ずるりと肩から滑り落ち、背に爪を立てて踏ん張ることになった。しかしそれも長く続かず、ころんと転げ落ちたところをルミノックスの両手のひらでそっと支えられる。

「ち、ちいさい……。土地を離れて大丈夫なのかい？」

「こ、この目で見てもちょっと信じがたいな……！　俺は今、すごいものを見ている……！」

そっと眼前に持ち上げられ、ステラは不満げな鳴き声を漏らしたが、もうどうにもならないと思ったのかその手の中で丸くなった。

「フェリクス、これは……」

「当家の食客《しょっかく》の荷物に紛れて付いてきたようです。私の身を案じて、とのことでしたが」

フェリクスは懐《ふところ》を探り、ねじ込まれていた白い石を見て嘆息した。いつの間にかは分からないが、ステラが己の依代《よりしろ》である白い石を、フェリクスの上着の胸元にこっそり押し込んでいたらしい。

「し、調べさせて……分かった分かった、そう怖い顔しないでくれ！　冗談冗談、冗談だから！」

不穏なことを呟いた王太子に、フェリクスとルミノックスの目が鋭く尖った。ふたりの眼力に押し負けて、王太子はへらりと笑うと咳払いをする。そんな王太子から庇《かば》うように、ルミノックスは自分の傍の卓上を片付け、ステラをそっと下ろした。

「おや、これはまた、珍しい」

アーラが驚きの声を上げ、メッサーラは無言で目をまたたかせる。ステラは挨拶をするように「みにゃあん」と鳴くとふたりの前でちょこんとお座りをした。

「この子は？」

「アルゲンタムの守護妖精の分身です。名はステラといいます」

「ほう。ほぼ精霊になりかけておられますね。――こんにちは、妖精殿。私はアーラ。魔術を研究する特別機関の長をしています」

「こんにちは、お可愛らしい妖精殿。私はメッサーラ。王女殿下付きの宮廷魔術師です。今回は殿下方にお力を貸すよう主に言われ、こちらに参加しております」

人外の美しさを持つ精霊混じりの魔術師と、顔の半分が隠れてなお、高貴な美貌を感じさせる長躯《ちょうく》の魔術師が、子猫に向かって揃ってうやうやしく頭を垂れる。周囲の人々の視線が突き刺さるが、正《まさ》しく人外であるステラには痛くも痒《かゆ》くもない。

彼女は「みゃん！」と元気に答え、かりかりと首筋を掻いてあくびをひとつこぼした。

「おやおや、おねむですか？」

「……猫の姿をしている時のステラは、ほぼ猫ですので」

眠る子だから『ねこ』、そう呼ばれる姿を体現し、すぴすぴと鼻を鳴らし始めたステラの頭を撫で、フェリクスは浅く嘆息すると一同に向き直った。

「追加の報告というのは、このステラが気づいたことについてです」

フェリクスの言葉に、天幕内のあらゆる視線が一斉に集まる。その凄《すさ》まじい集中にフェリクスは微かな苦笑を浮かべると、いつも以上の無表情になって、声を潜めた。

「私の傷から、私を痛めつけたものの匂いがする、というのです――」

※

「ああそうか、これは大精霊の気配でしたか……」

アウローラの見た影と、ステラの所見について。そして、冬至が近いこと。

話が長くなりそうだと天幕の休憩スペースに移動した一同は、フェリクスがひと通りの説明を終えると、一様に頭を抱えて嘆息した。

「私もここしばらく、肌が粟立《あわだ》つ気配が消えないなと感じていました。守護妖精殿の言葉でようやく、その感覚に形が与えられた気分です」

アーラがふう、と息を吐き、ローブ越しの腕をさすった。

「分かるのですか？」

「ええ。私の中に流れる精霊の血は四分の一ほどですが、精霊というのは他の精霊や妖精の気配に敏感なものなのです。特に、己よりも強大なものに対してはね」

フェリクスの問いに頷いたアーラは、わずかに血の気の引いた顔で肩をすくめた。

「妖精殿の仰るとおり、湖の方から漂ってくる気配は、強大な精霊の力のように感じます。精霊の『怒り』も混じっているかもしれません。肌がぴりぴりとします。……ほら、発疹《はっしん》のようになっている」

ローブの袖をまくり、むき出しになった肌を見せながら、アーラはなんとも嫌そうに顔をしかめた。

「大精霊の『怒り』？　……それはまた厄介な」

「今の時点でこれほど強大な力なのですから、冬至の日にどうなるか、想像するのも恐ろしいですよ」

「まったくだ」

王太子は椅子の上で頭を抱え、癖のある黒い髪をがしゃがしゃとかき回した。寝癖のように絡まりもつれるのを気にすることもなく、大きく深い息を吐く。

「……これはもう決定かなあ」

「殿下、確認させていただきたい。政治的に明言が難しいのだとは思いますが、王都にあると仰った、アルゲンタムの術の元になった古代結界術は、神殿島にあるということで間違いないのですね？」

「——うん」

フェリクスの最終確認に、肘をついたまま、王太子は行儀悪く答えた。

「……要石が神殿の奥庭にあるんだ。王族と高位の巫女と神官しか入れないところにね。それに、結界らしきものに包まれた島の絵も、神殿に残されているよ」

子どもの頃に一度、見せてもらったことがあるけれどアルゲンタムのそれとよく似ているよ。王太子はそう呟いて、もう何度目か分からないため息をついた。

「あの島は昔から、豊かで濃い魔力が存在していることで有名だった。もともと豊かな土地だったところに初代女王が強大な精霊を連れてきたことで、大陸屈指の魔力濃度になったという。その力を利用したんだろうな。——精霊と要石、濃い魔力と古の結界。アルゲンタムで起こった事件との類似点が多すぎる」

「第二騎士団が市中で行った聞き取り調査でも、やたらと顔の良い魔術師が率いる魔術師集団が目撃されていたそうです。巫女殿の話しておられた時期ともぴたりと合う。——ここまで話が揃っているのですから、神殿島の異変はカーヌス率いる魔術師集団の仕業であると考えて間違いないかと」

ばっさりとフェリクスに切って捨てられ、王太子は卓に突っ伏した。

「つまり我々は冬至までにカーヌス率いる『魔法使い』集団を捕縛し、更に島の大精霊そのものとも対峙《たいじ》しなければならないということだ……」

「冬至の日に大精霊の魔力が放出されれば、まあ王都は終わりでしょうからね！」

アーラは「腕が鳴りますねえ」と腕を掲げて薄い力こぶを見せたが、精霊と戦うなど、それこそドラゴン退治のようなおとぎ話の世界の話だ。一同は乾いた笑いをこぼし、最後に揃ってうなだれた。

「一体どうすりゃあいいんだ。対精霊の封印術の研究ってそんなに進んでないんだよなあ……」

「封印しなければならないほどの精霊など、現代ではそういませんからねえ。大精霊なんて、神殿島以外ではもう聞いたこともないですよ。……魔術大国にはまだいるかもしれないですが」

人の勢力圏が拡大し、精霊を生み出すような土地が減ってしまった昨今、精霊がいなくなったことが問題になることはあっても、封じなければならないほどの影響を及ぼすことはほとんどない。大精霊と呼ばれるような強大な精霊は、完全におとぎ話の存在なのだ。

「今ある技術でなんとかするしかないのでしょうねえ」

「できうる全てのことをしましょう」

「我々も微力を尽くします」

アーラが、メッサーラが、そしてフェリクスが。そう言って王太子を注視する。王太子は目を見張り、次いで少年のような笑みを浮かべると下を向き……数秒経って、顔を上げた。

「そうだな。王都を守ることは国を守ることにも繋がる。俺たち以外にはできない仕事だ」

むざむざやられてなどやるものか。そう呟いて口の端を吊り上げた王太子の紫色の瞳は、ひととき前とは全く異なる、強い光を宿していた。

「――失礼致します」

皆が決意も新たに頷き合い、それぞれの仕事へと戻ろうと踵《きびす》を返しかけたその時、王太子の背後からよく通る声が響いた。振り返れば、一同から数歩離れたところに王太子の侍従が、ピンと背筋を伸ばし、うやうやしく書簡を捧げ持って立っていた。

「どうした？」

「王太子妃殿下からご伝言が届いております」

「リブラから？」

侍従に差し出されたのは、王家の紋章の透かしが刷り込まれた、淡い紫色に色づけられた美しい封筒である。宛名と差出人の記載はないが、赤い封蝋《ふうろう》には王太子妃の私信用の封印が押されていた。もちろん、リブライエル以外には使用の許されていない印である。

「王都にいるのに、私信なんて珍しいなあ。どうせ夜には寝室で顔を合わせるのに」

届けられた封書を表に裏に返しながら、王太子が首を傾げる。お互いが王都にいる時にわざわざ私信をよこすなど、合理的な行動を好む彼女らしくない振る舞いである。

「よっぽど急ぎ？　でもそれなら緊急用の封蝋を使えばいいのに。……えーと、なになに」

魔術で封を切りながら、王太子はのんびりと首を傾げる。

しかし、文面が目に飛び込んできたその瞬間、王太子の紫色の瞳は大皿のように丸く見開かれた。

テスへ

観湖宮にお邪魔して、巫女長様とお会いした結果、
今年も『奉納の儀』を行うべきだ、ということになりました。
なお、その際の臨時の巫女に、クラヴィス夫人アウローラ氏が
任命されることになりましたので、先にお知らせしておきます。

もしそこにクラヴィス氏がいたら
詳しいことは奥さんに聞いてね！　とお伝えください。
よろしく！

リブライエル

「――は、はあああああ⁉」

王太子は思わず絶叫した。防諜のための結界が張られていなければ、天幕の外から近衛騎士たちが飛び込んできたことだろう。

表情を強張《こわば》らせたセンテンスが許可を得て書簡を受け取り、ざっと文面を目にして同じように硬直する。その書簡は次にフェリクスの手に渡り、彼もまた、センテンスと同じように凍りついた。

「なにがよろしくなのか⁉」

「ど……、どういうこと、でしょうか？」

順繰りに書簡が回され、一同が絶句する中、いち早く口を開いたのは臨時の巫女の兄、ルミノックスである。呆然と手紙を眺めている王太子に問いかけるが、もちろん彼に分かろうはずもない。

「それは俺が知りたい、っていうか叔母《おば》上に会いに行ったたって⁉　朝の時点ではそんな予定は入ってなかったけどな⁉」

だよね？　と侍従に確認すれば、侍従もこっくりと言葉なく首肯する。

「『奉納の儀』というのは、冬至祭の前に王族が神殿に貢物《みつぎもの》を奉納する行事ですよね」

「そう。初代の島長が巫女だったことにちなんで、女性王族、もしくは妃が行うことになっている公務なんだ。その日一日限定で巫女になって、神殿に色々持っていって捧げて祈ってくるっていう儀式で、今までは姉上が、去年からはリブラがやってる。――今年はこんなことになったから、中止か延期か、という話になっていたはずなんだけど……」

ルミノックスの確認に頷きながら、王太子は頭を抱えた。

「なんでクラヴィス夫人を引っ張り出したんだ……？」

「もしや、あのお嬢さん……失礼、クラヴィス夫人のお力を巫女長が見初《みそ》めたのですかねえ？」

ふむ、とアーラが首を捻って呟く。

「ああしたほのかで優しい力は、精霊の大いに好むところですからねえ。大精霊を祀る大神殿としても欲しい力なんでしょうね。精霊混じりとして、その気持ちは十二分に理解できますが。――でも、神殿にやるくらいなら『塔』に欲しいんですけど」

「あの力は本当に面白いから、正直に言って魔導院にも欲しいわー」

かつてアウローラの力を『原始の魔女』のものであると断じた塔の魔術師は、腕を組むと不満げに唇を尖らせる。王太子も軽口を返し、肩をすくめた。

その時。彼らのやり取りを耳に、無表情を極めていたフェリクスから、ぷちんと何かが切れる気配がした。場の空気が急激に冷え込み、温められた天幕の内側はあっという間に、外気とほとんど変わらぬような冬の王の座に変わる。場の周辺の金属に、真っ白な霜《しも》が降りた。

「フェ、フェリクース……？」

王太子は凍れる美貌の主を仰ぎ見て、うっと喉をつまらせて冷や汗を流す。

あちらこちらでくしゃみが響き、さすがのアーラも頬を引きつらせて、冷気の主を覗き込んだ。

「……じ、冗談ですよ？」

その言葉を受けて、絶対零度の冷気を漂わせる至高の青の瞳が、ぎらりと光る。

「我が妻は物ではありません。誰に差し上げる気も、ありません。――――失礼致します」

「みゃっ⁉」

ぷすぷすと卓上で眠っていたステラを無造作に抱え上げ、刃のように鋭い敬礼を見せたフェリクスは次の瞬間、光の矢のような勢いで天幕を飛び出していく。

「……凍れる竜の逆鱗《げきりん》でしたかね？」

ぽつりとこぼれた、呆れたようなアーラの声が、やけに大きく響く。

残された面々は呆然と、篝火《かがりび》が揺れる夕暮れに消えた、『凍れる竜』の背中を見送るしかなかった。

†6　巫女と刺繍

「ローラ！　巫女《みこ》とは一体どういうことだ!?」

「あら」

育ちの良い彼らしからぬ、荒々しい足取りで飛び込んできた夫の姿に、アウローラは目をまたたいた。

作業に勤《いそ》しんでいた彼女を遠巻きに見守っていた侍女やメイドたちは即座に居住まいを正し、屋敷の主（侯爵が領地に戻《もど》っている今、屋敷の主は嫡男《ちゃくなん》のフェリクスなのである）へと一斉に頭《こうべ》を垂れる。

床に座り込み、熱心に手元の図案を検分していたアウローラは、メイドたちに遅れること一拍、ドレスの裾を優雅に打ち払うとゆっくりと立ち上がった。

「お帰りなさいませ、フェル様」

随分と長いこと座り込んでいたのだろう、立ち上がった瞬間によろめいたアウローラを、その一瞬で間を詰めたフェリクスが柔らかく支える。その腕に安心しきって身を委《ゆだ》ね、アウローラは屈託のない笑みを浮かべる。

「お出迎えもせず申し訳ございません。ヘッセったら、どうして教えてくれないの？」

「申し訳ございません」

若奥様が刺繍《ししゅう》に関わることに勤しんでいる時は極力邪魔をしないように。執事も含め、使用人たちにはそうお達しが出ていることなどつゆ知らぬアウローラは唇を尖《とが》らせるが、フェリクス付き執事のヘッセも慣れたもの。気のない謝罪を口にして、頭を垂れるメイドたちの一団の端へと移動する。

「出迎えは構わないのだが、巫女とは――いや待て、これはなんだ？」

訳知り顔のヘッセを軽く睨《にら》みつけ、気を取り直すように空咳《からせき》をこぼしたフェリクスは、改めて妻に問おうとし――妻の背後に見えるものに気がついて首を傾《かし》げた。

この日、アウローラがフェリクスを迎えた部屋はいつもの玄関や夫婦の居間ではなく、クラヴィス家のタウンハウスに設《しつら》えられている大広間だった。正面玄関から続く優美な大階段を上った先にあり、シーズン中には夜会などが開かれる、タウンハウス最大の部屋である。

大広間には家の格を客人に見せつける目的もあるので、その豪奢《ごうしゃ》さはかなりのものだ。

美しい星図と古代神話の魔法生物の描かれた歴史ある天井、顔が映るほど磨き込まれた石細工の床。計算し尽くされた美しいカットのクリスタルが、まるでダイヤモンドのパリュールのように無数に連ねられた巨大なシャンデリア。音が豊かに広がるようにと名のある専門家によって設計された楽団席に、現夫人の手による東洋趣味の美しい壁面装飾。エレガントの極みともいうべき美しいこの広間は、社交界でも名の知れた、クラヴィス家の名所とも言うべき一室だ。

――しかし。夜会であれば美々《びび》しく着飾った貴婦人と貴公子が華麗なステップを踏むフロアの中央にはこの時、絢爛《けんらん》たる室内には似つかわしくない、三メートル四方ほどの巨大な白い紙が広げられていたのだった。その周囲には紙が丸まることを防ぐために分厚い本がいくつも積まれ、更にその上にはメモ書きのようなものがいくつか乗せられている。紙の上にはペンや定規が散らばって、そこだけまるで、どこかの学者の研究室のようだ。

「散らかしてごめんなさい。これはですね」

フェリクスの腕の中から抜け出したアウローラは、正面と思《おぼ》しき場所にしゃがみ込む。その隣に並んで膝をつき、フェリクスは白い紙面の表面に目を凝らした。

「……格子？」

「はい。方眼、と言うそうですわ」

「確かに言うが」

巨大な紙の上には地図や製図のための用紙のように、ごく細い線で二十センチ四方ほどの格子が整然と引かれていた。軍人であるフェリクスにとっては、そう珍しいものではないのだが、彼であってもこれほど大きな図面は見たことがない。一体何に使うのか。

「ええと、これはですね……」

「――おまたせ致しました！」

首を傾げたフェリクスに説明をしようとアウローラが再び口を開いたその時、開け放たれたままの大広間の入り口から、少年の高い声が響いた。フェリクスが首だけを巡らせて振り返れば、そこには絵描きのスモッグを身に着け、ブリキのバケツのようなものと数本の絵筆、そしてペンを握りしめたレオが立っている。足元には真っ白な子猫がまとわりついて、みゅうみゅうと鳴いていた。

「あっ！　お、お帰りなさいませ、若旦那さま！」

フェリクスと目が合うと、レオは慌《あわ》てて深く礼をしようとして、手に持っていたバケツに気がつき、どうしようとまごついた。目線でフェリクスがそれを許せば、レオはほっと息をついてバケツを持ったまま頭を下げた後、夫婦の方へと歩み寄ってきた。その後ろをステラが小走りに追ってくる。

「レオは何故ここに？」

「わ、若奥さまの、お手伝いをしております」

「正確には、これからしてもらうのですけれどね。こちらにいらっしゃい」

大婦の数歩手前のところで逡巡《しゅんじゅん》し足を止めたレオを、アウローラは指先で招く。フェリクスは、おずおずと歩みを再開したレオのバケツを不意に覗《のぞ》き込んだ。

「これは何だ」

「あっ、はい、インクです！」

「インク？」

オウム返しにそう呟《つぶや》き、フェリクスはバケツをゆらゆらと揺すった。中身は確かにインクの香りのする粘度の低い液体で、その水面はシャンデリアの明かりが映り込むほどに黒い。バケツの重さはそこそこあり、インクとしてはかなりの分量だ。

「随分な量だが……」

「はい、描くものが大きいので、たくさん必要です！　おやしき中のインクを集めてもらいました」

「レオにはこれを大きくして描いてもらう予定なんです」

首を傾げたフェリクスに、アウローラは手元の本の山の上から、いくつかの図案の描き込まれた手紙一枚分ほどの大きさの紙を取り上げ、フェリクスの前にかざした。フェリクスはそれを受け取らず、妻の手元に目を落とす。

「これは？」

「神殿に伝わる、大精霊様がお好みだという図案をアレンジしたものですわ。――聞いてください、レオったらすごいんです。見たものをそのまま描けるということは、それだけでもう充分にすごいのですけれど、この子ったら更に、それを思うまま大きく描いたり小さく描いたりできるんですよ！」

見てください！　アウローラは瞳を輝かせ、紙の横に置かれていた帳面を手にとって広げた。

そこには、アウローラの手の中にある手紙一枚分ほどの大きさの紙に描かれていた図案が、ほぼそのまま拡大されたものが描かれている。アウローラがふたつを横に並べれば、それはほぼ狂いのない比率で拡大された、全く同じ図だとひと目で分かる正確さだ。

美しい曲線と直線で表現された、水面の上にすっくと立つ、星を宿した巨木。そして、その枝に掛かる月と太陽。どうやら古い時代のものを現代的にアレンジした図案のようで、アルカ・ネムスの里に伝わる『森の祝福』の模様とどことなく似ている。

「この図案の元になるものは、今日、離宮にお伺いして教えていただきましたの。初代巫女様の時代から連綿と伝わってきた、大精霊様のお気に入りのデザインなのだとか」

初代巫女。その単語から『臨時の巫女』なる言葉を思い出し、フェリクスの眉が微《かす》かに上がる。アウローラはそれに気づくことなく、熱心に図案を見つめたまま、興奮を隠さずに言葉を継いだ。

「もしあの黒い結界が、大精霊様の影響を受けているなら、ですけれど。魔獣みたいになってしまったステラがあのストールで元に戻ったように、大精霊様がお好きな図案を刺繍したら、あの結界を解くきっかけになるかもしれないでしょう？」

同意するように、アウローラの隣で寝転がっていたステラがみゃんと鳴く。その鳴き声に励ましを得て、アウローラは微笑《ほほえ》むとその小さな頭を指先でそっと撫《な》でた。

「フェル様たちのタイでは、あまりお力になれずに落ち込みましたけれど、もともと弱い力のものなのだから、きっかけを作ることができればそれでいいのだわと開き直ることに致しましたの。――この刺繍がきっかけとなれるかは分かりませんけれど、『まじないは蜘蛛《くも》の糸からほころびる』と申しますでしょう？　ささやかなことでも、打てる手は打っておくに越したことはありません。……スケジュールはなかなかに険しいですけれど、『奉納の儀』に間に合わせてみせますわ！」

「――ローラ」

興奮に頬を染め、図案から勢いよく顔を上げたアウローラはそこで、陰った青いふたつの瞳に出くわし息を呑《の》んだ。至高の青玉や瑠璃《るり》にも例えられる紫味を帯びた美しい青の瞳が、静かな痛みを湛《たた》えて彼女を見ていたのだ。

言葉の何百倍も雄弁に語るその瞳に、アウローラは唇を噛《か》み締め、うつむいた。

（……反対されるだろうとは思っていたけれど）

そんな瞳で見つめられるのは、言葉で咎《とが》められるより、よほど辛《つら》い。

灼熱《しゃくねつ》の日差しに花が急激にしおれるように肩を落としたアウローラの両頬に、骨ばった指がそっと触れた。その温度に泣きたくなって一層うつむけば、柔らかい、けれど有無を言わさぬ力で顔をそっと上向かされる。観念して目を合わせれば、額《ひたい》に優しく口づけられた。

「――勘違いしないでほしいのだが、私はローラが奉納の品に関わることには反対していない」

睫毛《まつげ》を震わせたアウローラに、フェリクスはその頬を指先でなぞりながら、静かに囁《ささや》く。

「もちろん、身体《からだ》を壊さない範囲でと条件はつけたいが。貴女《あなた》の力は魔術の専門家たちも認めた稀有《けう》なものだ。優しくか弱いものだろうと誇ってよい力だ。その力を借りることができるのならば、これほど心強いことはない。それに、貴女の作る刺繍は奉納品に選ばれてなんの遜色もないものだと私は考えている。――だが」

不意に言葉を切り、フェリクスが喉の奥で言葉を噛み殺す。瞳の色がぐっと明るくなって、虹彩《こうさい》に火花が散ったようになった。そこから滲《にじ》む怒気とも憤りともつかぬ不穏な空気に、アウローラは背を凍りつかせたが、もちろん逃げ出せるわけもない。視界の端でレオの方に猛ダッシュで逃げていくステラの姿を見つけ、恨めしくも羨ましく、睨むだけである。

「――ローラ。刺繍作品の奉納から、どうして『臨時で巫女に』という話になる？」

「そ……それは、そのう」

（へ、蛇に睨まれたカエル、というのはこういう気持ちなのかしら……？）

思わず明後日《あさって》な方向に意識を飛ばしながら、アウローラは湧き上がった冷や汗に身震いした。

だがもちろんのこと、彼女の夫には妻を逃がす気など微塵《みじん》もない。彼の部下や同僚たちが背筋を凍らせる、絶対零度の氷や完全燃焼の炎にも例えられる苛烈な瞳の力で、妻を真《ま》っ直《す》ぐ覗き込む。

「もしや、過度の心配で私の心臓を止めるのが目的か？」

「そんなまさか！」

冗談にしてはたちの悪い台詞《せりふ》に、アウローラは仰天して脊髄《せきずい》反射的に叫んだ。一体何が悲しくて、好いて結婚するに至った夫の心臓を止めねばならないのか。

あまりにあまりな濡《ぬ》れ衣《ぎぬ》に、アウローラは深く息を吐いた。元より、夫に隠し事などできないアウローラだ。手記の存在は秘さねばならないが、せめてそれ以外を話さなければ、この夫を納得させることなどできないだろう。

アウローラは観念し、少々恨めしげに夫を見上げた。フェリクスがわずかに怯《ひる》む。

「ローラ、そのだな、今のは冗談で……」

「……フェル様、音を遮《さえぎ》る魔術を使っていただいてもよろしいですか？」

「あ、ああ」

頷《うなず》いたフェリクスが術を展開する。外の音が遮断され、ふたりの呼吸音や衣擦《きぬず》れの音だけが聞こえるようになった。

試しにレオの名を呼んでみて、彼が反応しないことで魔術が発動したことを確認すると、アウローラは床の上にぺたんと座り込み、膝の上に図案の描かれた紙片を乗せた。フェリクスも隣で床に尻をつき、膝を立てて頬杖《ほおづえ》をつく。

フェリクスが傾聴の体勢になったのを見て、アウローラは小さく喉を鳴らすと口を開いた。

「どうして、王家の血とは縁遠いわたくしが臨時の巫女として『奉納の儀』に参加することになったかと言うとですね……、巫女長《おさ》様がご指定になったこの図案を写させていただく条件が、儀式の日に巫女の役目を引き受けることだったんです」

相槌《あいづち》もなく、しかしフェリクスはじっと妻の声に耳を傾けている。アウローラはちらりと隣に座り込んだ夫を見上げたが、彼の表情が動かないのを見て、そのまま続けた。

「巫女長様がこれを条件とされた理由を説明するにはまず、わたくしが今日お伺いした、『そもそも巫女とは』というお話から始めなければなりません」

フォンテから聞いた話を思い返しながら、アウローラは手元の紙片の端に描き写してある、初代巫女が女王から受け継いだという織り図をそっと撫でた。

「――今、『巫女』というと、神殿の聖職者の地位のひとつですけれど、初代巫女様の時代にはまだ、そうした地位はありませんでした。では当時の『巫女』は何をしておられたのかと言うと、最初の巫女様は、友を失って落ち込んだ大精霊様を、その友の娘として慰める役目を負っていらしたのだそうです。初代巫女様が女王陛下の王女殿下だったことはご存じですよね？」

「ああ、それは知っている。だがそんな逸話《いつわ》は聞いたことがないが」

「これは神殿の長にのみ、受け継がれてきたお話なのだそうです。……その、神殿の権威付けとしてはちょっと弱いから、ということでした」

ひょっとしてこれは、とんでもない国家機密に関わっているのではないか。防音の魔術を発動させられた理由に気づき、フェリクスが口を引き結ぶ。フェリクスのへの字口に、その気持ちはとても分かるわと思いながら、アウローラは続けた。

「さて、そこで『奉納の儀』の話になるのですが……」

臨時の巫女に、そう請《こ》われた後に聞いた話を思い出し、アウローラの顔に苦笑が浮かぶ。

初代巫女の手記に残されていた『巫女の役割』は確かに、今の世では詳《つまび》らかにできないだろうと思われる内容だったのだ。

「代々大神殿の長にだけ伝えられてきた伝承によれば、『本来の』奉納の儀――初代巫女様が執り行っておられた儀式は、年に一度、巫女様が織った会心の出来の織物を精霊に捧《ささ》げて、その織物を作る間の苦労や工夫について話したり、その年一年に起きた出来事を報告したり、初代女王陛下の思い出について語ったりする……、その、『慰労会《いろうかい》のようなもの』だったそうです」

「慰労会……？」

フェリクスが目をまたたく。アウローラは苦笑もそのままに頷いた。

国の大切な儀式として、また職人たちの腕の見せ所として定着した昨今では、この『成り立ち』をおおっぴらにはできないだろうが、フォンテが初代巫女の手記をかいつまんで説明してくれた話をまとめると、つまりはそういうことだった。

『……今読み返したらね、もうくっきりはっきりと、今年も親族会の時期が来た、機織《はたお》りが間に合うか心配、みたいなことが書いてあるのよ』

フォンテがそう宣《のたま》った時には、現在の『奉納の儀』とのあまりの乖離《かいり》に、リブライエルとふたりで少しばかり気が遠くなったほどである。

「ええとですね、初代女王陛下はご自身で機織りをされていたそうで、毎年、今年一番の出来栄えの織物を精霊様に贈っていらしたのだとか。彼女が亡くなった後、それを娘さんが継いだというのが、儀式の始まり、らしいのです。多分、わたくしたちで言うところの、親族を招いての茶会のようなものを想像していただくと、一番近いのじゃないでしょうか」

どこの家でも、年に一度くらいは（貴族ならば大抵は、家長の誕生祝いか本家主催の夜会などだが）親族総出で集《つど》う日があるものだ。訪問者が土産《みやげ》として、家長に貢物《みつぎもの》をするのも珍しいことではない。

祖母の誕生日を家族総出で祝ったことを思い出し、アウローラは微かに微笑む。

「当時はまだ神殿もなく、大精霊様をお祀《まつ》りしていたのは、島民たちが整備した小さな祠《ほこら》だったそうです。今のような仰々《ぎょうぎょう》しい地位も儀式も必要なく、まるで親戚と付き合うようにして大精霊様と関わっていたのだろう、と巫女長様は推測しておられました」

「親族との、茶会、か……」

アウローラはほっこりと胸を温めたが、フェリクスは姉と母親が開催した茶会に引きずり出された時のことを思い出したらしい。美しい顔が、不味《まず》いものを大量に口にしてしまったかのように歪《ゆが》む。

そんな修羅のような顔になってしまった夫の腕をとんとんと叩《たた》いて、アウローラは彼を見上げた。

「あの黒い霧が大精霊様に絡んで発生しているものであるならば、今年はいつものような儀礼的なものではなくて、その『本来の形』に近い形で奉納の儀を執り行ってみましょうと、巫女長様は仰《おっしゃ》いました。主催はもちろん巫女長様で、王太子妃殿下もご参加なさるそうです。……臨時の巫女として参加するように、というお達しは、機を織ってご自身で大精霊様にお渡しになった初代巫女様のようにお供《そな》え物を作った巫女として参加して欲しいと、そういうことだったのです」

アウローラは浅く息を吐いた。

「島に乗り込むことになりますから、フェル様はきっと、反対されるだろうなと思っていました。でもわたくし、このお話を断りたくはなかったのです」

座り込むフェリクスに寄り添い、アウローラは手の中の図案をじっと見つめた。

「臨時の巫女のお話をいただいてから今この時まで、わたくし、ずっと考えていました。その場に参加するようにと巫女長様は仰いましたけれど、最後にこうも仰ったんです。『まあ、どうしても無理だなと感じたら、風邪を引いてしまえばいいのよ』って」

片目をつぶって口の端をもたげたフォンテにアウローラは目を丸くして、リブライエルは「甥《おい》にそっくりですよ！」と笑ったのだった。

「その時は、『わたくしは小心者ですから、本当に風邪を引いてしまうかもしれませんよ』とお伝えしました。……でも、屋敷に帰ってきてから、果たして本当にそれでいいのだろうか、と思ったんです。特別に強いお力を持っているわけではないおふたりが危険を承知で島に向かうと仰っているのに、わたくしだけ傍観《ぼうかん》が許されるなんてそれでいいの？　って」

（だって、妃殿下も巫女長様も、ご身分は高いけれど、ごく普通の女性だ……）

ふたりが自分と比べて特別に魔術が得意であるとか、騎士のように強いとか、何か素晴らしく特別な力を持っているとか、そういうことであるならば任せることもできただろう。だが、そうではない。

リブライエルはアウローラと同じ『原始の魔女』の力を持っているが、原始の魔女の力というものはそもそも微力なものだ。フォンテも、王女の生まれで精霊と親和性の高い魔力は持っているというが、その量が膨大というわけでもなければ、魔術に長《た》けているわけでもないという。

ふたりは、今いる地位こそ高いものの、その身分を取り払って考えれば、アウローラとそう変わるところのない、ごく普通の女性たちなのだ。

考え込んだアウローラの肩を、フェリクスがゆっくりと抱き寄せる。

「おふた方は王族だ。王族という立場はそういう時に身を挺《てい》する地位だろう。そして、そんな時に王族の方々を守るために、私たち近衛騎士がいる。――だが、ローラは侯爵家の嫁だ。彼女たちと同列に並ぶ必要はないだろう？」

「それは、そうなのでしょうけれど……」

アウローラは目の前に広がる白を見た。その上にぼんやりと、離宮でのふたりの姿を思い出す。

「でも、わたくしもいずれ侯爵夫人として、領地を守る立場になるでしょう？　国と領地、規模も責任の重さも全く違いますし、フェル様が仰るとおり、同列などとはとても言えませんけれど、おふた方のような覚悟はわたくしにも必要なのだ、と思いました」

巫女長は、奉納の儀について話を詰める時、『わたくしは王族だし、島の長だもの。こんな時こそ活躍しなくてはね』と微笑んだ。王太子妃も、『生まれは伯爵家でも、今のわたしは王族だからね。国のために必要なら当然参加しなくちゃ』と笑ったのだ。

（巫女長様は王家に生まれて、そうした覚悟を持ってこられた。王太子妃殿下も、王家に嫁がれる時にその覚悟をなさったんだろう。……フェル様の言う通り、わたしは王族じゃない。侯爵家にお嫁に来る時も、そこまでの覚悟は持ってこなかった。だけど）

侯爵家という、国内屈指の家格の高い家に、嫡男の妻として嫁ぐのだと自覚した時に感じた、『責任の重さ』という微かな恐怖のようなもの。自分で大丈夫なのだろうかという不安。それを乗り越えてようやく掴《つか》んだ、『この地を守る家の一員となったのだ』という自覚と、『いずれ自分は領主の妻になるのだ』という覚悟。

負うものの規模は桁《けた》が違うだろうけれど、その気持ちの根っこは同じだろうとアウローラは思う。

「わたくしが一番に支えたいのは、フェル様です。その優先順位は揺らぎません。……でも、守らなければならないもののために立ち向かおうと仰るおふたりのお姿に、おこがましくも共感を抱いてしまいました。お助けできることがあるならばお助けしたい。——それに」

アウローラは目を伏せ、今度はふたりが立ち向かうであろう相手——荒ぶる大精霊ではなく、その暴走の引き金を引いたであろう、魔法使いたちの姿を思い浮かべた。

彼らにも、言い分や今までの辛苦《しんく》はあるのだろう。虐《しいた》げられてきたところから脱却したい、虐げてきた者たちを見返してやりたい、復讐《ふくしゅう》したい。己の力を認めて欲しい、認められる場を作りたい。同じような立場で苦しんでいるものを救いたい。

そういった心理を抱く気持ちは、分からなくはない。魔法の復権や、立場の改善を目指して活動することそのものは、なんらおかしなことではないと思える。でも。

それを実現する手段として、人を洗脳して従え、理解を示す振りをして煽《あお》り、何の罪もない人々までも巻き込んだ事件を起こして己の言い分を通そうとする、彼らの手法はどうだろう。己の立場を確立するために他者を犠牲にすることを厭《いと》わないのであれば、それは自分たちを虐げてきた者たちと、何も変わらないではないか。

（ああ、そうか。どうしてこんなに必死になってしまうのだろうと思っていたけれど、わたし——彼らに、ものすごく、怒っているんだわ）

怒り。その言葉が思い浮かんで、すとんと腑《ふ》に落ちる。

アウローラは居住まいを正し、フェリクスの腕の中から抜け出して彼に向き合った。すっと背を伸ばし、真っ直ぐな視線を向けた妻に、彼女の言葉の続きを黙って待っていたフェリクスは一瞬見惚《みと》れ、彼もまた片膝をついてアウローラを正面から見据える。

「——逃げたくない、と思ったんです」

その言葉を口にしたアウローラの緑色の虹彩に、ぱっと眩《まばゆ》い光が宿った。夏の森で木々に真昼の日差しがあたって緑色に燃え上がるような、力強くていっそ苛烈な強い光だ。

真夏の太陽を見たかのように、フェリクスは眩《まぶ》しげに彼女を見つめる。

「わたくし、あの魔法使いの人たちに、腹を立てています。フェル様にお怪我《けが》をさせたことも許しがたいし、レオを連れ去ろうとしたことも、あのウィリデという小さな子をいいようにしていることも、テオドルス様を苦しめたことも、関係のない人たちを巻き込んでアルカ・ネムスやアルゲンタムの結界を暴走させようとしたことも、全部全部、許せないと思っています」

アウローラはきつく拳を握った。

「そう、怒っているんです。だから、逃げたくない。絶対に、あの人たちの思い通りになんてさせてやりたくないのです。もし、わたくしが持っていくことでほんの少しでも効果が高まることがあるのであれば、そのほんの少しを無駄にしたくない」

アウローラはひととき目を閉じる。自分の力は微力だが、『微』であっても力であることに変わりはない。それに、敵に相対した時に百の力では敵《かな》わなくても、百一なら敵う、そんな僅差《きんさ》になることだってあるかもしれないではないか。

「その髪の毛一本ほどの差のために、彼らを捕らえられない、事を止められないようなことがあれば、万全を尽くさなかった己を許せないでしょう。そしたらわたくし、口惜しさに一生歯噛みしますわ」

「一生か」

「ええ、一生です。フェル様と一緒にいる時にもきっと、ふと思い出してぎりぎり歯噛みしますわ！」

握った拳を掲げ、口を引き曲げ目を吊《つ》り上げて。でき得る限りの『強気のポーズ』でアウローラは夫を見上げた。フェリクスはアウローラのその表情に目を見張ったが、ふと滲むように表情を崩すと、喉の奥でくつくつと笑った。

「それでは、しかたがないな……」

絞り出すようにこぼしたフェリクスは頬杖を解くと、何かを振り切るように銀の髪を掻《か》き回した。隣で身体を固くしているアウローラを抱き寄せるとその首筋に顔を埋《うず》めて、深く嘆息する。

そしてそのまま、しばらく押し黙った。

「あのう、フェル様？」

「……理由を聞いて、納得はできた。だがやはり、貴女のやりたいようにやらせてやりたいという気持ちと、そんな危険な場には絶対に遣《や》りたくないという気持ちの、板挟みになっている」

低く唸《うな》るような声色で葛藤を口にして、フェリクスは腕に力を込める。己の顔の横で揺れる銀の髪に指を伸ばし、アウローラはそれをそっと梳《す》いた。

「ローラの気持ちは分かった。理解もできる。……そもそも、神殿や王家の正式な要請なのであれば、クラヴィス家としては断れない。そう分かっているのだが、愛する者を喜んで危険な場所に送り込みたい者などいないだろう？」

「フェル様……」

「あの島は今、それなりに魔力のある私であっても辛いような、濃度の高い魔力に充ちている」

ようやくに身体を起こし、フェリクスはそう呟いた。己の頭部に巻かれた包帯に指をやり、見せつけるように叩いてみせる。

「そんな中に、貴女のような優しい……弱い魔力の持ち主が足を踏み入れればどうなるだろうと、それが不安なのだ。島の現状を実際に体感したからこそ、貴女のこの美しい頬や額に私が負ったような無粋《ぶすい》な傷がつかぬかと、ただただ心配で堪《たま》らない」

フェリクスの唇がゆっくりと、アウローラの面《おもて》に落ちる。額、頬、鼻筋――そして唇へ。

優しく柔らかく、労《いたわ》るように優しいふれあいを二度繰り返し、最後に大きく深い息を吐き出すと、フェリクスは諦《あきら》めたように薄《うっす》ら口の端をもたげた。

「貴女がほんの一秒苦しむかもしれないと思うだけでも、身を引き裂かれそうに辛く思うのに、送り出さねばならないのだな。……貴女を世界中の全ての悪意や苦痛から守りたいと思っているのに」

「――それは、わたくしだって同じです」

自嘲じみた表情を浮かべる夫の包帯に包まれた頬に手を当て、アウローラはその目を覗き込む。

「フェル様がこの傷を作ってお戻りになった時、わたくしがどれほど恐ろしい思いをしたと思います？　ちっぽけな力しか持たないわたくしだって、身の程知らずにも、フェル様を少しでも守ることができればいいのにと思うのですよ」

「いつも守ってくれている」

間髪入れずに返ってきた言葉に、アウローラは目を丸くした。

「私の心が健《すこ》やかで在《あ》れるのは、貴女が隣にいてくれるからだ」

「そ、そうですか」

「ああ」

きっぱりと断言し、フェリクスは大きな息を吐くとゆっくりと立ち上がった。伸ばされた手に縋《すが》ってアウローラも立ち上がり、夫の真正面に立つ。フェリクスは方眼の引かれた巨大な白紙をちらりと見ると、ぱちんと指を鳴らし、音を遮断する魔術を解除した。

レオとステラの視線が向けられ、大広間の時が再び動き出す。

「ローラ」

レオとステラに向かって手招きをしたアウローラを、フェリクスが呼ばう。振り返ったアウローラの両肩に手を置いて、フェリクスは「最後にひとつ、約束をしてくれ」と口を開いた。

「――妃殿下や巫女長殿が島に向かわれるのであれば、おそらくその時には、近衛であり上陸経験者でもある私も行くことになるだろう。当日、おふた方、もしくはローラが少しでも辛いと感じたら、そこで引き返す。その時は私たちの指示に従うことを約束してくれ」

「分かりましたわ」

「再上陸に向けて、殿下方が防魔の装備や、魔法への対抗手段を検討している。おそらく物々しく、美しさとはかけ離れた装備となるだろう。女性には厳しい装いになるだろうが、絶対に必要なものだ。必ず全ての装備を身に着けて上陸して欲しい」

「ご指示に従いますとも」

「……ああ、やはり心配だ。今から翻意《ほんい》するということは」

「ありませんったら！」

いっそしつこいほどの念押しに思わず吹き出したアウローラは、今度こそレオを呼ぶ。ステラを抱え、小走りに向かってくるレオを尻目に、フェリクスは紙面を見下ろして腕を組んだ。

「しかし、さすがのローラでも、このサイズを冬至までに刺すのは難しいだろう？」

何しろ一辺が三メートルほどもある、ストールというよりはタペストリーのサイズである。冬至まであと二週間程度、その短期間でこの大きさの刺繍を施すのは、達人であってもとても無理だ。

「そうですわね、わたくしひとりではとても無理だと思います」

アウローラはあっさりと同意する。ではどうするのかと片眉をもたげたフェリクスに、彼女はきらりと瞳を輝かせた。

「――でもこれには、秘策がありますのよ」

※

——その翌日、観湖宮《かんこきゅう》にて。

(ああ、なんて素敵な刺繍のお召し物……!)

前を行く王太子妃と巫女長の後ろに従って応接間に足を踏み入れたアウローラは、そこで待っていた婦人の姿を目にし、駆け寄って握手をしたい思いを必死に押し殺した。

部屋に入ってくる高貴な女性たちを美しい礼で迎えるのは、しゃんと背筋を伸ばした初老の婦人である。身にまとうのはすっきりとしたバッスル型のドレスで、その色は深いグリーン。フリルやレースも同色で、蔓草《つるくさ》模様の刺繍が裾や袖口、胸元に、地よりも二段ほど暗いグリーンで精緻《せいち》に施されている。しかもそれは、光が当たればわずかに色を変える特殊な糸であるらしく、彼女が少し動き、窓からの光が当たれば刺繍の模様が分かるという、遊び心のある仕掛けだ。

(さすがは『ファブリカ商店』……!　見事な刺繍だわ……!)

大きな刺繍をできるだけ急いで進めるには人海戦術が一番、とにかく刺繍職人の数がいる。そう考えたアウローラは昨晩のうちに、優秀な職人を多数抱えている王都の工房——刺繍の技術は王都一と名高い仕立て屋、『ファブリカ商店』に協力を要請する手紙を書き、朝一番で届けさせた。

通常であれば、そんな突然の依頼に応えられるはずもないが、此度《こたび》は国の一大事。その上、上客たるクラヴィス家からの連絡である。ファブリカ商店のオーナーは朝早くに受け取った手紙を確認するなり、店主を離宮へ送り込んできた。

それが彼女、ファブリカ商店の店主である、モール男爵夫人だった。

（いつまでも魅入《みい》っていたいところだけれど……、時間がないのが悔しいわ）

思わず衣装に魅入りかけたアウローラはなんとかそれを振り切って、リブライエルとフォンテに会釈をすると、貴人たちに向かって礼を取っているモール男爵夫人に声を掛けた。

「――本日は、急な呼び出しに応えてくれてありがとう。わたくしがこの度の刺繍企画の責任者となった、クラヴィス家のアウローラです。お会いできてとても嬉《うれ》しいわ」

話し始めたアウローラに、三人の視線が一斉に注がれる。もともとこうした場がさほど得意ではないアウローラは、手のひらに滲み始めた汗にひやひやしながら、努めておっとり、のんびりとした表情と口調を作って彼女たちに話しかけた。

「急ぎ、詳《くわ》しいお話を差し上げたいのだけれど、まずは尊きお二方にご挨拶を。こちらは王太子妃のリブライエル殿下、こちらは神殿の巫女長のフォンテ様です。今回わたくしの企画の後押しをしてくださっています」

アウローラの声掛けに、モール夫人はより深く頭を垂れた。

男爵夫人であり、王室御用達《ごようたし》として王宮への出入りが多少あろうとも、王太子妃本人や、ましてや神殿島の長たる巫女長に会う機会など、そうそうあるものではない。

もっとも、フォンテとリブライエルの姿は、王都に暮らす者ならば皆、絵姿などで見知っている。頭を垂れたままのモール夫人に、リブライエルとフォンテは鷹揚《おうよう》に、良きに計らえと頷いた。

「王都にてファブリカ商店なる仕立て屋を営んでおります、フランソワ・エル・ラ＝モールと申します。このような場にお呼びいただき、誠に光栄にございます」

「朝早くからありがとう。よく奉納品に選ばれているから、ファブリカ商店の名前は知っているわ。

モール男爵家の店だったのね」

「はい、夫が出資をし、わたくしが店主として切り盛りしております。王家からは栄誉あるお役目を幾度もいただき、身に余る光栄と思っております」

フォンテの声掛けにも、ドレスの裾をつまみ膝を曲げるその仕草は微塵も揺らがない。まるで背中に鉄骨でも入っているかのような安定感だ。そしてその、膝を折る所作に合わせて動くドレスのドレープ、そこで輝く刺繍の見事なことと言ったらない。

とはいえ、じっくり見ている時間のゆとりは全くなかった。後ろ髪を豪腕で引かれるような思いを胸にいだきつつ、アウローラは己を振り切って、視線を集めるべく両手を二度打った。

「……さて、急《せ》かして申し訳ないのだけれど、本題に入らせてくださいな」

アウローラの言葉に頷いて、フォンテとリブライエルが思い思いに席に着く。それを確認してから、アウローラとモール夫人はその向かいに腰を下ろした。

「ファブリカ商店をお呼びしたのは他でもありません。お手紙に書いた通り、間近に迫った『奉納の儀』のための奉納品のために、お力を貸していただきたいからです――」

「今から、ですか……」

今年の冬至祭の奉納の儀に、初代女王にまつわる図案を施した大きな刺繍のタペストリーを捧げなければならない。そのために力を貸して欲しい――アウローラの懇願に対するモール夫人の反応は、やはり芳《かんば》しくなかった。

何しろ、冬至はもうすぐだ。儀式はその数日前に行われるのだから、実質二週間もない。

「三メートル四方のタペストリーは、この日程ではなかなか難易度が高いかと……。一メートル四方ほどでは、小さいのですか？」

「精霊様の大きさを思うと、それだと小さすぎると思うのよねえ」

モール夫人の強張《こわば》った声に、フォンテが首を振る。タペストリーの体《てい》ではあるが、目指すのは獣型の精霊のための敷布である。フォンテがかつて見たという精霊が巨狼《きょろう》であったことを思うと、彼女が提案するサイズでは小さいのだとフォンテは答えた。

「しかしその大きさは、なかなか難しいかと。ひとつの台を囲める人数には限りがありますし……」

「まあ、難しいよねえ」

リブライエルも苦笑を隠さない。常識的に考えれば、とても間に合うような大きさではないのだ。

一様に苦い顔をする人々に向かい、アウローラは再び両手を打ち合わせた。向けられた三対の目をしっかりと見返し、大きく頷いてみせる。

「ええ、この大きさを二週間でということがどれほど無茶で無謀であるか、それは刺繍を趣味とするわたくし自身、よくよく分かっております。ですから、短期間で大きなものを刺す方法はないかと検討致しました。――クレア、あれを持ってきて頂戴《ちょうだい》な」

アウローラの呼び声に、控えの間から侍女のクレアが姿を現す。アウローラの専属侍女は高貴な人々の熱視線も物ともせず、しずしずと主に歩み寄ると、象嵌《ぞうがん》の美しい文箱《ふばこ》を差し出した。

受け取ったアウローラは文箱を、リブライエルの傍《かたわ》らに置かれていた小卓の上に乗せる。しずしずと蓋を開ければ、そこには二十センチ四方ほどの白い紙の束が収められていた。

「これは？」

リブライエルが興味津々《しんしん》に覗き込む。上から二枚を取り上げて、アウローラはそれを掲げた。

「こちらを御覧くださいませ」

アウローラの右手には、何やら黒い線で唐草模様の描かれた二十センチ四方の白い紙が、左手には別の唐草模様が描かれた同じサイズの紙が、それぞれ握られている。

首を捻《ひね》る三人の前でその二枚の紙を並べると、ふたつの図案はぴたりと繋《つな》がった。

「ああ……なるほど！」

誰よりも早くピンときたらしきリブライエルが膝を打つ。しかし、その他の面々は目をまたたかせるばかりだ。彼女たちの表情を見たアウローラは、後ろに控えた侍女を振り返った。

「クレア、並べるのを手伝ってくれる？」

「畏《かしこ》まりました」

アウローラは床にしゃがみ込むと、侍女とふたり、箱の中から取り出した白い紙を一枚一枚丁寧に並べていく。枚数が増えるに従って、モール夫人も「ああ」と納得の声を漏《も》らした。

「これが、完成予定図です」

アウローラは並ぶ紙片を指し示し、窓から差し込む眩い光の中で胸を張った。

彼女の指し示す先には、二十センチ四方の紙片が縦十五枚、横十五枚、整然と並んでいる。それらにはひとつひとつ違う模様が描かれていて、繋がることでひとつの絵図となっていた。

並べられたたくさんの白い紙片、それが繋がって浮かび上がるのは、眩い星を宿す巨木と、輝く太陽と月、木々を育む波打つ水面だ。それはもちろん、初代巫女の手記に残されていた、大精霊が好んだという『初代女王の織り図』を元にしたものである。

――そう、アウローラがフェリクスに言った『秘策』とは、『小さな刺繍を大勢で作って、それを繋ぎ合わせる』という作戦だったのだ。アウローラはレオが大きく拡大した絵を方眼の線で切断し、『繋げることでひとつの絵になる』図案を作り出したのである。

「よくまあ、考えたものだねえ！　この紙ひとつが、一枚分の図案、ということだね」

「はい。義母の東洋コレクションのひとつであるキモノの布を繋いだ見事なキルトが居間にありまして、それを見てひらめきました。ひとりで全部を刺すのはとても無理ですし、ならばとたくさんの人を集めても、ひとつの刺繍台を囲める人数には限りがありますけれど、これなら！　と。布の方を分断して刺繍後に継ぎ足す形にすれば、一度にたくさんの人が取り組めますでしょう？」

四つほどに切り分けて、大きな台で刺すことも考えたが、それでもひとつの台を囲めるのは四人がせいぜいである。だが、二十センチほどのサイズであれば、小さなサイズの枠でもセットが可能で、持ち歩きもできる。そうすれば人も時間も場所も選ばずに刺繍が可能だ。

「確かに……これならば！」

床に並ぶ図案を眺めていたモール夫人の表情に精彩が戻ってくる。彼女はどこからともなく手帳を取り出し、爛々《らんらん》と輝く瞳で図案を見つめながら何やらブツブツと呟き始めた。どうやら『どのように分配して間に合わせるか』を考え始めたものらしい。

そんな彼女を横目に、リブライエルは椅子から立ち上がると図面の正面に移動し、並べられた紙片を見下ろしてわくわくと頬を緩ませた。

「この面積なら、わたしでも刺せるかもしれないなあ。……まあわたしができるステッチは並縫いがせいぜいなんだけどさ」

「わたくしも刺繍は得意じゃないけれど、このサイズなら一枚くらいはできそうだわ」

フォンテもアウローラの隣に移動してきて、図案の前にしゃがみ込む。

「この刺繍に取り組む条件はふたつだけです。ひとつは、指定の日に絶対に間に合わせること。もうひとつは『護国の精霊様に感謝の気持ちを込めて刺すこと』。逆に言えば、ほかは条件がありません。技工の指定も、色も、素材もです」

アウローラは図案の線を指でたどる。

レオとともにアレンジに取り組んだ刺繍の図案は、曲線と直線を上手く組み合わせて編み出された優美でモダンなデザインで、所々にアウローラがこの半年、様々に見聞きした『森の祝福』の図案の一部や、アルゲンタムに残されていた魔女ルーツィエの天文図案などの要素も盛り込まれた、なかなかに華やかなものだ。

「それはまた、なかなか賑《にぎ》やかなことになりそうね。クラヴィス侯爵夫人のコレクションのキルトもそういう感じだったのかしら？」

「一枚一枚柄の違う、手のひらほどの大きさの美しいシルクが何十枚も縫い合わされた、とても美しいものでした。百年ほど前に、大海国《グラン・マーレ》の貴婦人が作ったものだそうです。こちらでは今でもあまり見ないような鮮やかな色合いの生地が多くて、まるで宝石箱の中のようで……」

キルトの生地を思い出し、アウローラは恍惚《こうこつ》として目を細める。

「ひょっとすると、当時の人間にとっては実際に宝石箱のようなものだったのかもしれないよ。なにしろ初めて東洋から美しい布の数々が渡ってきた時代には、小さな端切《はぎ》れでさえもとても貴重で、小さくともたくさんの種類をコレクションしていることがステイタスだったそうだからね」

リブライエルが歴史好きらしい言葉を口にする。なるほどねえとフォンテが手を叩いた。

「東洋のシルクは美しいものね。一昔前は端切れであっても、とても高価な品だったでしょう」

「当時は東洋の美術品に耽溺《たんでき》するあまり、身を持ち崩した者もいたと言うし」

東洋への海路が見つかった当時、商人たちが持ち帰った東洋からの品々は、時代の最先端だった。こちらにはないエキゾチックで美しいデザインや色合いが、見慣れた柄に飽きを感じていた貴族たちの心を見事に捉えたのだ。そのブームはまたたく間に過熱し、最盛期には金よりも高価とされることもあったほどで、その華麗さに魅了されてコレクションに耽溺するあまり破産した貴族もいたという。たくさんの布を手にするのは、よほどの富豪でなければとても無理な時代だった。それならばと小さな布をコレクションし、それを繋いでいつでも見られるようにしたのだろう。

リブライエルはそう説明したあと、首を捻った。

「でもそれって、色がごちゃごちゃになりそうだ。どうやってまとめているんだい？」

「生地と生地を繋ぐ部分に、左右の布と色の合う糸で刺繍が施されているんです。それによって、全体に統一感が生まれていて、まるで一幅《いっぷく》の絵画のようでした。わたくしも、そのキルトを見るまでは、様々な色の寄せ集めではちぐはぐな仕上がりになるのではと思っていたのですけれど、合わせ方を工夫することで、全体が美しくまとまることもあるのだと気づかされたのです。それで、今回もこの手法を使ってなんとかできないだろうかと考えました」

リブライエルの問いに答え、アウローラは図案に視線を落とした。

「繋ぐところでトーンを整えられるのであれば、技法や色にさほどこだわらずともよいと思うのです。例えばこの面をアップリケで埋めてもいいし、ビーズ刺繍やリボン刺繍で埋めてもいい。カットワークも素敵でしょうね。ここは水を表すパーツですけれど、青以外を使ってもよいと思います。湖面に映る空は青ですけれど、木々は緑色ですし、山は薄青ですものね。重ねて申し上げますが、大切なのはいつも国を守ってくださっている精霊様に奉納するものだということを忘れずに、感謝の思いを込めて刺すことです。——モール夫人、どうかしら？」

アウローラはモール夫人を振り返った。何やら手帳に書き付けていたモール夫人は呼びかけにはっと顔を上げ、大きく頷く。

「ドレスの刺繍も、縫製前に布に刺してから仕立てますから、このやり方はわたくしたちにも馴染《なじ》みがあります。糸や素材にご指定がないのであれば、より柔軟な対応が可能かと存じます。……その、この件は、わたくしども以外にも声を掛けてもよいものでしょうか？」

「構いません」

「では、インベル工房、メゾン・バラデュール、アベル・ハインツなどにこちらから声を掛けさせていただきます。それぞれに工房を抱えておりますし、今はオフシーズンですから、人の手配が付くのではないかと思いますので」

「ぜひ！」

アウローラは勢いよく声を上げげた。王都で刺繍といえばファブリカ商店ではあるが、他の大手の仕立て屋にもそれぞれ、素晴らしい刺繍や装飾品を制作する工房がある。彼らにも手を貸してもらえるならば、百人力ではないか。

「それから……、もし、お許しいただけますのでしたら、こちら、市井《しせい》の者に声を掛けてもよろしいでしょうか？　仕立て屋に属する職人には、今の仕事もございますし、すぐに動ける者がどれだけいるか、現時点では分かりませんので、もう少し手数を増やしたいのです」

「市井、ということは、王都のご婦人たちということかい？」

リブライエルが目をまたたく。モール夫人はゆっくりと首肯《しゅこう》した。

「左様《さよう》でございます。わたくしどもは市井の子女を対象とした刺繍学校を運営しておりますので、職人でなくとも刺繍の上手な者に心当たりがございます。それに、この季節は冬至祭の贈り物のためにちょっとした資金が欲しいと考えている市民は多うございますから、お許しいただけるのであれば、かなり手数が増やせるかと」

「まあ、それはむしろ、良いことではないかしら」

アウローラは瞳を輝かせた。

「たくさんの人が関わってくださったら、誰かは大精霊様のお心に届く力を持っているかもしれないわ。これほどに日が差し迫っていなければ、わたくしも教え子たちに依頼したかったところよ」

初代女王のような、精霊と相性の良い力を持つ人間は稀有だが、全くいないわけではない。関わる人間の数が増えれば、ひとりくらいは大精霊が気にいる力を持っているかもしれないではないか。

（ポルタやアルゲンタムで刺繍を教えた女の子たちにも、もしかしたらそういう子がいたかもしれないわ。アルゲンタムは妖精の多い街だし、ポルタには精霊の伝説がいくつか残っているもの。せめてひと月あれば、彼女たちにも頼めたのに……。ああ、アルカ・ネムスの先祖に旧《ふる》き森の民を持つ人たちにも依頼できたら、その確率はもっと高かったかもしれないわ……）

今までに関わってきた人々の顔を思い出し、アウローラは細く息をついた。『森の祝福』の刺繍を手掛けることに慣れている人たちの力を借りることができたなら、きっとかなりの戦力だっただろう。

しかし、山奥の村には手紙を届けるだけで数日かかる。残念ながら、現実的な話ではない。

アウローラの話に頷いて、リブライエルは己の筆頭侍女を呼び寄せた。

「なるほど、それは一理あるね。それなら、王宮の女官と侍女たちにも声を掛けよう。目端の利《き》く者は手伝ってくれるだろう。マリア、お願いしてもいいかい？」

「承《うけたまわ》りました」

「わたくしについてきている巫女と神官にも相談してみるわね。ブランカ、頼んだわよ」

「急ぎ伝えて参ります」

リブライエルの動きに同調し、フォンテも従巫女を振り返る。

有能な侍女たちがさっと部屋を出ていくのを見送り、アウローラはモール夫人へと向き直った。

「モール夫人、市井の方々と仕立て屋の皆さんの取りまとめは、貴女に任せてよろしいかしら？　貴族の方はわたくしが取りまとめますから」

「はい、どうぞお任せくださいませ」

「ならば、拠点としてこの離宮を貸しましょう。……よいかしら？」

片手を上げてそう申し出たフォンテが、リブライエルを振り返る。リブライエルは扇でぽんと手のひらを打つと、首肯した。

「王太子殿下に、もし事務局が必要なのであればこの離宮の離れを貸し出してよいと許可は貰《もら》ってあるよ。巫女長様が滞在されている棟の手前にある、国外からの使節団が執務に使う棟だね。ただ、このような時だから、出入りにはいつもより厳しく制限がつくことと、護衛が増えることは覚悟して欲しいと仰っていた。モール夫人にもしばらく護衛をつけないとだね」

「左様でございますか……」

「まあ、それればかりは仕方のないことね」

「どこに敵方の者が紛《まぎ》れ込んでいるか分からないからね」

モール夫人は困惑を面に浮かべたが、元王女であるフォンテは特に気にしたふうもない。アウローラはぶるりと一度、身を震わせた。

（……そうだわ、あの魔法使いたちには、洗脳術の使い手もいるのだった。今は投獄されているはずだけれど、彼らは前には王都にいたんだもの、今でもどこかに協力者がいても不思議じゃない）

もしもその協力者がこのタペストリーの制作に気づけば、王太子妃のヴェール盗難事件のように、妨害が入っても不思議はない。用心を重ねるに越したことはなかった。

「そう考えると、離宮を貸していただけるのは、本当にありがたいことです。巫女長様のご身辺が騒がしくなってしまうかとは思いますが……」

「無理を言っているのはこちらだもの、気にしないわ。わたくしでは刺繍の指揮は執れないしね。それに、神殿島だって、たくさんの参拝客と観光客で昼間はなかなか賑やかなのよ。この離宮は一日中とても静かで、少し寂しく思っていたくらいだわ」

そうよね？　そう声を掛けられて、壁際に控えている神官たちは苦笑を浮かべている。おそらく彼らにとっては、静かな離宮は思索に耽《ふけ》るのに好都合だったのだろう。

「あらまあ、なによ、静かすぎてつまらないと思っていたのはわたくしだけなの？」

響く明るい笑い声と、少女のように頬を膨らませたフォンテに、リブライエルが笑い出す。モール夫人も目尻に柔らかなしわを寄せ、場の空気が和《なご》やかにほぐれた。

その空気につられるように、アウローラも笑みを浮かべて、深く息を吐いた。そして、自分の全身が随分と強張っていたことにようやく気づく。黒い霧に憤り、夫の怪我に泣き、自分にできることがあるならと気負って、思っていた以上に気を張り詰めていたらしい。

（これはフェル様も心配されるはずだわ）

きっと、表情も固くなっていたに違いない。アウローラは己の眉間《みけん》をぐりぐりと揉《も》みしだくと、吊り気味の瞳をほぐすように目尻を幾度か引っ張った。最後に両の頬を叩き、もう一度、肺の中に溜《た》まった空気を全て入れ替える勢いで息を吸って吐く。

（……でも、ここまで来たらあとは取り掛かるだけだもの）

そうして身体の強張りを解き、アウローラは改めて前を向いた。やるべきことが見えてくれば、あとは走るだけだ。気合を入れ直して手を握り締め、胸を張って一同を見回す。

「では、場が和みましたところで、一旦この場は解散とさせていただきたく思います。時間は有限ですもの、できることから始めなくては――」

「――ご歓談中、失礼致します」

一同がアウローラの言葉に頷いたその時、応接間に備えられている取次の間から、王太子妃の筆頭侍女、ラインベルク伯爵夫人が姿を現した。

リブライエルが王太子妃になる以前から、彼女の振る舞いや所作の教師を務めてきたラインベルク伯爵夫人である。王太子妃の加わる談笑の場を中断するような声掛けなど、常の彼女であれば絶対にありえない。可能性があるとすれば、王太子妃や巫女長よりも上の身分の者からのアプローチがあった時だけだ。

（リブライエル様の歓談の場に割り込める立場の人といえば……）

もしかして、とアウローラとリブライエルは顔を見合わせた。

「……どうしたの？」

リブライエルが声を掛ければ、ラインベルク伯爵夫人は少々諦めの混じった表情で、主に答えた。

「王太子殿下がお越しになっておられます。皆様にお話ししたいことがある、とのことです」

※

「……公爵会議の開催、ですか？」

ではわたくしは一足先に手配に取り掛かります、とモール夫人が大慌てで辞去していった離宮の応接間にて。上座を王太子に明け渡した一同は、彼の言葉をぽかんと聞いていた。

「そうそう。公爵会議、知らない？」

「存じてはおりますが……」

直答《じきとう》を許されたアウローラは王太子の斜め向かいの椅子に座り、小首を傾げた。

「確か、王家に関する、議会を通さない事項について話し合うための会議、と記憶しております」

「それそれ」

窓の外はいつの間にやら、冬の太陽が中天を過ぎつつある。忙しい午後の活力にと、小さな卓の上に用意された軽食を片手で無造作につまみながら、王太子は行儀悪く頬杖をついた。

「今朝一番で、奉納の儀の開催と臨時の巫女の就任に関する公示を出したんだよ。そうしたら、準備していたとしか思えない勢いで、オーステン公爵家から抗議の書簡が届いたんだ」

ぺろりと口の端のパンくずを舐《な》め取って、王太子は唇を尖らせる。

「オーステン公爵家……」

「次期巫女の実家だね。要するにアレだ、次期巫女のはずのウチの妹が出られないのに、臨時の巫女を立てるとはどういうことだ説明しろ！　というわけ。公爵会議の開催を希望する、だってさ」

「そういうことでしたか」

話の流れに納得し、アウローラは頷いた。

ウェルバム王国には、五つの公爵家が存在する。

王家の血を濃く継ぎ、王家の『スペア』としての機能を持つ、ラエトゥス家、オーステン家、スキエンティア家の三大公爵家と、数代前の王子が他国の王族を妻にもらって臣籍降下し創設された、ファキオ家とクルトゥラ家という比較的歴史の浅い二家だ。

その血筋ゆえ、ウェルバム王国の『公爵家』は王族の末端、要するに王家の身内とされ、その地位は他の貴族とは一線を画している。他の爵位と違う点は多々あるのだが、最も大きな違いは、彼らには王家の決定に対して否を唱える権利があるということだった。

その彼らの話し合いの場として開催されるのが、通称『公爵会議』と呼ばれる会合である。

基本的には、王家や各公爵家からの報告を承認するだけの場であるというが、こうして時折、王家の決定への不服を訴えたり、王家のやりように忠言を呈する場となってきたと言う。

「どうしたもこうしたも、島に発生した黒い霧の事件において、次期巫女が限りなく黒に近いグレーだからの処置だというのに……。公言してもいいのかね」

呆《あき》れ果てたと言わんばかりの表情になったリブライエルは、王太子妃にあるまじき勢いでむしゃりとサンドウィッチにかぶりつく。ぱりぱりと葉野菜が音を立て、荒々しい歯型がパンに残った。

「俺たちの婚礼の時の騒ぎやラエトゥス家の騒動にオーステン家が関わっていることが、次期国王である俺に知られている今、次期巫女の地位までなくしたら、オーステン家としてはかなりの痛手だ。今はかろうじてラエトゥス家と権力の均衡を保っているけれど、神殿への影響を失えば、その天秤《てんびん》は完全にラエトゥス家に傾く。ほぼ黒とは言えまだ黒と確定していない今のうちは、食い下がらないわけにはいかないんだろう」

答えた王太子も、妃《きさき》に負けじと勢いよく、小さなシュニッツェルののったパンを噛み砕く。

「それにほら、ラエトゥス以外も徐々に勢いをつけつつあるし」

「ああ、スキエンティア家もそろそろ世代交代なんだっけ。次期はなかなかのやり手だもんねえ。あそこが台頭してきたら、オーステン家は凋落《ちょうらく》……というほどではないにしろ、貴族への影響力はだいぶ弱まるだろうなあ」

「それであちらさんも必死なわけだよ。全く、こんな時に往生際の悪い。神殿島の騒動を知らないわけじゃあないだろうに、それどころじゃないというのが分からないのかね」

夫婦は口の中のものをごくりと飲み込むと、同時に次のパンに手を伸ばす。

（すごい食べっぷりだわ……）

ばりばり、ぼりぼり。むしゃくしゃとする思いを詰め込むような、お世辞にも上品とは言えない夫妻の食べっぷりに、アウローラは事の重大さを一瞬忘れて目を見張った。

ふたりと同じパンへと手を伸ばしていたアウローラは、思わずそのまま動きを止めてまじまじと王太子夫妻に見入ってしまい、その背後に佇《たたず》む護衛のセンテンスと目が合う。センテンスは気のおけない人々を前にした時の主夫妻の行儀の悪さには諦めているようで、無言の無表情で首を横に振った。その後ろに控えているユールの表情は完全に『無』である。

（……そういえば、今日の殿下の護衛はフェル様じゃあないのね）

未《いま》だ飛び交う会話をそれとなく聞きつつ、アウローラはセンテンスの更に後ろに目を向ける。フェリクスが特別小隊の隊長に任じられてからは、センテンスの後ろにはフェリクスともうひとり近衛騎士がいる、という組み合わせが多かったのだが、今日はユールとマンフレートだ。

（お休みじゃあなかったと思うのだけれど……）

ようやく手にしたパンを小さくちぎって口に入れながら、ドア付近や窓近くにいる騎士たちへと視線を投げるが、そこにもフェリクスの姿はない。

「ああ、フェリクスならついさっき、急ぎの連絡が来たとかで外しているだけだよ」

誰にも気取《けど》られぬよう、こっそりと視線だけを動かしていたはずだったのに。王太子にそう声を掛けられたアウローラは、驚いて口の中のパンをごくりと飲み込んだ。咀嚼が足りぬままに飲み込まれたパンは喉の水分を奪い去り、アウローラは慌てて紅茶に手を伸ばす。

それでも小さく咳き込んでしまい、隣に座っていたフォンテに背を撫でられた。

「す、すみま、せん」

「フェリクスなら、用が済んだらここに来るように言ってあるから、そろそろ来ると思うよ」

「……か、顔に出ておりましたでしょうか？」

「ふふ、相変わらず仲がいいねえ」

王太子夫妻はにやにやと笑う。ふたりの視線から逃れるように、アウローラは目をそらすと改めて紅茶に口をつけた。しかし、アウローラが一息をついたのを見計らって、王太子は輝かしい笑顔を浮かべ不意の一撃を放った。

「ああそうだ、公爵会議だけど、叔母上とアウローラ夫人にもご参加いただく予定だからよろしくね」

「あらまあ、何年ぶりかしら」

「はいっ⁉　……熱っ！」

アウローラはぎょっとして目を見開いた。手にしたカップが傾いて、紅茶が跳ねる。

「わ、わたくしも、ですか……⁉　わたくしには参加権がございませんが……⁉」

慌ててカップを卓に戻し、アウローラは問い返す。あまりの驚きに声が掠《かす》れた。

何しろ、貴族たちの間で知られる『公爵会議』は、王族と公爵本人、正夫人と国に届け出た継嗣《けいし》にのみ参加権があるとされている。フォンテは巫女長である以前に王妹《おうまい》であるため、参加権を持つのだろうが、アウローラには参加する資格はないはずだった。

「国内の貴族なんて遡《さかのぼ》ればどこかに一滴くらいは王家の血が入っていると思うよ」

「そうだね、ポルタ家に直接縁付いた王族はいなかったと思うけど、ポルタ家がフロース家と分かたれる以前の時代に、フロース家に嫁いだ魔女王女はいたはずだよ。だからポルタ家にもほんの少しは血が混じっているんじゃないかな？　アレは確か、王統譜の……」

「それでは国中の貴族のほとんどに参加権があることになってしまいます！」

とぼけたことを言い放った王太子と、嬉々《きき》として王家の家系図に思いを馳《は》せる王太子妃のご機嫌な笑顔に礼儀も何もかも吹き飛んで、アウローラは思わず叫ぶ。

夫妻は同時に顔を見合わせると吹き出して、楽しげに笑い合う。

「そうだね、一滴でもってなると、新興でない貴族はほとんどみんな参加権があることになるな」

王太子は笑みを収めて咳払いをすると、「まあ血筋云々《うんぬん》は冗談として」と前置いて口を開いた。

「公爵会議っていうと重々しい響きだけれど、やっていることは要するに、王家の『私的なこと』に関する『家族会議』だ。ただまあ、俺たちは腐っても王家だからね、私的なことでも実働は担当官が担うのが普通だ。それなら、議題に対する説明は王族本人にさせるより、実務の担当官にさせた方が確実だろう？　というわけで、参加者とは別に実働の担当者が呼ばれることはよくあるんだよ」

「言われてみればそうだったわねえ。大昔にわたくしが王女として参加した会議でも、先王陛下の財務官が呼ばれたり、兄上の楽団長が呼ばれたりしていたっけ」

ざっくばらんに説明した王太子の言葉を、フォンテが懐《なつ》かしそうに補足する。

（そうか、よく考えれば当たり前よね。クラヴィス侯爵家でもお金の管理とか人事とか、家令とお義《と》父《う》さまの部下が担当しているし、領地のそれには専門の部門があるくらいだもの。……そういえば、ポルタでもそうだったわ。お父様に金庫を預けておくとうっかり変なものを買うから財務官は絶対に必要なんです、って執事が言っていたっけ）

辺境の伯爵家でもそうなのだ。王族が金銭の出納《すいとう》や人事などを自分で細かく管理しているとは思えない。もちろん、大まかには把握しているだろうし、定期的に確認しているかもしれないが、実際の数字や人員、効果についてなどは専門家の説明の方が詳しかろう。そう納得しかけたアウローラはそこではたと、大問題に気がついた。

（待って……わたしが呼ばれた、ということは、つまり、わたしが、臨時の巫女になった経緯について説明しなければならないということ？　王族の方々や公爵家の方々の前で⁉　嘘《うそ》でしょう⁉）

思い至った瞬間、衝撃のあまりに目の前が真っ白に染まる。

何しろ、アウローラは社交が得意ではない。どこにも顔を出さずに部屋に引きこもって、いつまでも刺繍をしていたいと夢見た少女時代、その理由の九割方は刺繍をこよなく愛していたからだが、残りの一割くらいは、人の名前や顔を覚えることがうまくできなかったり、腹の底を探られるような会話が苦手であったりと、社交そのものを苦手に感じていることが理由だった。

侯爵家の嫡男の婚約者（しかし相手は自分以上に社交が苦手な男性だった）となり、これではいけないと奮起して、義母や義姉の指導のもとで貴婦人修業をした今では、なんとか社交をこなせるようになってきたものの、本音としては今だって、社交が好きなわけではないし、できれば引きこもって刺繍をしていたい、その気持ちに変わりはないのである。

（夜会やお茶会なら、ひとときご挨拶をして少しだけお話をすればそれで済むけど……会議なんて公の場で？　説明？　わたしが⁉　官僚や役人ならまだしも、わたしが⁉　そ、そんなの無理よ、だって粗相をしたらどうするの⁉　わたしが恥をかくだけならいいけれど、そんな場でうっかりしようものなら、クラヴィス家にもラエトゥス家にもご迷惑が掛かるのでは……⁉）

最悪の想像が一瞬で脳裏を駆け巡り、血の気が頭の天辺《てっぺん》から、豪雨のように地面に向かって落ちていく。気を抜けば倒れてしまいそうな心地がして、アウローラは椅子の上だというのに、思わず手足を力いっぱい踏ん張った。

一瞬で青くなったアウローラに、リブライエルが瞠目《どうもく》する。王太子が慌てて何かを口にしようとしたところで、フォンテがアウローラの背をぽんと叩いた。

「安心なさいな、会議ではわたくしが隣におります」

アウローラが振り返れば、フォンテは自分の胸元に拳を当てて、深く頷く。

「クラヴィス夫人に臨時の巫女になっていただくのは神殿からの要請ですし、そもそも次期巫女長の育成に難があったのはわたくしたち神殿の失態です。わたくしは神殿の長、わたくしたちの失態を他のどなたかに転嫁しようとは思いませんわ」

「巫女長様……」

（この方は、やっぱり、神殿の『長』でいらっしゃるのだわ……）

フォンテが常にまとう、柔らかな気配が凛《りん》としたものに変わる。おっとりと浮世離れした巫女らしい姿とは違うその雰囲気は、彼女が元王女であり、更には巨大な組織の長でもあることを、アウローラにまざまざと思い起こさせた。

「……次期巫女長に関しては、そもそもの選定の失敗とも言えるかもしれないけど」

「今、過去に戻ってもう一度選定が行われたとしても、選ばれたのはあの子だったでしょう。王家から選ばれるとしたらメモリアしかいないけれど、あの子は神殿向けの魔力の持ち主ではないし、あの子でないなら、五つの公爵家の中で最も巫女向けの魔力を持っていた、エリーザベトが選ばれるのは避けようのないことです」

眉を垂れてぼやいた王太子に、フォンテは首を横に振ってそう返す。

「あの子は年齢もほどよかったですからね。それに、人柄に多少難があったとしても、わたくしが巫女長を降りるまでには思想も矯正《きょうせい》できるだろうと考えたのは王家と神殿ですもの。……少々驕《おご》りはあったけれど、あの子は頭の良い子でした。今回のようなことがなければ、十年もすればそれなりの巫女となったでしょうに」

　もっとちゃんと見ていてあげればよかったわね。悔恨を滲ませ、フォンテはぽつりと呟いた。

「十年あれば、と考えておられたのですから、二年で成果が目に見えて現れていなくとも仕方がないのではないでしょうか？　人の思想というものは、自ら染まる時はあっという間ですが、他者が変えようとするのは容易なことではありません」

　リブライエルがそうフォンテを擁護する。王太子も大きく頷き、叔母へと向き直った。

「今回の事件は次期巫女長にとって、ただただ間が悪かった。そう言うしかないでしょう。ほんのわずかにタイミングがずれるだけで、人の運命は大きく変わってしまうものです。……俺が王太子になった時もそうでしたよ」

　王太子の紫色の瞳に、微かな哀《かな》しみの色が交じる。

　現王太子が立太子する以前、彼と第一王女の派閥間で起きた継承位争いについては、当時を知る貴族の多くが口を閉ざしており、今、社交界で当時のことを口にする者はほとんどいない。けれど、本来立太子をするはずだったのは先に生まれた第一王女であり、姉弟間の争いの末に継承順位が入れ替わったことは公然の秘密として語られている。決定的な事件が起こらなければ、今王太子として立っていたのはおそらく、第一王女メモリアだったはずだ。

　誰もが言葉をなくして口を閉ざし、離宮の応接間は冷たい沈黙にひととき沈んだ。

（……あら？）

　耳が痛いほどの静寂の中、アウローラはふと、部屋の外――応接間への取次の間で、誰かがやり取りをしている声に気がついた。同じ音を捉えたらしきセンテンスやユールたちがわずかに構えるが、ややあって姿を現したのは王太子の侍従だった。

「クラヴィス特別小隊長が参りました」

「ああ、入れてくれ」

「御意に」

美しい所作で頭を垂れた侍従が音もなく扉を開く。

「――失礼致します」

侍従に導かれ姿を現したのは、銀の髪に青の瞳の眩い美貌。後から来ると伝え聞いていた、フェリクスその人である。ようやく現れた夫の姿にアウローラはほっと息をついたが、見上げた彼の無表情がひどく青褪めていることに気づき、顔を強張らせた。

「どうした？」

同じことに気がついたのだろう。王太子は敬礼をするフェリクスを見やると瞠目し、怪訝《けげん》な表情を浮かべて彼に問う。フェリクスは敬礼を崩さぬまま、それに答えて端的に告げた。

「アルゲンタムのクラヴィス騎士団から、連中が脱獄したと連絡が入りました」

（えっ？）

夫の口から飛び出した言葉に、アウローラは凍りつく。

「何？」

王太子が問い返す声も鋭い。フェリクスは感情の込もらぬ声で報告を重ねた。

「我々が王都についたその日に、クラヴィス騎士団の監獄が爆破されたとのこと。収容者の大半は即座に確保されましたが、奴らは姿が見えず、爆破の混乱に乗じて逃亡したようです。最も激しく石壁が壊れている箇所が女性魔法使いの収容されていた牢《ろう》のすぐ傍であったことから、爆破そのものが彼らの仕業であると見られています。また、団の伝達担当者が一名洗脳を受けており、王都への連絡が阻害されていたと報告が――」

脱獄、爆破、逃亡、洗脳――。

続く言葉は不穏が過ぎて、アウローラは己の視界が揺らぐのを感じ、唇を噛む。

しかし、急な精神への衝撃はあまりにも大きかった。心臓がカッと急激に加速し、血が沸騰したように流れ出す。それなのに手足は冷たく震え、まぶたの裏が明滅して、アウローラは長椅子の上でくずおれた。

「――ローラ⁉」

きゃあとフォンテが小さな悲鳴を上げるのが聞こえた。

長椅子から転がり落ちた身体を、馴染みのある体温が力強く支えてくれたのを感じながら、アウローラは激しく波打つ心臓を押さえ、必死に意識を保とうとする。

「すまない、女性への配慮を欠いた」

「だ……い、じょうぶ、大丈夫です」

浅い息を幾度か繰り返し、徐々に呼吸を深くしながら、アウローラはゆっくりと上半身を起こした。己をしっかりと抱きかかえる腕の持ち主を振り仰いで、問いかける。

「つまり彼らは、逃げ出して、こちらに向かっているかもしれないのですね……？」

「可能性は高い」

「その日付だと、もう王都に入っているかもしれないな。……すでに合流している可能性もあるか？」

「ないとは申せません」

希望を持たせるようなことは言わず、フェリクスはあくまで端的に告げる。

「くそ。――今から対策本部に戻る！　テンス、フェリクス！　部下根こそぎ連れて付いてこい！」

「おいこら待ちやがれ！　……コンのイノシシ王子がッ！」

唇をきつく噛むと虚空を睨《ね》めつけ、王太子は椅子を跳ね飛ばすように立ち上がると部屋から駆け出す。悪態をつきながらもセンテンスは即座に追いかけ、フェリクスたち王太子付きの近衛騎士たちも、巫女長やリブライエルに敬礼を見せると主従を追って、機敏に部屋を飛び出していった。

「逃げた魔法使いって、アルゲンタムで結界を作動させようとした人たちのことでしょう？」

「報告を聞く限り、そうですね……。アウローラさん、大丈夫？」

「はい……」

扉の向こうに消えた騎士たちの背を見送って、リブライエルとフォンテがぼやき、アウローラも鳥肌の浮いた肌をさすりながら無言で頷く。

（なんてことなの……。『厄災は手を繋いでやってくる』というのはこのことだわ……）

中途半端にくずおれるなら、いっそ気を失ってしまえば気が楽だったのに。

気遣わしげに覗き込んでくるリブライエルに応えながら、アウローラはげんなりとうなだれて、失神できない己の丈夫さを恨むのだった。

※

——アウローラたちが衝撃の報告を受けていた、ちょうどその頃。

「まず……ここに、これ」

濃密な暗い魔力、黒く分厚いベルベッドのカーテンに包まれたような神殿島の頂《いただき》にそびえる大神殿では、ひとりの少女が冷え切った回廊に座り込み、一心不乱に手を動かしていた。

「次はここで……」

黒い霧の頂点に空いた、ぽかりと丸い小さな穴。そこから降り注ぐ弱々しい冬の陽光に照らされるのは、小さな背を豊かに流れる栗色《くりいろ》の巻き毛だ。夢中で作業に勤しんでいる、淡いすみれの色の瞳を持つそのかんばせは咲き初めの花の蕾《つぼみ》のように美しいが、一見清らかに見える無邪気さの裏には、酷薄な気配がわずかに滲んでいた。神殿の次期巫女長・エリーザベトである。

「これは、こちら……」

彼女が座り込んでいるのは、幾度もの神殿の改修を乗り越えて古い時代から残り続けている、石造りの回廊だった。荘厳な雰囲気はいかにも『古《いにしえ》の神殿』といった風情だが、裏返せばそれは草木や風雨による摩耗《まもう》が目立ち、無数の小さなキズや溝があちこちに刻まれているということでもあった。

エリーザベトの白い滑らかな指先はそうした年月の刻んだ傷に伸び、その隙間《すきま》にコインくらいの大きさをした、平たい石のようなものを押し込んでゆく。

「後は、これをこちらに……、起点として魔力を流して繋いで……」

回廊の何箇所かに小石を押し込んだエリーザベトは、慎重にそれらの位置を確認すると、押し込んだ小石に指先を当てた。

そのまま彼女が口の中で小さく呪文を唱えれば、しゃがみ込む彼女の足元から薄紫を帯びた淡い緑の光が立ち上った。光は身体の線をなぞるように這《は》い上がり、エリーザベトの伸ばした指先へと集まると小石へと伝わって、燐光《りんこう》を放つ。それは床、壁、天井と筋を伸ばすとぐるりと繋がって、一度眩く輝くと、吹き消された蝋燭《ろうそく》のように、ふっと光を失った。

「……ふふ、できたわ！　さすがはわたくし！」

光の消えた暗い回廊で、立ち上がったエリーザベトは両手を腰に当て、満足げに笑った。

魔法を行使した経験は、未だ片手の指で数えられるほどだが、どうやら天賦《てんぷ》の才があったようだ。今まで魔術で苦労してきたのは何だったのかと、頭を抱えたくなるほどにすんなりと術が展開されて、彼女はひとり、鼻高々に胸を反らした。

「さあて、ここはこれでいいとして。あとは――あら？」

踵《きびす》を返そうとして、エリーザベトは立ち止まった。

誰もいないはずの回廊の端で、人の影が動くのを見て取ったのだ。今、神殿には最低限――カーヌスと思想を同じくする者と、巫女長の出張について行けなかった身分の低い巫女と神官が数名いるだけのはず。しかも、彼女たちは居住棟に追いやって軟禁状態にしているはずだというのに、一体誰が。

エリーザベトが視線を鋭く尖らせると、回廊脇の柱の陰から、ゆらりと人の姿が現れた。

「まあ」

警戒して目を凝らしたエリーザベトは、その姿を目に捉えると気配を和《やわ》らげた。

暗がりから姿を見せたのは、神官とよく似たぞろりと長い衣装を身に着けた、ざんばらに切られた白い髪の男だった。その顔貌《かおかたち》は美貌と呼べるほどには整っていたが、肌の色は青褪めたように白く、

目元は白い布で覆われていた。その佇まいはまるで、幽鬼のようだ。

「兄弟子様ではございませんか」

「これはこれは。まさか次期様直々《じきじき》にお声掛けいただけるとは」

エリーザベトの声に、幽鬼のような男――ルーベルは、仰々しいお辞儀をしてみせた。

「いやですわ、わたくしたちは同じ偉大な方を師と仰ぐ、いわば兄妹のようなものではありませんか。そのように畏まられてしまいますと、わたくし悲しくなってしまいます」

エリーザベトは頬に手を当て、わざとらしく眉根を垂らしてみせる。しかしルーベルは、「次期巫女長様にそう馴《な》れ馴《な》れしい態度はとれません」とすげなく肩をすくめた。

その仕草にエリーザベトは幼女のように唇を尖らせたが、人の目には大層愛らしく映るはずの姿を見てもルーベルが何の反応も示さないことに気がつくと、不満げに頬を膨らませてから表情を消した。

「まあ、わたくしは次期巫女長ですもの、人と気さくに振る舞えぬことは仕方のないことですわね。ところで兄弟子様、お休みになっておられなくて大丈夫ですの？」

反応のない人に媚《こ》びてもつまらない。エリーザベトは話題を変えて、兄弟子に問いかける。

「熱はすっかり下がりました。目も無事、見えておりますし、もう問題はありませんよ」

ルーベルは淡々とそう答え、清潔な布で巻かれた己の目元に指をやると、両の口の端をもたげる。

「……それならよろしいのですけれど。――先日は本当にひどいお姿で、とても驚きましたわ。ひと目では、尊師の直弟子様とは分からないほどのお怪我だったんですから」

そう言いながら、なんともないと胸を張るルーベルの頭の天辺から足の先までを何往復もじろじろと眺め、エリーザベトは呆れたように顔をしかめた。

数日前の夕方のことである。

冬の早い日暮れに乗じて、一艘《そう》のぼろぼろの小舟が、神殿島の裏に音もなく近づいてきたのだ。栈橋《さんばし》のある小港のある側とは違い、神殿に近い島の裏側は、絶壁に近い崖になっている。そちら側から上陸を試みるのは、古来、神殿を堂々と訪れることの叶《かな》わない者たちである。

しかし、崖の上から遠見の術で湖面を見張っていたカーヌス一味の魔術師は、小舟に揺られている人影を見てあっと悲鳴を上げた。弱々しいカンテラの明かりとともに舟で揺られていたのは、アルゲンタムで捕まったはずの、カーヌスの直弟子三人組だったのだ。

アルゲンタムから決死の脱獄をしてきたという彼らは、急ぎ集められた魔術師たちによる浮遊の術で裏の崖からひっそりと神殿に迎え入れられたが、その姿は痛々しく、無残なものだった。

真っ白なローブを煤《すす》けさせ、手足に無数の擦《す》り傷を負っているウィリデはまだいい方で、カエルラは擦り傷に追加して小さな火傷《やけど》があちこちに、ルーベルに至っては顔の上半分が真っ赤にただれ、目が見えているかも分からないほどに腫《は》れていたのだ。おそらくはそのせいで小舟に乗る時に踏み外しでもしたのだろう、白いローブは湖水でぐっしょりと濡れ、彼は妹分たちのケープに包《くる》まってガタガタと震えてさえいたのである。

魔術師たちに介抱された三人は疲れ果てていたが、特にルーベルはひどい体調で、見舞いに来た師の姿に泣き崩れるとそのまま高熱を出し、二日ばかり、死線をさまようこととなったのだった。

「……それにしても、そのお美しいお顔を焼かれるなんて、思い切るにも限度がありますわ」

エリーザベトが指差すのは、ルーベルの目元に巻いた白い布――その下の変色した肌である。

「我が目を封じようとする忌々《いまいま》しい魔道具を壊すためには必要なことでしたからね。師の大願成就の間際なのです。一番弟子がぐうたらと寝ているわけには参りませんでしょう？」

彼の火傷は、己で負ったものだった。クラヴィス騎士団の牢獄で、魔眼を封じるために魔封じの目隠しを取り付けられた彼は、その封じを解くために、目隠しを焼いたのだ。目隠しが燃え尽きるのが先か、彼の顔面が焼き切れて魔眼を失う方が先か――それは綱渡りのような賭けだったが、牢を爆破して崩壊させることに成功したほどのカエルラの魔石による炎の術は強力で、彼が目を失う前に、目隠しを焼き壊すことに成功したのだった。

白い布――薬効のある液体を染み込ませてある、肌を冷やすための魔術の掛けられたそれ――をわずかにずらして見せ、ルーベルは口角をもたげた。

布の奥に覗いたのは、血のように赤い瞳。負った大きな傷によって美しさが損なわれているかと思いきや、白い肌を這う傷と、中央でぎらぎらと輝く紅玉の瞳のコントラストはまるで、血を滴《したた》らせながら真っ赤に燃え上がる薔薇《ばら》のよう、かえって美と迫力を増している。

「さ……すがは兄弟子様ですわ」

ルーベルの迫力に気圧《けお》されてエリーザベトは一歩後ずさり、それに気づくと悔しげに唇を噛みしめる。けれども己を鼓舞するようにひとつ空咳をすると、そう返した。

「して、ここで何を？」

エリーザベトの挙動に薄い笑みをはいたルーベルは、ぐるりと周囲に首を巡らせて問う。エリーザベトは気を取り直したように口角を上げると両の手のひらを上に向け、胸を張った。

「そうですわ！　どうぞご覧になって！」

ぱん、広げられたエリーザベトの手のひらが打ち付けられ、乾いた音を立てる。それに呼応するように、彼女が埋め込んだばかりの小石がじわりと紫色に光って、回廊に輪を描いた。そしてその中にくっきりと、彼らの愛してやまない師――カーヌスの、清らかな姿が映し出されたのである。

ルーベルが目を丸くし、息を呑む。エリーザベトは堪《こら》えきれないと言わんばかり、小さな笑みを口の端ににやにやと滲ませて、ぼんやりと光る小石で作られた円を指し示した。

「ふふ、驚きましたでしょう？」

「……これは、まさか」

「ええ！　――こちらは尊師直伝の、空間を利用した幻影術ですわ！」

エリーザベトが指差した先、小石に刻まれているのは、ラエトゥス家やアルカ・ネムスの遺跡で発見された小さな金属片や石に刻まれていたものとよく似た文字だった。カーヌスが母親の一族から受け継いだ、古の魔女のものである。

師と同じ一族の者でなければ使えぬはずのその術に、ルーベルは一瞬、驚愕《きょうがく》に顔を歪め、しかしエリーザベトがそれに気づくより早く、常の表情を取り戻すと目を細めた。

「近くで拝見しても？」

「もちろんですわ」

ルーベルは床に座り込むと、光を失った小石に目を凝らした。文字が刻まれていることは特別ながら、小石そのものは島の桟橋付近のどこでも拾えるものだ。しかし不思議なことに、魔力を帯びている。

ルーベルは小さく唸った。

「……この魔石はカエルラのものですね」

「そうですの。尊師にお願いして、姉弟子様の石をお譲りいただきましたのよ」

「そして確かに、師のお使いになられる文字のようだ。……まさか師の術を継承なさるとは。かの術は血族にのみ受け継がれるものと思っていましたが」

「運命的なことに、わたくしの母はどうやら、尊師の母君と同郷の魔女だったようなのですわ」

潜められた、しかし抑えきれない興奮の滲んだ声色に、ルーベルが目を見開く。エリーザベトは自慢げに、己の白い衣装の胸元から石飾りを取り出した。

「どうぞご覧になって」

彼女の白い手のひらの上に現れたのは、何やら文字の刻まれた、淡い褐色と白の合間に飴色と焦茶の交じる縞《しま》模様の石――縞瑪瑙《めのう》だった。石は真鍮《しんちゅう》らしきくすんだ金属の枠に嵌《は》められていて、枠の端には丸い輪があり、そこには刺繍の施された、色褪《あ》せつつあるサテンのリボンが結びつけられている。『護《まも》り石』などの名で各所にて売られている、いわゆる『お守り』の形状だ。

枠の内側の石には『護り石』の名の通り、ちょっとした厄から身を守る程度のささやかな魔術が仕込まれている。市民の間では身近な人への贈り物の定番で、旅立ちや進学、就職や転居など、環境が変わる時に贈られることが多い。

どこでも見かける、珍しくもなんともないもの。しかしそれは貴族の娘、しかも公爵家の令嬢の持ち物としては、不釣り合いなほどの安物だった。

「護り石ですか？」

差し出された護り石をしげしげと眺めながらルーベルが首を傾ける。エリーザベトは頷いて、指の先にリボンを引っ掛け、お守りを揺らした。

「そうですわ。これは、わたくしの生みの母が残したという護符ですの。お父様と契約を交わした魔女で、わたくしの元を去る時にこれを置いていったのだとか」

未だ死んだとは聞かないけれど、少し早い形見分けのようなものかしら。エリーザベトはぼやくようにそう呟き、しかし大事そうに石の表面を撫でた。

「屋敷の魔術教師には、ごく平凡な魔除《よ》けの効果があるものだろうと聞いておりました。――ですがその認識は誤りで、ここに彫られている文字は実のところ、尊師の母君の種族に伝わるものと同じものだったようなのです……！」

エリーザベトは言葉を震わせて高々と石を掲げ、歓喜に頬を染める。

「きっかけは、精霊を封ずるあの白い石に、尊師が魔力で文字を刻まれていたことでした。わたくしは非常によく似た文字を見かけたことがあると気づき、尊師にこの石をお見せしたのです。すると尊師は大変驚かれ、わたくしの適性をお調べくださいました。そして、わたくしを同族であるとお認めくださったばかりか、更には秘術を授けてくださったのです！」

エリーザベトは両手を天に突き出して、芝居がかった声を張り上げる。

「――ああ、尊師と同じ一族の血が、わたくしの中にも流れていただなんて！　これほど嬉しいことがこの世にあるかしら……！」

恍惚とした吐息を漏らすエリーザベトに、ルーベルは一瞬、白けた目を向ける。しかし彼はそれを即座に消し去り、赤い瞳を細めて「ようございましたね」と囁《ささや》いてみせた。

「――ところでこの術は、どのような効果が？」

ルーベルが問うと、エリーザベトは我に返って、再び両手を打ち鳴らした。回廊に埋め込まれた小石も音に合わせて再び淡い紫に輝き、じわりと魔力を放って通路を薄紫に染め上げる。そしてそこに今一度、カーヌスの像が浮かび上がった。

「この術は、この石と石の間を通る者に、幻覚を見せることができるものです」

「幻覚？」

ルーベルの魔眼がチカリと光る。エリーザベトの口角が吊り上がった。

「ええ。先日島に侵入者があったことはお話ししましたでしょう？　奴らの新たな侵入を拒むためにこの新たな術をどう使えばよいか、未熟なわたくしは大変に悩んだのですけれど、兄弟子様の御目のお力を参考にせよと尊師にご助言をいただいて、領域を通過する者に幻覚を見せる術を思いつきましたの」

「……奴らとは、王家の狗《いぬ》のことですね？」

「そうですわ。優れた力を持ちながら、仕える先を間違えてしまった、哀れな方々です」

嘆かわしいこと、とエリーザベトは哀しげに首を振る。ルーベルは片眉をもたげ、顔をしかめた。

「しかし奴らはあれでも騎士、それもかなりの精鋭です。我ら未熟な弟子たちばかりでなく、我らの師をも何度も退けた、実力ある者たちなのですよ？　そう上手くいきますかねえ」

「そうですわね、直接対峙《たいじ》すれば、わたくしの細腕では勝てるはずもありません。何しろわたくしは、剣など一度も握ったことがありませんもの。――ですから、わたくしが離れたところにいても発動するように術を組みましたの。誰もいないところで、突然通路の途中が壁で塞がれているように見えたり、同行者が突然攻撃してきたように見えたりしたら……ねえ？」

　そこまで口にして、エリーザベトはふっと鼻先で笑った。

「そういえば、兄弟子様の御目のお力は、奴らに幾度か阻まれたとお伺いしておりますけれど……」

「ええ」

　ルーベルの眉間に微かにしわが寄る。エリーザベトは口の端を一層もたげたが、いかにも『真面目《まじめ》な妹弟子』を演じて首を傾け、真摯《しんし》な表情を作って見せた。

「兄弟子様のお力は、対面する必要があるからこそ阻まれたのではないでしょうか？　遠隔で発動することの可能なこの術は、その点を改良しているのです。尊師も『よくできている』とお褒めくださいましたわ！　せっかくですもの、体感なさいます？」

「なるほど、随分と自信がおありのようだ」

　ルーベルは肩をすくめる。エリーザベトはいっそ傲慢に「当然ですわ」と顎《あご》を引き、胸を反らした。

「尊師に伝授いただいた術ですわ。自信なく扱うなど失礼に過ぎましょう？」

「でしたら今は遠慮させていただきましょう。むざむざ己の身を危険に晒《さら》すなど愚の骨頂です」

　肩透かしを食らったエリーザベトは鼻白んだが、こほんとひとつ咳払いをすると気を取り直し、薄い笑みを浮かべて頷いた。

「……そうね、見えている危険は回避するのが賢いやり方というものですわ」

「全くです。――わたしはね、次期様の術には期待しているのですよ。人間は、見たものを信じてしまう生き物だ。視覚を上手く使えば、心を操ることなど容易《たやす》いですからね」

　ルーベルは甘い笑みを浮かべると声を潜め、歌うようにそう囁く。甘ったるく柔らかな声色に、エリーザベトは頬を染めた。ルーベルの赤い瞳——魔眼が妖しく輝く。

「——ご活躍を楽しみにさせていただきますよ」

「ええ、どうぞご期待なさって！」

きらきらと少女らしい笑みを浮かべたエリーザベトは、「さあ、ぐずぐずしてはいられませんわ！」と新たな石を仕込むべく、意気揚々とした足取りで次の回廊へと歩き出した。

エリーザベトの後ろ姿が回廊の角を曲がり、その高らかな足音も聞こえなくなったところで、ルーベルはやれやれと息をつく。そうしてわずかに背後を振り返れば、彼が姿を現したのと同じ柱の陰からひょっこりと、白い影が現れた。

「どーだった？　あの小娘……ジキサマ、とやらは？」

ぱっつりと切りそろえられた白い髪に空のような青の瞳、ざっくばらんな口調の魅力的な顔立ちの娘——カエルラだ。彼女のまとう聖職者めいた白いローブの裾の後ろには、やはりぴっちりと切りそろえられた白い前髪に、森の深緑のような緑色の瞳を持った三つか四つほどの歳《とし》の幼子が、母親の背にしがみつく小猿のように張り付いている。

まるで親子のようなふたりの姿にルーベルは表情を緩め、「どうもこうも」と声をこぼした。

「育ちに因《よ》る貴族的な傲慢さと、鬱屈から解き放たれた者が抱きがちな万能感、そしてそこからくる自分が絶対的に正しいという思い込みと、解き放ってくれた人物——師への依存。見事に仕上がっています。さすがは師による洗脳、と言ったところでしょうか。公爵家の娘であることも合わせれば、あれはかなり使い勝手がよいでしょうね」

ルーベルの表情に嘲笑が浮かぶ。カエルラは「ふうん」と気のない返事をよこすと、廊下の隙間にねじ込まれた、己の力で魔石へと姿を変えた薄い小石に目をやった。

「能力的には？」

「愚かな小娘ではありますが、能力の方は師が目をつけただけのことはありそうですよ。師の母君と同じ一族の血を引いているというのは確かなようです」

「ええー、それ、ホントだったわけ？」

カエルラが低い声をこぼす。それを宥《なだ》めるように、ルーベルは彼女の頭をポンと叩いた。

「残念ながら、そのようです。――師の母君の故郷の村が解体された後、村にいた魔女たちは各所に散ったと言います。多くは魔法を捨て、只人《ただびと》として市井に交わったそうですが、師の母君のように血と魔法を継いだ魔女も幾人かいたようですね」

ルーベルの脳裏を過《よぎ》るのは、師と訪れたアルカ・ネムスの村である。

あの村のような、今なお末裔《まつえい》が暮らしている『旧き森の民』の里はもはやほとんど残されていないが、かつては彼らの暮らす土地は国中にあり、そういった里の周辺には必ずと言っていいほど、魔法使いや魔女の集落があったという。つまり、旧き森の民や彼らのような魔法種族と交わり血を残した人々は、少なからずいたのだ。

それぞれの集落には固有の術があったと言うから、それらは血で伝わるもの――いわゆる『魔法』であったのだろう。つまり、同じような『魔法』を使う者は高い確率で同じ血を引いているのだ。

もちろん、遠い昔に解散してしまった集落の血はとうに薄れ、力が発現するのはいわゆる先祖返りくらいなものだというが、彼らの師の母が属した魔女の一族は、比較的最近まで集落を形成していたのだ。術の源が同じ一族である可能性は、極めて高い。

「あの娘は、父親である先代オーステン公が優秀な血を持つ子どもを持ちたいと、珍しい血を持つ婦人たちと愛人契約をした結果、生まれた子どものひとりだそうです。その母親が、一族の魔女の魔法を継いだ者だったのでしょう」

「そういや、ショーンもそんなことを言ってたっけ」

ラエトゥス家の幼い子どもに『魔法』を掛けることを条件に、カーヌスたちの王都での活動を手引きした、オーステン家の婚外子であるショーンの姿を思い浮かべ、カエルラは腕を組んだ。

公爵家で養育されたとはとても思えない、貴族らしさの感じられないごく平凡な顔立ちのあの男と、顔ばかりはきれいにできている傲慢な小娘が同じ男の血を引いているとは、不思議なものである。

「彼はいわゆる『隠密』の一族の血を引いていると言っていましたか」

「そーそー、影がどうのとかナントカ言ってた。母親の血が地味な顔の源だとかなんとか」

「隠密ですから、派手な顔よりは地味な顔の方が職務に向いているのでしょう。そういう顔立ちの子どもを選んで継がれてきた血なのではないですかね。——あの男にはその血がかなり濃く出たのでしょう。それ故公爵家であんな立場に置かれたわけだ」

公爵家に追従しない家や力を増す家を掻き回し、その勢いを削《そ》ぐ。ショーンは公爵家にその役目を負わされていたらしい。単独で動いていると見せかけて、どうやら母の血筋の手助けをも受けていたようだから、ある意味で先代公爵の目論見《もくろみ》が成功した存在でもあったのだろう。

「ただ、あの娘は公爵家では成功例とはみなされていなかったようですね。魔女の血を引くのだから優れた魔女になるのではと期待されたようですが、魔術師になれるような才能はなかったらしい。それでどうやら鬱屈していたようですよ」

「ふうん」

「おや、随分とご機嫌斜めな」

叩かれて乱れた髪を指先で整えながら、カエルラは目を眇《すが》めた。

「……だって、アタシたちの子どもの頃に比べりゃどうせ、大したことないでしょ？　それで鬱屈とか言われてもさあ。どうせジキサマは明日にも死ぬかもーなんて苦労はしたことないんでしょ？」

「まあ、魔術が苦手で肩身の狭い思いをしたとは言っても、せいぜい父親に見向きもされなかったり、周りに陰口を叩かれたくらいでしょうね。あの姿を見るに衣食住は足り、教育もしっかり受けている。贅沢《ぜいたく》も許されてきたようです。お前やわたしのように親に捨てられたわけでも、ウィリデのように親を亡くしたわけでもないし、『魔法』の発現を周囲に恐れられ、爪弾《つまはじ》きにされたこともないでしょう」

「でしょ？　孤児院で気味悪がられて食事を減らされたり、地下室に閉じ込められたり、雪の日に中に入れてもらえなかったことなんてないだろうし、腹ぺこすぎてゴミを漁《あさ》ったことだってないでしょ」

カエルラの空色の瞳が濁り、陰る。赤い唇がわななき、身体が小さく震えた。

「……あの頃のアタシは、起きたら死んでるかもしれないって、毎日思ってた。この力だけが拠《よ》り所だった。この力で野犬とか酔っ払いとかゴロツキを追い払えなかったら、とっくに死んでたはず。そこから救ってくれたお師様は、本当に神様だった。――そんな程度で鬱屈とか言われてもね」

カエルラの言葉に小さく頷いて、ルーベルは浅く息をつく。いつの間にやらカエルラの裾から離れ、彼のローブを掴んでいたウィリデをひょいと抱えてやると、そのまま肩をすくめた。

「そうですね。わたしも森に生える雑草を口にして腹を壊す度に、明日の朝、目覚めることはないかもしれないと考えましたよ。この魔眼で狼《おおかみ》の群れを従えることができなければ、今頃は放逐された森の中で白骨になっていたことでしょう」

淡々とした言葉の端に、消えることのない憎悪が滲み、赤い瞳の端に炎がパッと散る。しかしルーベルは大きく息を吸うと瞳を閉じ、次に開いた時には、その炎と憎悪はきれいに消されていた。

「……人は自身が持つ尺度でしか、他人を計れないものです。より深い苦痛や苦悩を知る者から見れば幼子の我儘《わがまま》としか見えずとも、本人にとっては深い苦しみである、ということはよくあります」

恵まれた地位や裕福な家庭に生まれた者は、そうでない者に比べれば遥《はる》かに幸運だろう。だが、その生が幸せであるとは限らない。なぜなら生まれの幸運と幸福は、イコールではないからだ。

「食い詰めている者から見れば、人間関係で苦しむ者の悩みなど、下らぬことに思えるでしょう。けれど、悩むあまりに死を選ぶ者もいる。貧しい者から見れば、富豪の悩みなど嫌味にしか聞こえないかもしれない。けれどもそれに苦しむあまり、全てを捨てて出奔《しゅっぽん》してしまった者もいるのです。人にとって、その悩みがどれほどの苦痛になるかは異なります。尺度の違う濃度を比べることはナンセンスだ。……でもね」

思わせぶりに言葉を切って、ルーベルはうっとりと微笑んだ。声を潜め、甘く囁く。

「同じような過去を持つ者は、相手の苦悩を理解しうる。わたしはそう考えています」

カエルラの目が大きく見開かれる。ルーベルは静かに、息を呑んだ妹弟子の肩を撫でた。

「師を本当にお支えすることができるのは、同族だというあの小娘ではありません。――師の苦悩とお若い日々の辛苦を、同じように身を以《もっ》て知っている、わたしたちです」

ぎらり、赤い瞳が血色に燃える。

「ですからね、わたしたちは、あの愚かな娘が師の優秀な手足となるように、立ち回らねばなりません。それこそが師の拓《ひら》かれる世界への一助となり――奴らへの復讐にもなるでしょう」

†7　公爵会議

——公爵会議が始まらない。

己の指先が肘掛けを叩《たた》こうとするのを意思の力で抑えつけながら、オーステン公爵、ルートヴィヒ・イル・レ＝オーステンは無表情にも見える薄い笑みの裏で、不満を滾《たぎ》らせていた。

（ああまったく、この世はなぜにこれほどまでも、思い通りにならないのか）

今日は冬らしい薄曇り、朝はとびきり冷え込んだ。曇った窓は、ガラスの向こうに広がるはずの美しい景色を映さない。白い窓に目を向けて、そこにぼんやりと映った己の影に内心で舌打ちし、オーステン公は視線を窓から引き剥《は》がす。

仕方なしに室内へと視線を戻《もど》せば、オーステン公の目に映るのは、宮殿の一室らしい見事な設《しつら》えの部屋だ。舞い踊る妖精の描かれた天井、中央には魔水晶でできた瀟洒《しょうしゃ》なシャンデリアが吊《つ》り下がり、空調を管理する魔術の掛けられた壁には、品の良い模様の織り込まれた上質の絹が貼られている。彫刻で装飾の施された柱の間、壁際の飾り棚や花台には国宝級の美術品や魔道具が並べられ（中には国宝そのものもあるはずである）、訪れる人の目を楽しませる役割を担っていた。

ここは、公爵会議が開催される『妖精の間』。ウェルバム王宮に存在する数多《あまた》の部屋の中でも、屈指の格の高い部屋である。

しかし、公爵家の生まれ育ちであるオーステン公にとって、最上級の設えや国宝級の美術品など、さして珍しいものでもない。彼の屋敷にも似たようなものはいくらでもあり、王宮にわざわざ来なくとも好きなだけ鑑賞できるし、飾りきれずに倉庫に眠っている美術品さえも、数え切れぬほどにあるのだ。そして残念なことに、そもそも彼は、芸術というものを好む質《たち》でもない。

結果、部屋に飾られているどの美術品にも心慰められることはなく、オーステン公は諦《あきら》めたように視界――円卓を囲む人々へと目をやった。

オーステン公が座る席の向かいには、花の精霊のように可憐《かれん》な美女を隣に座らせた鬼神のごとき厳《いか》つい大男が、乱世の将軍もかくやという眼力で腰を下ろしている。窓に最も近い席には、老年と中年に差し掛かりつつあるよく似た顔の男性がふたり、彼らの隣に座ってる老夫婦と小さく笑いさざめきながら、孫娘の話をしていた。更にその向こうには、鋭い眼光の瞳をメガネで覆い、黒檀《こくたん》の杖《つえ》で床をコツコツと叩いている、連れのいない偏屈そうな老人が黙って座っている。

彼らはラエトゥス公爵夫妻とスキエンティア公爵親子、ファキオ公爵夫妻とクルトゥラ公爵――ウェルバム王国の貴族の中で最も高い爵位である、公爵位を持つ人々である。

（相変わらず、蛮族の長《おさ》のような面構えだ）

オーステン公のぼんやりを装った視線に気づいたらしきラエトゥス公が、その刃物に例えられる鋭い目線をこちらに投げてきた。合わせたくもない男と目が合い、げんなりして目をそらす。すると、黙って扇子を揺らしている妻の姿が目に入り、オーステン公は指先を再び抑え込んだ。

（陛下と殿下は我々をいつまで待たせる気なのか……）

とは言え、オーステン公が苛立《いらだ》つのも仕方がない。なぜなら、公爵会議の開始予定時刻はとっくに過ぎているのである。どうしたことか、予定時刻を過ぎても主催の王族たちが現れず、一同は今、待ちぼうけを食らっているのだった。

ただでさえ、心地よいとは言いがたい議題のためにやってきているのだ。待たされればより一層、苛立ちが募《つの》る。オーステン公は内心を表に出さぬよう苦心しつつ、浅い息をついた。

「陛下と殿下は、いついらっしゃるのかしらねえ」

不意に聞こえた声に思考を読まれたかのように感じて、オーステン公は息を呑《の》む。しかしそれは、ファキオ公爵夫人が卓上に茶器を戻しながら夫に話しかけている声だった。

「もうご指定の時刻はだいぶ過ぎているね」

金色の懐中時計の蓋を開き、ファキオ公爵は首を傾《かし》げる。そうよねえと夫人も小首を傾げた。

「陛下はさておき、殿下が遅れていらっしゃるなんて珍しいこと。何かあったのかしら」

「ううん、殿下は今、湖の異変の対策本部に詰めておられるというからねえ……。ラエトゥス公、近衛の方々から何かお聞きでは？」

「いえ、何も」

話を振られたラエトゥス公爵は突き放すかのように端的に返す。しかしファキオ公爵は慣れっこで、今度はラエトゥス公の隣で、広げた扇子を眺めている彼の妻に顔を向けた。

「ラエトゥス夫人は確か、弟君が近衛に入ったのではなかったかな」

「はい、仰《おっしゃ》るとおり、愚弟は畏《おそ》れ多くも、王太子殿下にお仕えする部隊におります。ですが残念ながら、わたくしは何も聞かされておりませんの……」

春の早くに森の中で咲き乱れる嫋《たお》やかな花のように、ラエトゥス公爵夫人は薄紅の頬を憂いに染めて可憐に息をつく。あらあらとファキオ公爵夫人は眉根を寄せて、こちらも細く息をこぼした。

「もしや、湖でなにかあって遅れていらっしゃるのかしら」

「そうかもしれませんわね。……あの湖の上の黒い何か、わたくしも遠目に見ましたけれど、随分おぞましいもの、という気配がしましたわ」

「まあ、見に行ったの？　危険ではなかった？」

「うふふ、湖の近くに住まう友人の元に用がありました時にちらりとですから、大丈夫でしたわ」

（……呑気《のんき》なものだ）

女たちが軽やかな口調で交わす話に、オーステン公は顔をしかめた。

（呑気なのは王太子もだが。島のあの状況を解決もしていないのに、『奉納の儀』だと？　それも参加者から次期巫女長《みこおさ》を除外し、臨時の巫女を立てるなどと。——あれほどの寄付を受けておきながら次期巫女長をないがしろにするとは、神殿はオーステンを馬鹿にしているのか）

唇を浅く噛《か》み、こめかみに指を当てて、オーステン公は目を閉じた。

神殿の次代の巫女長は先代オーステン公爵の末娘、オーステン公から見れば異母妹にあたるエリーザベトである。彼女は三年前に次期巫女長として選び出され、十五歳で神殿に入った才媛で、今年の春分の儀式から、神事に参加するようになっていた。

いつも通りに『奉納の儀』が開催されたのであれば、彼女は巫女長の補佐としてその場に立ち、若く美しい次代の巫女長の存在を民衆や貴族たちに強く印象づけ、オーステン家の名と力を広く知らしめるはずだった。その祭事が例年よりも効果的で華やかなものとなるように、オーステン家では儀式の費用として、多額の寄付金を神殿に送りさえしたのである。

しかし、その目論見《もくろみ》は外れてしまった。今年は島が不穏な状況になってしまったので、儀式は規模を縮小して一般には非公開とし、島外に出ていた神職と王族だけで執り行うことにしたのだという。

それだけならばやむをえまいと理解できるのだが、オーステン公が理解に苦しんだのは、とある侯爵家の夫人が、巫女長と王太子妃を補佐するために、臨時の巫女役に就任するという話だった。

次期巫女長が島から脱出できていないという事情があるにしろ、これではまるで。

(次期巫女長をすげ替えるかのように見えるではないか……！)

オーステン公は奥歯を噛み締め、怒りを喉の奥に押し殺す。それから深く息を吸い、心を落ち着けようと努める。そして深く目を閉ざし、思考に沈んだ。

(……あの娘はあれで馬鹿ではないし、見目も我が一族では最も優れている。父の愚行の末の娘とは言え、魔術が不得手なことを除けば、アレを超える人材はそうそういないはずだが)

先代オーステン公は、『新王家派』がここ近年で、最も勢いづいた時期に生を受けた。

だが、最盛期とはそれすなわち、そこから下降に入るということと同義である。彼は少しずつ国政への影響を薄れさせてゆく実家を目《ま》の当たりにしながら成長し、しかし本人が成人を迎えても、そこに歯止めを掛けることは叶《かな》わなかった。

それを、自身に特筆するような才がないからだと考えた先代オーステン公は、ならば優れた子を持てばこの事態を解決し得るのではないかという発想に至ったらしい。次代を支える人材を得ようと、正室の夫人以外の種々様々な『優れた女たち』と関係を結び、子をなした。

次期巫女長・エリーザベトも、そうして生まれた公爵家の非嫡出子《ちゃくしゅつし》のひとりである。

彼女は『魔女』と呼ばれる種族の女性との間に生まれた子どもで、優れた魔術師となることを期待された娘だった。残念ながらエリーザベトは魔術にあまり適性を示さず、それゆえに先代公爵は「期待はずれ」と彼女にあまり興味を示さなかったが、頭の回転は他の弟妹《ていまい》より速く、そしてなにより、見目がとびきりよかった。

　現オースステン公は歳《とし》の離れた異母妹の美貌と才気に、これは使えるのではないかと目をつけた。歳が離れているために王太子妃候補には入れられなかったが、彼は公爵家の持てる手の限りを尽くして、彼女を次代の巫女長の地位にねじ込むことに成功したのだ。

　数代前の王の政策によって、ウェルバム王国の政治と宗教は法によって分離されているが、王族の関わる様々の神事がなくなったわけではない。大神殿は今でも、王家との関わり合いの深い組織である。国中に存在する小神殿の総本山でもあり、それらを繋《つな》ぐ情報網は王家であっても馬鹿にできない、強力なものだ。

　エリーザベトがその組織の長になることは、オーステン家が国への影響力を強めるための、強力な一手となるはずだった。実際、次期巫女長がエリーザベトに決まって後、オーステン家に力添えを頼む貴族は増えている。幸運続きのラエトゥス家の勢いにはあと一歩及ばぬものの、一族はにわかに活気づいていて、先代の嘆いた凋落《ちょうらく》の姿と比べると、随分と持ち直して来つつあるのだ。

　しかしそれも、派閥の違う他家の娘が取って代わるというのであれば、話が変わってきてしまう。

（……いや、次期巫女長としての適格者は、今のところエリーザベトしかいない。実際にすげ替えられることはないだろう。だが、次期巫女長不在の際に臨時で巫女に取り立てられる者がいるという事実は、次期巫女長に『代わりがいる』かのような印象を人々に与えかねん）

　オーステン公は歯噛みする。近年他での影響力を弱めてしまっているオーステン家にとって、そうした印象は命取りだった。一歩間違えば『オーステン家そのもの』に『代わりがある』かのようなイメージに繋がってしまいかねない、由々《ゆゆ》しき事態なのだ。

(――代理の巫女は確か、クラヴィス侯爵家の嫁だったか。夜会で見た時は、派手な見目の夫の横に立つには地味な娘だと思ったが……)

この春の夜会で遭遇したクラヴィス家の嫁は、身にまとう衣装こそ夜会参加者の女たちの目を攫《さら》っていたが、飛び抜けて美しいということもなければ、ずば抜けて賢いというふうでもない、ごくごく普通の見た目の娘だった。隣に立つ夫がやたらときらきらしいせいで、若い娘であるというのに印象が薄く、地味に見えたくらいである。

エリーザベトとアウローラのふたりを並べ、どちらが『巫女』のイメージを向上させるかと周囲に聞けば、誰もがエリーザベトの方が『巫女らしい』美しさを兼ね備えた見目をしていると言うだろう。頭脳も劣るとは思えない。すげ替えられる謂《いわ》れはないはずだ。

(随分と奇妙な衣装だったことしか思い出せんな。せめて服だけでも目立とうとでも思ったのだろうか、哀れなことだ。しかしあの妙に腰回りがもたついたドレスは確か、ラエトゥスの嫁も着て……そうか、あの夫はラエトゥスの嫁の弟だ。――今回もラエトゥスがねじ込んだか!)

そう思い至り、オーステン公の目蓋《まぶた》の裏が真っ赤に染まる。

(またか! またなのか!! あれだけ恵まれておきながら、どこまでも我らの邪魔をする……!)

今にも噴火しそうな己をなんとか律そうと、きつく歯を食いしばったオーステン公は、座る椅子の肘掛けを、軋《きし》むほどにきつく握った。

「あなた」

「…………うむ」

奥歯を噛みしめる音が漏《も》れていたらしく、妻の扇が腕をそっと叩いてくる。空咳《からせき》をひとつこぼしたオーステン公が足を組み直したその時、『陛下、殿下、ご入室です』と侍従の声が響き渡った。

（ようやくか。長々と待たせおって）

ぼやきながら、オーステン公は立ち上がる。他の面々も起立して、入室する王族たちを出迎えた。

侍従と近衛騎士を先頭に、まず入ってきたのはゆったりとした足運びの国王だ。その後にきびきびとした足取りの王太子、王太子妃と続く。そして、その後ろ――本来であれば再び侍従が続く位置に現れた存在に、人々はぱちくりと目を見開いた。

（……な、に？）

王太子妃の後ろから、しずしずと。

白百合《しらゆり》のように清廉《せいれん》な空気を引き連れて現れたのは、初代巫女の時代から変わらないと伝わっている、ぞろりと長い白い巫女装束《しょうぞく》をまとった神殿の長、王妹《おうまい》でもある巫女長・フォンテだった。

そして、彼女に先導されるように続いて姿を現したのは、フォンテと同じような白い衣装を身に着け、髪に白い雪割草の生花を飾った、澄んだ気配を身にまとった娘――。

（だ、誰だ、これは……）

オーステン公は目を見張り、唇を噛む。

（夜会の時とは、まるで違う雰囲気ではないか……！）

伏目がちに、ゆっくり、ゆったり。絵に描いたように巫女らしい清楚《せいそ》な佇《たたず》まいで現れたのは、巫女には見えない冴《さ》えない見目だったはずの『臨時の巫女』――アウローラ・エル・ラ＝クラヴィス、その人だった。

「いいこと？　人は見た目で判断する生き物なの」

——時は、少しばかり遡《さかのぼ》る。

※

公爵会議の日の早朝、そんな持論を展開しながら、クラヴィス家のタウンハウスに『美容部隊』なる侍女たちを引き連れて乗り込んできたのは、会議の参加者の一員にして社交界で大輪の薔薇《ばら》に例えられる美女、ラエトゥス公爵夫人であるルナ・マーレ・エル・ラ＝ラエトゥスだった。

「この二年、夜会やら茶会やら園遊会やらで身に染みて感じているでしょう？」

「は、はい……」

小雪のちらつく冬の早朝、外は未《いま》だ薄暗い時間帯である。

勝手知ったる実家かな。アポイントメントもなく嵐のように現れたルナ・マーレに、寝起きのアウローラは目を白黒させながらかくかくと頷《うなず》いた。

「よろしい」

少々寝ぼけたまま呆然《ぼうぜん》と頷くアウローラを見て、ルナ・マーレの口の端が美しい弧を描く。

(まだ早朝だっていうのに……、なんて美しい人なのかしら)

己の癖毛をこっそりと引っ張りながら、アウローラは吐息を漏らした。

真冬の早朝という時間帯でも、ルナ・マーレの出《い》で立ちには一分《いちぶ》の隙《すき》も見当たらない。髪は繊細な形に結い上げられておくれ毛のひとつもないし、ドレスは彼女のすんなりと華奢《きゃしゃ》な体型を魅力的に見せるようにアレンジされた、淡いバラ色のバッスルスタイルだ。

実家を訪問する際のドレスは、社交での装いに比べれば随分と控えめな装飾ではあったが、フリルやリボン、レースとの色合わせがロマンティックで、小柄で華奢なルナ・マーレの姿を、真冬に現れた春妖精のような可憐な印象に見せていた。

見れば、きっちりしているのはドレスだけではない。胸元と耳元にきらめく装身具は、真円に近いクリーミィな色合いの照りの強い真珠でできていて、公爵家の夫人が身に着けるに相応《ふさわ》しい、文句なしの一級品である。更に言えば、施されている化粧までも、薄化粧ながら彼女の美しさを一層引き立てる完璧なものだ。

（なのにわたしったら、こんなにもよれよれだわ……）

己を見下ろして、アウローラはうなだれた。

慌《あわ》てて飛び起きて身繕いをしたことがひと目で分かってしまう、あちらこちらの緩んだ姿である。髪はおくれ毛がわずかにこぼれ、衣装は着替えのしやすいゆったりとしたもので、化粧も慌てて白粉と紅をはいただけ。更に言えば、頭はまだぼんやりとした眠気を訴えていて、舌も回りきっていない。眠っていたところに突然の訪問を受け、慌てて整えたのだと思えば上出来ではあるのだが、社交の場に出るには少々不適格な姿である。

――なお、姉と入れ替わるように早朝に出勤しなければならなかった彼女の夫は、そんな隙だらけな妻の姿にしっかりと当てられて、彼女を抱き寄せしばらく離さず口づけと頬ずりを繰り返し、とっとと出勤しなさいと姉に追い出された、というのは余談である。

「悲観することはなくてよ。見た目というのは演出できるものなのだから」

己のよれよれの姿に肩を落として視線を床に落としたアウローラを、見た目が劣ることに落ち込んだのだと解釈したのだろう。ルナ・マーレはそう言いながら、爪の先まで傷ひとつなく整えられた指先でアウローラの顎《あご》をくいと持ち上げ、目を細めた。

「演出、ですか？」

「そうよ！　貴女《あなた》が愚弟と初めてルーミス家の夜会に参加した時のようにね。あの頃としては奇抜で、でもとびきりに美しいドレスのこと、覚えているでしょう？」

「もちろんです。……あの時は、フェル様の隣にいても人の記憶に残れるよう、必死でしたし」

澄んだ薄青の流し目で覗《のぞ》き込まれ、アウローラはどぎまぎして睫毛《まつげ》を揺らした。

アウローラがフェリクスと婚約したばかりの頃、初めてふたりで参加した夜会で身にまとったのは、当時の社交界ではご法度《はっと》とされていた、白地に黒い刺繍《ししゅう》をふんだんにあしらったドレスだった。

王都で話題の際立つ美貌を持つ男の隣に立っても、彼の輝きに掻《か》き消されて誰にも記憶されずに夜会が終わってしまうことがないように、せめて人の記憶の端に残らなければと知恵を絞ったのだ。

参加者をぎょっとさせる色合いと、あまりにも見事な刺繍で夜会の女性陣の話題を攫ったそのドレスは、今では『朝と夜《ラ・ニュイ・エ・ル・マタン》』という名前を付けられて、王都で最も人気のドレスメーカーであるメゾン・バラデュールの人気作のひとつとなり、アウローラもそれ以来、新たなファッションアイコンのひとりとして、社交界で少しばかり名の売れた存在になっている。

あの夜会は正《まさ》しく、ふたりの『始まりの夜会』だった。忘れられるはずもない。

(そう言えばあの頃はまだ、婚約は契約上のものだって思っていたし、自分が王都で一、二を争う美男子とそのまま結婚するだなんて、まさか思わなかったっけ……。もちろん、フェル様があんなに甘い人になるとは思いもよらなかった……)

二年前、まだぎこちなかった頃の自分たちの姿が、脳裏を幻灯機の映像のように過ぎてゆく。

ふたりの過去を思い出し、ほんわかと表情を緩めたアウローラの顔をのぞき込み、ルナ・マーレは社交の場で彼女がよく見せる、大輪の薔薇がほころぶような笑みを浮かべて見せた。

「あの時の貴女、周囲にどう見られていたか知っていて？」

「ええ……と、派閥も違ってあまり好意的な場ではありませんでしたし、奇抜なとか、涙ぐましいとか、常識知らずな、とか、そういう評判だったかと……。ファッションに興味のある女性たちには、斬新なとか、新しい風とか、そのように言っていただいた記憶がありますわ」

アウローラが記憶を絞り出せば、ルナ・マーレはふんと行儀悪く鼻を鳴らした。

「まあ確かに、あとから聞いた話では、保守的な年寄りはだいたいそのようなことを言っていたらしいわね。当日現場にはいなかったらしいけれど、今回貴女たちに難癖を付けてきたオーステン家の当主なんかはその筆頭よ。まあ、あの男はわたくしのことも『奇抜で型破り、公爵家の嫁には相応しくない女』だとかなんとか、顔を合わせる度《たび》に言うのだけれどね！」

ルナ・マーレはアウローラの顎から指を離すと、腰に手を当ててそう喚《わめ》いた。

アウローラはそれを聞き、肩を落とす。

「お義姉《ねえ》様でそう仰られるなら、わたくしなんてどれほど謗《そし》られているのでしょうか……」

本人のセンスも悪くはないが、社交界ではルナ・マーレと義母アデリーネの威光をこれでもかと背負っているアウローラである。真の先駆的ファッションアイコンたるルナ・マーレがそのような評なのであれば、自身の評など推《お》して知るべしだ。

ストールの前を掻き合わせながらそうこぼせば、ルナ・マーレは義妹の肩を優しく叩いた。

「心配しないで頂戴《ちょうだい》。あの夜会の後、わたくしは色々な場で貴女と愚弟の評判を聞いたけれど、アウローラさん、貴女はね、概《おおむ》ね『挑戦的』で『大胆』といったような評判を受けていたわ」

「ちょうせんてきで、だいたん……？」

（むしろその評判は、お義姉様のものでは……？）

思わずそう浮かんだのも仕方がない。

社交界のファッションアイコンの中でもおそらくは頂点と思われるルナ・マーレは、その美しさと気の強さとで、『社交界の麗しき薔薇』やら『咲き誇る薔薇の妖精』、果ては『ラエトゥスの美竜』など、華やかで豪勢な通り名をいくつも持っているのだ。『挑戦的で大胆』という評判は、彼女のためにあるものと言っても過言ではない。

「そうよ。それって、普段の貴女の印象とは、だいぶ違うものでしょう？」

「とてもわたくしの評判とは思えない言葉ですね……」

その言葉を自分の身に落とし込むことができず、アウローラは愕然《がくぜん》として呟《つぶや》いた。

いつものアウローラの評判は概ね、『可もなく不可もなし』『中の上』『清潔感があり健康的』『刺繍狂い』などといったもので、大胆やら挑戦やらといった言葉とは縁がないのだ。

しかしアウローラのそうした思考は、腰に手を当て義妹の前に立ちふさがるルナ・マーレによって吹き飛ばされた。彼女は、義姉《あね》の圧に負けて及び腰になっているアウローラに美しい指を突きつけ、こう言い放ったのだ。

「要するにあの時、貴女はね、いつもの評判とは違う自分を演出することに成功したの。貴女を初めて見た人が抱いた印象を、『大胆で物怖《ものお》じしない娘』にすることができたというわけなのよ。――そう、つまり、第一印象は、作れる！」

「つくれる」

オウム返しに繰り返し、アウローラはぽかんと間抜けに口を開いた。

ルナ・マーレは大きく頷くと、仁王立ちで胸をそびやかして青い瞳を輝かせる。高いヒールの踵《かかと》を高らかに響かせて義妹の額《ひたい》をつんと突き、芝居がかった口調でこう宣《のたま》った。

「人は見かけに騙《だま》されるもの。つまり人は見た目によって、相手の思想に影響を与えることが可能なの。それらしい衣装を整えて第一印象を操作することは、自分に有利な場を作るための基本中の基本よ。特に社交界では、必要な装いをせずに場に挑むのは、丸腰で騎士戦に挑むようなものと言っていいわ。いいこと、アウローラさん？　『装い』というものはね、女の――いいえ、人類にとって『武器』たり得るのよ！」

ぱちん！

ルナ・マーレの扇が畳まれ指が鳴る。すると彼女の背後に控えていた『美容部隊』の侍女たちが足音もなく動き出し、訓練された騎士も真《ま》っ青《さお》の動きでアウローラを取り囲んだ。

「え、え、え？」

ぐるり、取り囲む侍女たちはそれぞれが、上品で洗練された訪問着で装った貴婦人たちである。その手には衣装用のトランクや化粧道具用のヴァニティ・ケース、果ては生花専用の魔術箱まで、多種多様な『装いのための道具』が抱えられていた。

そして彼女たちは一様に、主に倣《なら》った美しい笑みを浮かべ、じりじりとアウローラに迫ってくる。

「お、お義姉様!?」

「今日の『公爵会議』にアウローラさん、王宮に参内する用の訪問着で参加するつもりだったでしょう？　でもね、今日必要なのは『上品なドレス』ではなくて、『巫女らしさ』を感じさせる衣装なのよ。『巫女に相応しい』と思わせる演出で、オーステンをぎゃふんと言わせてやらなくてはならないのだから！」

「そ、それは難しくありませんでしょうか⁉」

（というか『ぎゃふん』って何語ですかお義姉様⁉）

拳を高々と空に突き出したルナ・マーレの、雄叫《おたけ》びにも似た力強い宣言に威圧されながら、アウローラは徐々に縮まってくる己の包囲網に冷や汗を流す。

（りゅ、『竜に睨《にら》まれたネズミ』の気分ってこういうこと……⁉）

じりじりとアウローラを囲む円の直径を詰めていく侍女たちの瞳は、まな板の上に乗せられた『話題の次期侯爵夫人』という魅惑の素材をいかに調理すべきか、その思いに爛々《らんらん》と輝いている。その姿からは舌なめずりの音さえも聞こえてきそうで、アウローラは恐怖を感じてずぶ濡《ぬ》れの子猫のように震えたが、残念ながら救いの手を差し伸べられる人間はこの場にいなかった。

それどころか、ルナ・マーレは今朝一番の、大輪の薔薇のような眩《まばゆ》い笑顔を見せて、侍女包囲網の中でおろおろする義妹に片目をつぶって見せた。

「大丈夫大丈夫、アウローラさんは育ちの良さが滲《にじ》み出ている風貌をしているもの。真逆の評判をもたらす装いに比べたら、『清楚』だの『清純』だのといった印象を作るのなんて、茶会で相手の腹を探ることよりもずっと簡単なことよ！」

「お茶会での根回しなんてわたくしには超高等テクニックですが⁉」

「まあおほほ、それは大問題ですわね！　『奉納の儀』を乗り切ったら、わたくし直々《じきじき》にきっちりと、鍛えて差し上げましてよ！」

（しまった、眠れる竜をつついてしまったわ……！）

舌は禍《わざわい》の根。言ってしまった言葉を悔いても後の祭りである。

まずは入浴ね！　とご機嫌に侍女たちを引き連れて動きだしたルナ・マーレに連れられながら、アウローラはがっくりと肩を落とした。

※

（……印象づけは成功、かしら？）

控室でフォンテに伝授されたばかりである、付け焼き刃にもほどがある『巫女らしい』所作で、妖精の間へと足を踏み入れたアウローラは、待たされていた公爵家の人々が微かに浮かべた驚きの表情（もっとも、ルナ・マーレは扇子の陰で高笑いをしそうなほどの満面の笑みを湛《たた》え、一行を先導してきたフェリクスは甘く熱の込もった瞳を向けていた）を目にして、胸を撫《な》で下ろした。

（この装い、夜会以上に時間が掛かったけれど、報われた思いだわ。お化粧も、詐欺《さぎ》でしょうと思ったけれど、効果はすごかったのよね……）

朝の騒動と、鏡を覗き込んだ時の衝撃を思い返しながら、アウローラはこっそり息をついた。

『素材は大変よろしいです！　あとは化粧の力にお任せくださいまし！』

『お化粧の前にここを揉《も》みほぐすと、顔が一回り小さく細く見えますの！』

『白粉の前に薄青のお粉を叩《はた》くと、か弱そうな色白に見えて庇護《ひご》欲を誘うんです！』

『ここにラインを引くと、目が少しタレ目のように見えて、優しげになりますのよ！』

『チークはここです！　こちらだと子どもっぽく見えてしまうし、こちらだと一昔前の流行で年寄りっぽくなってしまうので！　どうでしょうか！』

『お、お任せ致しますわ……』

嬉々《きき》として迫りくる侍女たちに、他に何が言えただろう。

しかし、完全に任されたことに発奮した侍女たちは、数時間に渡ってアウローラの顔をキャンバスに、ありとあらゆる技巧を尽くした。その間アウローラはろくに動けず、寝不足で疲れた顔をした冴えない娘の顔が、鏡の向こうでどんどんと作り変えられていくのを、ただ呆然と眺めるしかなかった。

『さあ、ご覧くださいませ！』

長い苦難の時を超え、満面の笑みの侍女たちにそう告げられた時、すでにすっかりくたびれきっていたアウローラは、鏡の向こうの娘と目が合うと頬を引きつらせた。

そこに映っていたのは薄《うっす》らと目尻を赤く染め、深い森の色の瞳を潤ませてこちらを覗き込む、儚《はかな》げで物憂げな、優しげな美女だったのである。

『……これはもはや別人、女優の舞台用化粧の域ですわ。ここまでくると、さ……詐欺では……？』

『いいえ、これは今日のための武装、究極の魔術が付与された鎧兜《よろいかぶと》のようなものよ！　さあ、アウローラさん、今日はガツンと！　初手で皆の心を掴《つか》んでいらっしゃい！』

震えるアウローラの背を手のひらで元気よく叩き、ルナ・マーレはそう告げたのだった。

（人は面の皮を見るものだと言うけれど、それにしたってお化粧の力ってすごいわねえ……）

クラヴィス家の嫁、フェリクスの愛妻として社交界に知られているアウローラだが、そのドレスや刺繍、そして体型が周囲の目を引くことはあっても、顔貌《かおかたち》が注目されることは滅多《めった》にない。

しかし、今日ばかりは、王宮の廊下ですれ違った男性陣の多くはアウローラを一度ならず二度は振り返ったし、公爵会議の控室で顔を合わせたユールなどは今にも拝みださんばかり、センテンスも眼鏡の奥の目をしばたたかせて息を呑み、王太子すら目を丸くして、『化けたね！』と宣ったのだ。

態度が変わらずだったのは、彼女の夫、フェリクスくらいのものだった。もっとも彼は王太子に話を振られ、『いつも清らかで美しい人がより一層美しい装いをしているとは思いますが、本当に美しいのは彼女の魂で、その輝きは装いや化粧で変わるものではありませんので』などと言い出したので、その瞳におかしなフィルターが掛かっていることは間違いない。

夫の浮かれた言葉を思い出し、アウローラはひとり小さく空咳をこぼした。頬が赤らまないように気をそらすべく、己が手をおいている白い衣装へ目を落とす。

（そ、それにしても、このご衣装の素晴らしいことときたらないわ！　お化粧との相乗効果、いいえむしろこのご衣装を化粧が引き立てていると言っても過言ではない……！）

露出のほとんどない、雪のように白い丈の長いローブと、肩から垂れ下がって膝下まで届く長さのあるケープは、ハーフェン織りという毛織物で作られている。

ハーフェン織りは、等級が低いものであってもなかなか手に入らないという王国屈指の高級織物なのだが、これは更にその中でも最も等級の高い、ビブリオ山脈の山麓《さんろく》でのみ育つビブリオ魔山羊《やぎ》の毛で織られているらしい。指先で少しなぞるだけでうっとりと夢見心地になる、まさしく『とろけるような』と評される肌触りなのである。

しかし、アウローラが熱視線を注ぐのは、その肌触りにではない。

(肌触りがとびきりなのも素晴らしいけれど、それよりこの……刺繍の素晴らしさよ……!)

もちろん、真白な生地の随所に施された、妙技という他ない見事な刺繍にである。

ケープの裾をこっそりと揺らし、アウローラは目を細めた。精緻《せいち》な刺繍はシャンデリアのもたらす明かりの下で、星を紡いだかのようにきらめいている。

(なんて美しいのかしら。これを最初に考えた人に、勲章をあげたい……)

引きずりそうなほどに長い裾やケープ、慎《つつ》ましく閉じた袖口や襟ぐり、合わせなどにはびっしりと、淡い銀の糸で精霊を称える聖句と小さな花、神殿島の紋様が刺繍されている。これは、巫女の所作や風によって裾や袖が翻《ひるがえ》ると木漏《こも》れ日や細氷《ダイヤモンド・ダスト》のようにちかちかとまたたいて、着る人を精霊のような人智の及ばぬ存在のように演出するものだ。ケープやローブだけではなく、空の映った湖面を想起させる澄んだ青色に染められた幅広の帯も、銀糸の刺繍が満天の星空のごとく所狭しと施されて、神秘の空気を醸し出している。彩りも装飾も、まさしく『巫女のための装束』だ。

これは、ルナ・マーレを通じて従巫女ブランカから借り受けた(最初はフォンテが自分のものを貸すと言ったのだが、衣装の格が高すぎた上、体型も合わなかったのである)、高位の巫女のために特別に仕立てられた、儀式のための巫女装束だった。

(しかも、この刺繍自体も、歴史あるものなのよね……。身が引き締まる思いだわ……!)

ただでさえ素晴らしい刺繍であるというのに、それらの刺繍は百年以上前の巫女の手によるもので、少しずつ補修や補強をされながら使い続けられているというのだから、それを手渡された時のアウローラの興奮と緊張たるや、推して知るべしである。

（作られたばかりのようにきれいで、五十年も前のとはとても思えない。目眩《めまい》がするほど素晴らしいものだわ。ひとつひとつのモチーフが、大精霊様や建国の魔女王陛下と王配陛下を称える意味だったり、湖の美しさや島の静かさへの愛を示すものだったり、平穏と平和を祈る聖句を図案化したものだったりするというけれど、どれがどの意味なのかしら。ああ、許されることならさっさと脱いでトルソーに着せてじっくり眺めたい！　せめて目に焼き付けて帰ろう……）

――しかし、アウローラがうっとりと刺繍を眺めていられたのはそこまでだった。

「すまない、待たせたな」

そんな声とともに場を仕切り始めた王太子は、王族と巫女たちを座らせると自身は椅子に座ることなく、いきなり話を切り出したのである。

「寒い中、皆よく集まってくれた。本来、こうした場の取り仕切りは誰かに任せるべきだが、時間が惜しいので、今日は私が進行させてもらう。なお、陛下は本日、会議の見届人として臨席いただいているので、含み置くように。――さて、今日の議題は、大神殿で行う予定の『冬至祭』とそれに先立つ『奉納の儀』の参加者の人選についてだ」

場の空気はぴんと張り詰め、公爵家の面々は王太子を注視する。いつもの気軽な魔術師のそれとは違う、公務用の衣装に身を包んで髪型もきっちりと整えた王太子は、睨むように自身に向いた鋭い視線を堂々と受け止めた。

（殿下ご自身が司会をなさるなんて。頼もしいけれど、この場にいる責任が重大だわ……）

アウローラも隣のフォンテに倣って姿勢を正しつつ、その背に冷や汗をかいた。

王太子が自分で進行を担うということは、そうあるものではない。これが、この会議の主導権を決して渡さないという王族としての強い意志と、何が何でも臨時の巫女を認めさせるという決意の表れ、そしてこの場に参加させられているアウローラの立場を守るためであることは明白だった。

しかしもちろん、内心で汗を垂れ流すアウローラに王太子が気づくことはない。彼は資料を提示しながら、さくさくと話を進めていった。

「ではまず、本年の冬至祭にまつわる経緯を簡単に説明する。本年の冬至祭と奉納の儀は例年通り、冬至の三日前に奉納の儀を、当日に冬至祭本祭を行う予定であった。しかし先日、神殿島で異変が発生し島に立ち入ることが叶わなくなり、開催が危ぶまれる事態となっている」

王太子は、一息にそこまで告げると言葉を切った。わずかに目を伏せると黙って首を巡らせ、白く曇った窓の向こう、おそらくはヴィタエ湖がある方へと視線を向ける。

演技掛かったその動きに、ある者は眉をひそめ、ある者は首を傾げる。王太子はわずかに目を細めて彼らを思わせぶりに見やると、ゆるゆると首を横に振った。

「――神殿島の異変についても、改めて伝えておこう。現在ヴィタエ湖上にて、神殿島を覆うように黒い霧のようなものが発生している。原因を調査すべく、島への上陸および大神殿への到達を騎士や魔術師が試みたが、島内では皆、体内魔力に干渉されて体調を崩した上に、神殿前広場にて何某《なにがし》かに攻撃を受け、神殿に到達することは叶わなかった。以後、対策本部によって様々なアプローチが取られているが、異変は解消されていない」

(様々なアプローチ……フェル様が連日遅いわけだわ)

王太子の言葉を耳にしたアウローラはこっそりと、王太子の後ろに立つ夫・フェリクスに視線を投げた。周囲の気配や魔術に気を配り、室内を鋭く監視しているフェリクスとは目が合わなかったが、その美しい顔にはわずかに陰りがあることが見て取れる。隣で同じく警戒の目を窓や扉に向けているユールもまた、いつもはきらきらと眩《まぶ》しい美貌がどことなくよれており、肌にくすみが感じられるほどだ。ふたり揃《そろ》って、よほどお疲れなのに違いなかった。

なにしろ、アウローラが刺繍の監督を引き受けてからこちら、フェリクスも多忙を極めているらしく、ふたりの生活時間はすれ違い続け、寝室で眠る間際になってようやく顔を合わせることができるような有様なのだ。アウローラが寝入った後に帰ってきて目覚める前に屋敷を出ていった日もあり、一体いつ休んでいるのだろうかと、激務を心配していたのだが、どうやらまだしばらくは多忙が続いてしまうらしい。

(鍛えられた騎士様とは言っても、こうも連日ではお身体《からだ》が心配だわ。『奉納の儀』が上手くいって、少しでも楽になればよいのだけど)

伏せた目を閉じて膝の上の拳をぎゅっと握り、アウローラは唇を噛み締める。そうしている間にも、王太子対公爵の会話は進んでいた。

「では未だ、あの黒いものの正体は全く判明していないと？」

上がった問いに、王太子は「いや」と短く言った。

「分かったことはいくつかある。あの黒い霧が、我らの知る魔術とは違う方法で編まれたものであるということ、黒いもの自体は濃度の高い魔力であり、この高濃度の魔力によって島は外部と遮断されているということなどだ。——そうでしたね、叔母上《おばうえ》？」

「ええ」

フォンテは小さく頷くと、静かに口を開いた。

「島には留守役の巫女が残っているはずなのですが、未だ連絡がつきません。わたくしが不在の際に島で有事があった際には、わたくし付きの神官に連絡があることになっているのですが、それがなく……。通信のための魔術が遮られているようで、こちらからの連絡にも誰も応えないのです。――皆、無事だとよいのですが」

フォンテは憂いを面《おもて》に浮かべ、頼りなげにうつむく。

「御身がご無事でいらっしゃること、せめてもの救いと申し上げてよろしいのでしょうか」

ファキオ公夫人が大げさに身じろぎし、口元に手を当てて声を震わせる。フォンテは「ありがとう」と力なく応えると、弱々しく首を振った。

「我が身がこうして無事であることは、精霊様のお導きと思っております。ただ、神殿で暮らす者はわたくしにとって家族のようなもの。安否が分からぬことに胸が張り裂けそうです」

「わたくしもせめて、みなさまのご無事をお祈りさせていただきます。……そう言えば、オーステン公の妹君も神殿にいらっしゃるのでしたね。さぞ心配でいらっしゃることでしょう」

「……そうですな」

(なんだか他人事みたいに仰るのね……)

いかにも人の良さげなファキオ公夫人の言葉に、オーステン公が短く返す。わずかな間と微かに寄せられた眉根にアウローラは引っかかりを覚え、思わず顔を上げた。見ればオーステン公はいつもの薄い笑みを浮かべているだけで、作り物の憂いさえも滲んでいない。

アウローラと同じように感じた者は少なくなかったようで、場の空気も白々と乾いている。

「あー、続けるぞ」

王太子は咳払いをして、白けた空気を散らした。

「以上が島で起こっている事件の概要だ。おそらく、皆が聞いていることとも相違あるまい」

王太子がぐるりと一同を見渡す。公爵たちは反応を見せなかったが、それこそが相違ないことの証《あかし》である。王太子は満足げに浅く頷くと言葉を続けた。

「島に取り残されている者たちのためにも、この事象は可及的速《かきゅうてきすみ》やかに解決されねばならない。更に、黒い霧が魔力でできている以上、『冬至』という魔力が増幅する日までには正常に戻っていることが望ましい。冬至に力を得て魔力が増大することで、更なる影響が出ないとも限らないからだ。――しかし、冬至当日が至近に迫る今でも、解決に至る具体的な手立ては見えていない」

「魔力を散らす魔道具では対処できないのですか？」

ルナ・マーレが首を傾げる。王太子は力なく首を横に振った。

「あの黒い魔力は相当な分量がある。もはや、一般的な魔力を取り除く魔道具や魔術陣で太刀打《たちう》ちできるレベルのものではない。現在王都に滞在している宮廷魔術師が全員で、冬至まで一睡もせずに取り組んだとしても散らしきれぬだろうと試算されている。……しかも厄介なことに、日に日に魔力が濃度を増しているようだ。発生元を突き止めるべく島の周囲を調査したが、既知《きち》の魔術以外の魔術的な物は発見されなかった」

そうだな？　と王太子は己の背後――特別小隊の長たるフェリクスを振り返る。フェリクスは浅く首肯《しゅこう》し、仰《おお》せの通りですと答えた。

「島周辺の湖水の魔力濃度は、島から離れれば離れるほど薄まります。島の周囲を回ってみましたが、数値はどこか一部だけ突出するということはなく、均等でした。よって、島外からの干渉によって発動しているものではなく、内部から発生しているものと考えます」

「うむ。……つまり、私たちは此度《こたび》の原因は島内にあると推測しているが、調査しようにも上陸する者皆が体調を崩すのでな。強力な防魔の装備はもちろん手配しているが、戦《いくさ》も迷宮もない現代、そんな物が必要な場面など滅多にない。最新のものなど魔術大国にしかなく、冬至までに間に合うかは賭けのようなものだ。八方塞がりとはこのことだな」

「――ではなぜ、奉納の儀を行うなどと、実現不可能なことを仰る？　島外で開催するおつもりか」

不意に、オーステン公が声を尖《とが》らせ、そう言った。目を眇《すが》めた王太子に向かい、彼は苛立ち混じりの声色で言葉を続ける。

「第一、なぜ『奉納の儀』を？　国事として重要なのは『冬至祭』ではないのですかな。しかも、わざわざ臨時で新たに巫女を立てると仰る。たとえ開催するとして、このような有事の際に不慣れな者を参加させるのは、どうにも不自然に思えますがね。納得のいくお言葉をいただきたい」

（……そう思う方が自然よね）

オーステン公の問いに、アウローラは唇を噛み締めた。

事は、王都屈指のエリートであるフェリクス魔法騎士や、宮廷魔術師たちが数日掛かりで解決できない事件なのだ。政治的対立や次期巫女長のことを差し置いたとしても、解決の糸口になるかどうかも分からない奉納の儀の開催が疑問視されることは当然のことである。更に、フォンテの推薦であるとは言え、刺繍を奉納するための臨時の巫女という役職に、王家と血縁のないアウローラが就くことは、問題視されて当たり前のように思われた。

しかし、王太子はにっこりと作り上げられた笑みを浮かべ、アウローラとフォンテの方を向いた。

フォンテが苦笑し、アウローラはぎくりと背を強張《こわば》らせる。

「よくぞ聞いてくれた」

「何？」

オーステン公が不機嫌に聞き返す。王太子は笑みを深め、まるで翼を広げるように両手を掲げた。

「国事として重要なのは『冬至祭』、そう言ったオーステン公の認識は正しい。儀式の規模は冬至祭の方が大きく、そこでなされることも、重要度が高い」

王太子は一度手を叩いた。その音に合わせて、妖精の間に張られている防諜《ぼうちょう》の結界の強度が一段増したことに気づいたラエトゥス公が、かすかに顔をしかめる。

「だが……実は、『冬至祭』には、大精霊の力を借りる必要がある。そしてそのためには、今年のような時こそ『奉納の儀』を行うべきだと、神殿が判断したのだ」

「奉納の儀とは、その年の国民の働きを、神殿に祀《まつ》られた国祖に報告する儀式ではなかったのか？」

低く、唸《うな》るように、ラエトゥス公が声を漏らす。ただ口を開いただけで雷鳴のごとくに威圧をもたらす彼の言葉に、周囲はわずかに固まったが、王太子は軽く首を横に振っただけでその圧を退け、変わらぬ口調で続けた。

「確かに今は、そういう儀式だな。……だが本来は、別の意味を持つ儀式だったらしい」

「お待ちくだされ。そもそも、大精霊とは実在するのですかな？　確かに、神殿島には大精霊がいて深い眠りについていると伝わっているが……、大精霊というのは神話上の存在で、世に大精霊とされる存在のほとんどは実際には中小の精霊の集合体であり、実在は疑わしいとする学説も少なくない」

ラエトゥス公の問いに肩をすくめて答えた王太子に対し、やや前傾姿勢でそう首を捻《ひね》るのは、クルトゥラ公爵である。彼は王家の血を引く者に多い質の学者肌で、学園や王立大学にも多く出資を行っており、老年の今は、王立大学から発表される様々な論文に目を通すことを趣味としているのだ。

「大精霊様はおられます。島の深くでまどろんでおられるので、わたくしたちの前にお姿を現されることはありませんが、島に長く暮らす者は、そのお姿を目にすることこそなくとも、その存在を肌身で感じております」

だが、フォンテがきっぱりとそう口にすれば、クルトゥラ公も引き下がるしかない。

「――大精霊の力を借りることが必要、とはどういうことなのでしょうか？　冬至祭とはそもそも、冬至という魔力の増大する日に魔から身を守るために家に籠《こ》もる日であり、各地の神殿では、土地を守護する存在に魔を退けてもらうよう祈願する儀式であると認識していました。大神殿で行われる儀式はなにかもっと、強大な存在の力を借りねばならぬような、大掛かりなものなのですか？」

ゆっくりと、話をまとめるようにそう口にしたのは、それまで黙って聞き手に徹していた次代のスキエンティア公である。王太子は浅く首肯した。

「一般市民にとっての冬至祭の由来としてであれば、その認識は非常に正しい。だが、我々王族が執り行う冬至祭は『祈願』などという曖昧《あいまい》なものではなく、もっと具体的な意味のある儀式だ。冬至祭が、我が国の建国のみぎりから連綿と続けられてきた行事であることは皆知っているだろう？」

「もちろんです。――なにしろ、祭りを行わねば禍が降りかかるとか」

「さすがにそれは迷信でありましょう」

クルトゥラ公が答えれば、こめかみを引きつらせ、苦笑を漏らすのはオーステン公である。

「過去には冬至祭が開かれなかった年もあったと聞いておりますよ」

「確かに、二度ほどあったようですな。その翌年大禍《たいか》が降りかかり、儀式は復活したというが」

「大禍？」

「老いぼれの記憶が正しくば、三百年ほど前は戦が起こり、百年ほど前は疫病が流行したという」

老いを微塵《みじん》も感じさせぬ舌回しで間髪入れずに返されて、オーステン公は押し黙る。

一連の会話に吊り上がった口元を隠しながらルナ・マーレは夫を振り返り、「二度ならばまだ、偶然ではないのかしら？」と首を傾げた。アウローラも同意するように、思わず大きく頷いてしまう。

王太子は苦笑を浮かべて肩をすくめた。

「まあ、確かに。三度四度と重なれば、偶然ではないかもしれないと思うところだが、三百年間で二度ではこじつけのように思えるな。だが、儀式は途切れることなく必ず再開され、二年以上間が空いたことはないということは事実だ。――それは、そうしなければならない理由があったからだ」

そこで言葉を切った王太子が、不意にくるりと振り返った。そして静かに座っていたアウローラとフォンテに向かい、にこりと笑みを浮かべる。

（ふ、不穏だわ……！）

その、作り上げられすぎていっそ禍々《まがまが》しく感じる笑みにアウローラはぎくりとし、思わず王太子の後ろで場を守るフェリクスに、すがるような目を向けてしまう。しかし、氷のような冷たさの中に心配を滲ませた瞳と目が合うと、慌ててしゃんと背を伸ばした。

「儀式について、わたくしからお話ししましょうか」

「頼む」

名乗りを上げたフォンテに、王太子が頷く。フォンテは袖と裾をさばくと美しい所作で座り直し、並みいる公爵家の人々を見渡して微笑《ほほえ》みを浮かべた。

「冬至の日、各地の小神殿で行われている儀式はスキエンティア公子が仰ったように、国守の精霊や各地の守護者に魔から守ってもらえるよう、神官が祈りを捧《ささ》げるものです」

（……そういえばポルタでも、冬至の夜は神殿で一晩中、神官様たちが明かりを灯《とも》して祈るのだった）

フォンテが穏やかに話し始める。

その声を聞きながら、アウローラは実家での冬至祭のことを思い出していた。

ポルタでの冬至祭は、魔除《よ》けの常緑樹を飾った家に籠もり、家族間で贈り物をして静かに過ごす祭日である。街の外れにある小神殿では一晩中、祈りの儀式が行われ、巫女や神官は長い暗黒の一夜に一睡もすることなく、祈りを捧げて耐えるのだというが、人々は『魔』から身を護《まも》るべく、『魔』が最も力を増す深夜を迎える前に眠りに就くのが習わしだった。

（子どもの頃は、贈り物を貰《もら》ったばかりなのにすぐ寝なければいけないのがいやで……、でも翌日神殿で振る舞われる特別なシュトレンがすごく美味《おい》しくて、それを楽しみに寝ていたっけ）

アウローラは子どもの頃の己を思い出し、小さく苦笑する。

他所《よそ》の土地でもそれはそう変わらないのだろう。場に居並ぶ面々もそれぞれに、浅く頷いている。

「――ですが、大神殿で行われる儀式は殿下の仰るとおり、それとは違うものなのです」

しかし、フォンテはそう続けた。言葉を切り、思わせぶりに一同をぐるりと見渡す。

当然のこと、皆の怪訝《けげん》な視線がフォンテに集中したが彼女はそれには頓着せず、まず兄と甥《おい》に目配せをひとつやり、彼らが重々しく頷いたのを確認すると口を開いた。

「大神殿で行われるそれは——王族が大精霊様のお力を借りて、古《いにしえ》の魔術を『更新』する儀式です」

（更新？）

アウローラはぱちんと目をまたたいた。

定期的な管理の必要な魔術や魔道具は少なくないが、『魔術の更新』とは耳馴染《なじ》みのない言葉だ。フォンテの言葉に耳を傾けていた公爵家の面々も、飲み込みきれないという表情で目を見張っている。

「もっとも、その古い時代の魔術は今では、常時発動はしていないのだけれど……、いつでも発動できるように毎年最新の状態に保たれている、とでも言えばよいかしら」

「毎年更新が必要とは、相当大規模な術なのですかな？」

好奇心旺盛な少年のように瞳を輝かせながら、クルトゥラ公が身を乗り出す。

「伝承によれば『守りの帳《とばり》』という、島を包み込んで守る術だといいます。おそらくは結界術の一種なのでしょうね。かつては最大で湖畔の街、つまり王都を包むことも可能であったとか」

「なんと、そのような大規模なものが……？」

「びっくりですわよねえ」

（まあ、そんなものがあったら驚くわよね……。アルカ・ネムスとアルゲンタムでうっかり慣れてしまっていたけれど、そんな大掛かりな魔術が王都に人知れず存在しているなんて、王家の秘術でなければ大問題になるところだわ）

フォンテはおっとりと笑うが、人々は唖然《あぜん》として目を見開き、押し黙った。針の落ちる音さえ聞こえそうなほどの今まで以上の沈黙が、妖精の間を支配する。

「あー、初代女王は、その類《たぐい》まれなる力を疎《うと》まれて西の果ての故国を追われた、偉大な魔女だったと言う。その逃避行の道行きは、彼女を慕った一族の者を伴うものだったらしい。この地まで来てようやく、安住の地を見つけられたというわけだが、やはり追われ続けたことによる不安はあったのだろう。自らや一族を守るため、大規模な護りを敷いたのだ……と王家には伝わっている」

「彼女には一族の長として、皆を守る義務もあったのでしょう。言い伝えによれば、その術を行使した時、彼女は己の友であった精霊と、この地で力を持っていた夫の力を借りたそうです。初代女王の王配はご存じ、『知恵の神』と伝わるほどのお方ですから、そのお知恵を拝借したのでしょうね」

王太子の補足に更に言葉を継いで、フォンテはふうと、滲むような吐息を漏らした。

「つまり、『冬至祭』とはその……『守りの帳』を、王族が大精霊とともに更新する儀式、なのですね？」

スキエンティア公子が伺うように問えば、フォンテと王太子、そして国王が同時に頷く。

しかし。

「――そのような古い術は、今の我が国に必要なものですか？」

不意に、刃で刺すような、鋭い声色が空気を裂いた。

室内にある全ての視線を一瞬で攫ったのはその不機嫌な声の主、オーステン公である。

「島全体を包むような規模の結界の術など、それこそ古のおとぎ話でしょう。現代においては不要なものなのではありませんかな。それに、島を守る結界が失われたところで、他国からの侵略もないような昨今、さほど影響はないのではありますまいか。このような火急の時であっても、更新しなければならないものであるとは到底思えませぬ。無用の長物となった古の遺物を破棄する決断も、新時代には必要なのではありますまいか」

トントンと苛立たしげに指先が肘掛けを打つ。眉と唇を神経質に震わせながらオーステン公は苛立ちを隠さぬ声を上げた。

「それは――」

「確かに、島全体を覆うような強力な『結界』は、このご時世には不要なものかもしれません。ですがこの『更新の儀式』はただ結界の術を改めるだけではなく、王家と大精霊様との繋がりを確認するための儀式でもあるのです。――初代女王陛下と大精霊様の関係は、『友』と言葉に残されていますが、それは現代で言えば魔女や魔術師にとっての『使い魔』と近いものであろうと推測しています。であれば、使い魔との契約は、定期的に更新されねばなりません」

声を上げかけた王太子を制し、フォンテが返す。オーステン公は片眉を吊り上げた。

「つまり、儀式を行わないと、精霊が荒れる可能性があると？」

「大精霊様は鷹揚《おうよう》な性質だと言い伝わっていますけれど、ありえないとは言い切れませんね。魔女と使い魔の関係も、何年も契約を放置しておくとだんだんに弱まって、最終的には切れてしまうものだと言いますでしょう？　契約が切れた途端攻撃されて大怪我《おおけが》を負った、という事件もあったと聞いたことがありますよ」

（ひえっ……）

アウローラはひっそりと震えた。

魔女や魔法使いの使い魔としてごく一般的な、猫やネズミ、小型のコウモリやフクロウ、トカゲや無毒な蛇など、小さな生き物との契約であれば、そんな事故は滅多に起こらない。しかし、世の中には妖精や小精霊、狼《おおかみ》や大猿、オオコウモリにオオトカゲ、猛毒を持つ蛇や巨大な雪山猫など、契約が解けてしまった時に人の手には負えないような強大な力を持つ存在を使い魔とする者もいる。

真っ当な術者であれば、適切な手順を踏んで契約し、定期的に契約を改め、己の命が尽きる前に契約解除をするものだ。しかし、中には大物を力づくで従え、契約の更新を怠《おこた》って制御不能になるような、使い魔を従えるには適さない術者もいるのである。そうした術者には、老いや怪我、病など肉体が弱ったタイミングで使い魔に反撃され、命を落とすケースさえあるという。

大精霊の顰蹙《ひんしゅく》を買った場合どうなるか――考えるだけで恐ろしい。

「それだけではない」

王太子はこめかみを揉みながら、泥のように重い息を吐いた。そのあまりに深刻な雰囲気に、オーステン公すら反論を押し込めて振り返る。

「大精霊は、強大な存在だ。毎年この時期に『守りの帳』のためにお力をお貸しいただくことで、その身にまとわれる膨大な魔力を制御されている意味もある。――強大な力を持つものが一点にじっとして動かない場合、どうなるか知っているか？　魔の森以北のように魔力濃度が極端に上がり、人が暮らすには難の多い地になるという」

なるほど、とアウローラは頷いた。アウローラの実家であるポルタ家は、北の辺境を護る伯爵家だ。隣国との国境に広がる深い森は『魔の森』と呼ばれる国内屈指の魔力濃度を誇る土地で、魔変――一般の動植物が魔力によって変質してしまうこと――した獣の発生が多く、戦のない時代である今はそれらとの戦いがポルタ家の主な仕事である。

この『魔変』は、魔力の強い土地ばかりではなく、魔力の強すぎる存在の傍に長年いることでも起こることが知られていた。

「つまり『守りの帳』には、外敵から人々を護るというだけではなく、大精霊様のお力が大きくなりすぎぬよう、そちらから人々を守る意味もあったのですね……」

王太子の言葉にしみじみとして、アウローラは思わず小さく呟いていた。

（……しまった、つい）

全員の視線が一瞬で突き刺さり、アウローラは思わず目を見張る。

しかしここで狼狽《うろた》えれば敵対者の思う壺《つぼ》である。アウローラは背中を伝う冷や汗を意識の端に追いやると、化粧の効果が最もよく発揮されるよう、柔和で清らかな印象を与える笑みを浮かべた。

まるで本職の巫女であるかのように錯覚させるその堂々とした表情に、王太子は無言で口の端をもたげ、フォンテは目を細めて柔らかに頷く。

「……冬至祭を今こそ行うべきであるという、殿下方の主張は理解した。そのような事情があるのであれば、開催すべきであるとお考えになるのも分かる。――では、『奉納の儀』は何のために？」

憮然《ぶぜん》とした面持ちで、オーステン公が再び肘掛けを指先で打つ。丁寧に整えられた爪先がカチカチと飴色の木目を鳴らし、神経質に響いた。

「先ほど殿下は大精霊の助力を乞《こ》うために必要な儀式であり、本来の意義は現在我々が認識しているものとは違うものだと仰ったが……まさか、力を借りる代償として供物を捧げると？　そのような野蛮な存在に、我々は本当に力を借りねばならぬのですか？」

「当たらずといえども遠からずだが、そこまで物騒な話ではないぞ」

王太子は眉根を寄せ、ぼやくように言う。

「そうですね。——初代巫女長の時代の『奉納の儀』は、大精霊様をお慰めするための宴席のようなものであったと神殿には伝わっています」

「……おなぐさめ？」

王太子の言葉を継いだフォンテの言に、オウム返しにルナ・マーレが首を傾げる。

「今、わたくしたちが行っている『奉納の儀』は、その年に作られた工芸品や農産物を国祖に捧げて、国の発展を報告し、一年の平穏を感謝する儀式です。……でも、初代の巫女長から伝わっているところによれば、生涯の友であった初代女王陛下を亡くされて悲嘆に暮れた大精霊様のお心を和《やわ》らげるために、大精霊様の好むものを捧げたのが始まりなのだそうですよ」

「つまり今、大精霊様を『お慰め』する必要があるのではないか、ということですか」

「ええ。わたくしはね、あの黒い霧は大精霊様の『お怒り』が発露したものなのではないかと考えています。……もちろん、証拠はまだないのですけれど」

「お、おいかり、ですの？」

フォンテの言葉によほどぎょっとしたのだろう、表情を作ることに慣れきっているはずのルナ・マーレの口元が引きつる。フォンテは小さく頷くと、顔つきを険しくして室内を睥睨《へいげい》した。

「魔力が多少なりともある人は感じたでしょう？　あの黒い霧が発現した瞬間に、全身を痺《しび》れさせるような、鋭い魔力が走り抜けたのを。——あれは、大精霊様による魔力の放出ではないかとわたくしは考えました。なぜって、島にある最も大きな魔力は、大精霊様の存在に因《よ》るものです。島を覆い、王都に波及するほど大きな力は、他にありません。……しかし、わたくしが島でいつも感じているものは、もっと優しく柔らかく、清らかなものです。あのように荒々しく、周囲を害するような質のものではないのです……！」

淡い紫色の瞳が陰り、目尻が潤む。フォンテは唇を噛んでゆるく胸元を押さえた。

「ですから、わたくしはあの魔力が、大精霊様の『怒り』であるように感じました。そして――黒い霧が先か、お怒りが先かは分かりませんが、島で何かが起きて大精霊様がお怒りになり、荒れておられるのではないかと考えたのです。であれば、このような時こそ『奉納の儀』を『本来の形で』行うべきだと判断致しました。つまり、大精霊様のために品を捧げ、荒ぶるお力を和らげてご協力いただけるように乞う、ということですね」

「なるほど、今年はただ、素晴らしい農作物や工芸品をお納めするだけではなくて、特別に『大精霊様を宥《なだ》める』力を持つ品を奉納する、ということですのね？」

合点がいったわとルナ・マーレは手を打ち、そしてその瞬間に、なぜアウローラが指名されたのかという理由にも思い至ったのだろう。彼女はアイス・ブルーの瞳を大きく見開いて、アウローラを勢いよく振り返った。

その突風のような勢いに驚きはしたものの、アウローラにできることはただ、頷くことだけである。

「アウローラさんがここにお呼ばれしていた理由が、ようやく分かりましたわ！」

「そうだな」

大輪の薔薇を思わせる華やかな笑みを浮かべたルナ・マーレに、ラエトゥス公爵が言葉少なに頷く。彼らの言葉に王太子も笑みを浮かべ、己の背後を振り返った。

目配せを受けたフェリクスがアウローラの前に歩み寄り、座る彼女へと手を差し出す。

（……あたたかいわ）

差し出された手のひら、手袋越しに伝わる馴染みのある体温に、アウローラは小さく安堵《あんど》の息を漏らす。そして同時に、己の強張った指先が随分と冷えていることにも気がついた。どうやら自身で思っていた以上に緊張していたようだ。

同じことにフェリクスも気がついたのだろう。エスコートの仕草として不自然にならぬ程度に、指先を優しくそっとさすられた。思わず顔を上げれば、心配を深く滲ませた青玉の瞳と視線がかち合う。その瞳の奥にはどろりと濃い甘さが潜んでいて、アウローラは思わず気恥ずかしさに頬を染めた。

「――あー、ごほんごほん」

わざとらしいにもほどのある、大根役者極まりない咳払いが響き、アウローラは内心慌てて、しかし優雅に立ち上がる。そして、侯爵家の若婦人に相応しい優美な仕草で膝を折った。長い装束の裾や袖がふわりと翻り、そこに施された清らかな刺繍が、白地に軽やかに舞う。

「紹介しよう。彼女が今回の『奉納の儀』の協力者である、クラヴィス夫人だ」

「只今《ただいま》、ご紹介に与《あずか》りました、アウローラ・エル・ラ＝クラヴィスでございます。此度、巫女長様から、臨時で巫女のお役目をいただきました。皆々様には夜会でご挨拶させていただいたことこそございますが、今ここで改めて知遇をいただきますこと、誠に光栄に存じます」

ここが見せ所である。己の全霊を込め、美しい姿勢で膝を折ったまま、アウローラは口上を述べた。フェリクスの手のひらが促《うなが》すのに合わせて顔を上げれば、九対の瞳がひたとアウローラを見つめていた。アウローラは内心震えつつ、視線をそらさずに薄らと笑みをはく。

その甲斐《かい》あってか、どこからともなく、ほう、とため息のような音が聞こえた。

「女性陣はご存じだろうがクラヴィス夫人は、姉上や我が妃《きさき》に望まれるほどの優れた刺繍の刺し手として名を知られている。更に、彼女の刺した刺繍の作品に不思議な魔力が宿るということも、魔術に明るい者なら聞き及んでいるだろう。そうですね、ラエトゥス夫人？」

「ええ、アウローラさんの手が生み出すものは、とても優しい祈りが込められているのです。それは儚く弱いお力ですけれど、クラヴィスの領地では妖精に大変に愛されたと聞きました。きっと大精霊様も気に入ってくださると、皆様方もお考えになられたのですね？」

満足げな笑みを浮かべたルナ・マーレに、フォンテとリブライエルが揃って頷いた。

「妖精の好くものは、精霊にも好かれやすいですからね。それに、初代の巫女長は大精霊様に、ご自身が織られた機織《はたお》りの生地をお納めしたと伝わっています。それは母君さま直伝《じきでん》の技術で、懐《なつ》かしい友の気配を宿す布を大精霊様は大変お喜びになられ、その年は例年以上のお力をお貸しくださったのだとか。以後、初代は、女王陛下が残された織布を参考に機を織り、亡くなるまで奉納し続けたのだそうですよ。ちなみに、わたくしの衣装に織り込まれている模様はそこから来ています」

フォンテがひらり、模様を見せるように袖を振る。

人々の視線がそちらへ向かい、アウローラも思わず首をそちらに向けかけたが、フェリクスの手のひらがぎゅっと力を込めたことで慌てて視線を正面に戻した。

「それで、特別な奉納の品として、同じような図案の装飾を施した布をお捧げしようと神殿では考えました。……おそらく、初代巫女長様に倣ってこの図案を織り込んだタペストリーなどを捧げるのが最良なのでしょうけれど、機織りというものは、あまりに時間が掛かるものなのでしょう？　到底冬至に間に合うようなものではないと聞いて、わたくし、困ってしまって」

「それで、巫女長様がわたくしに、ご相談にいらっしゃったのです。奉納の儀は、わたくしの公務ですから。そこでふたりで頭を悩ませて、刺繍はどうかしらとわたくしが提案致しましたの。刺繍であれば、複数の人間で同時に取り組むこともできますから、機織りよりは早くできるのではないかしらと思ったのですよ」

頬に手を当て、少しばかりわざとらしくフォンテが息をついたのに、リブライエルが微笑んで応える。離宮で初代巫女長の手記から三人揃って発見したことは、このような経緯であるということにするらしい。

(これが、王家としての『公式の認識』になるのね。思った以上に脚色が入っているわ。……ひょっとせずとも、巷《ちまた》で知られる様々な物事には、『公式の裏側』があるんだろうなあ)

嬉々として演じるふたりを横目に、アウローラはしみじみとそう考える。そんな、少しばかり『輪の外』にいる体《てい》のアウローラに、リブライエルは人の悪いにんまりとした笑みを向けた。

「それで、刺繍でいきましょうという話にまとまった後、誰にお願いするかという話になったので、刺繍に不思議な力を込めることができるというアウローラさんを、わたくしが推したのです。だって、以前に刺していただいたストールの刺繍が、とても素敵だったんですもの。きっと大精霊様も気に入ってくださる、この方しかいないわと思ったんですのよ」

(へ?)

アウローラは目を丸くした。刺繍に取り組むことは、夫やその部隊の人の力になればという私的な理由のための立候補だったはずが、初めから『王太子妃の推薦』があったのだという、なにやら大きな話になっている。

「妃殿下にそのストールを見せていただいて、わたくしも『この方であれば』と確信致しました。それは見事なお刺繍でしたし、先ほどラエトゥス公夫人が仰ったように優しいお力がほんのりと宿っていて、わたくしもいっぺんで好きになりましたから。きっと、大精霊様もお気に召してくださるはずです」

（で、殿下方――‼）

口々に称賛され、アウローラは内心で悲鳴を上げた。認められることはもちろん嬉《うれ》しいことだが、あまりに賛美されては誇らしさを通り越して羞恥が生じてしまう。

「そういえばクラヴィス夫人は、妃の婚礼のヴェールの刺繍にも関わってくれたのだったな。並みいる王都の老舗《しにせ》仕立て屋の主を唸らせる技術の持ち主だったとか」

「ええ、アウローラさんは我が義妹ながら、本当に見事な手の持ち主なのですよ。贈り物で頂いた赤子用のキルトも素晴らしい出来で、うちの子も大変なお気に入りですの。生まれたばかりの子どもにも分かる、優しい魔力が込もっているのですわ」

「そう言えば我が姉上も、彼女が献上したストールを身に着けていると身の苦しみが和らぐのだと、大絶賛していたなあ！」

（ううう、だ、だめよアウローラ、しっかりしなさい！　へ……平常心、平常心よ！）

もはや、照れるどころの話ではない。リブライエルたちに続くように、ルナ・マーレや王太子からも口々に褒められたアウローラは、心を無にしようと必死で努めた。

今日はいつもの貴婦人の装いとは違い、顔を隠せる扇子もないのだ。せっかく『儚げで清らかな巫女』を装っているというのに、このままではその雰囲気をかき消してしまいそうだ。

「……しかし、それならば奉納品を作るだけでいいでしょう。なにも巫女にすることはない。クラヴィス家の嫁には王家の血は一滴も流れていないと聞いているし、もちろん王家の妃というわけでもない。次期巫女長の代理となるなど烏滸《おこ》がましい……いや、不適格ではありますまいか。身なりや振る舞いが及第点なのだとしても、このような非常時に慣例を破るのは、民の不安を煽《あお》るだけなのでは？」

やんごとなき人々のどこか浮足立つような会話を硬い声が追う。その冷や水を浴びせるような声色に頬の赤みが一瞬で落ち着いて、アウローラは思わず声の主に感謝しそうになった。声の主はもちろん、この場で最も不満を抱えている男、オーステン公爵である。

「あら、クラヴィス夫人はあくまで『臨時の巫女』であって、次期巫女長の代理ではありませんわ」

さも驚いたと言わんばかりのフォンテの返事に、オーステン公が片眉を持ち上げる。

「ですが、次期巫女長は今尚《いまなお》、島におります。実質、代理のような立ち位置に置かれるのでは？」

「いいえ、クラヴィス夫人はあくまで『奉納品の制作者』としての参列です。大神殿が建つ以前、奉納品が神殿で作られていた時代には、『奉納の儀』には上位の神殿関係者と、奉納品の制作に携わった者が参加するものだったと記録にあります。初代巫女が手ずから織った織布を自ら捧げたことに由来するのでしょうね。本来の形で儀式を催すのであれば、クラヴィス夫人が参加されることはむしろ必要なことなのですよ」

にこやかにそう告げ、フォンテはちらりと隣でフェリクスに手を握られたままのアウローラへと視線を投げる。アウローラが目をまたたかせると、フォンテは甥によく似たどこか悪戯《いたずら》な影を頬に宿した。アウローラの背を悪寒が駆け抜ける。

（こ、この嫌な予感は、殿下の笑顔を見た時と同じもの……！）

「……でもね、黒い霧を納めるための品を奉ずるために、危険を顧みず参加するのだと市井の皆さんに正しく周知すれば、わたくしたちが何をせずとも人々は彼女を称えるでしょうね。古から、荒ぶる存在を宥めるために立ち向かう乙女は、尊き者として信仰されてきたのですから」

（ええっ）

「ああ、いわゆる『生贄《いけにえ》の乙女と英雄』の話型ですね。悪《あ》しき神を宥めるべく身を捧ぐ乙女と、悪しき神を倒し乙女を救う英雄という伝承はよくありますし、実際、そうしたことが行われたこともあったのでしょう。現代ではもちろんおとぎ話に過ぎないが、そうした古代のロマンを求める人々を熱狂させる、よい話題になりそうだ」

（いけにえ⁉）

王太子が叔母と似た笑みを浮かべ、こちらもアウローラへと目を向ける。

「大精霊様は悪しき神ではないわ。倒すだなんてそんな、恐ろしいことを言わないで頂戴」

「ふふ。荒ぶる神を宥め、善なる神とする乙女の話型もありますよ。そちらの方が適切でしたか」

（いや、無理です！）

ふたりの会話は身内ならではの気安いものなのだろうが、称えるだの尊いだの、生贄だの英雄だの熱狂だのと、耳慣れぬ言葉を浴びせられたアウローラには、あまりに恐ろしいものだった。

思わずぶるりと身を震わせれば、おとなしく彼女をエスコートして立っていたフェリクスが、そっとその腕を腰に回してくる。

「……フェル様？」

「心配はいらない。もしもローラが悪しき存在に差し出されることがあっても、私が必ず助け出す」

「フェル様⁉」

耳元で囁かれたそれは小声だったが、叔母甥の掛け合い以外の音が立ち消えていた妖精の間には大きく響いた。ぎょっとしてアウローラが隣を見上げれば、その青い目は彼女を安心させるように薄らと細められ、その薄い唇はほんの僅か、笑みを形作る。

「いえあの、わたくしは、過分な評判で語られることにおののいているのであって、生贄という言葉に怯《おび》えているわけではなく……」

「もしもローラに傷でもつけようものなら、その相手を細切れにしてしまうかもしれないな……」

「聞いてくださいまし⁉　それに大精霊様を細切れにしてはいけませんわ⁉　相手が人間でしたらきちんと、司法の手に委《ゆだ》ねてくださいましね⁉」

「……善処する」

きりりと凛々《りり》しげな、しかしその実まるで睦言《むつごと》のようにどろりと甘い声色で紡がれる冗談（冗談のはずよね？　とアウローラは後から頭を悩ませたという）に、アウローラは顔を赤くしたり青くしたりと忙しい。周囲の視線も呆《あき》れの色が濃く、アウローラは額に汗を滲ませた。

「……その、巫女長様。今、夫に申しましたとおり、そのように過分な称賛はわたくしには不要のものでございます。わたくしは平穏に、刺繍をしながら暮らすことが人生の望みですので……」

「あらあら、謙虚だこと」

なんとかこの話題から離れようと、アウローラは必死で言葉を絞り出す。それを聞いたフォンテはにっこりとして、ちらりとオーステン公に目を向けた。

「あの子にも貴女のような謙虚さがあればよかったのだけれど。——本当に一日くらいなら次期の代理をさせてもよいのではないかという気がしてきたわ」

「なんですと!?」

オーステン公が顔を歪《ゆが》める。彼は椅子から飛び上がりかけ、隣の夫人に扇でそっと膝を叩かれた。

「冗談ですよ、と言いたいところだけれど、本気で少し悩んでしまうわねえ」

「なぜです？　アレは真面目《まじめ》に職務に励んでいると報告を受けておりますが」

その問いに、フォンテは表情を翳《かげ》らせた。深刻な雰囲気に、オーステン公は眉根を寄せる。

「クラヴィス夫人を次期の代理とするかどうかはさておいても、次期巫女長に代理を立てる必要が、近々あるかもしれないのですよ」

「どういうことです!?」

がたんと大きな音を立てて椅子が転がる。

オーステン公は今度こそ、バネのような勢いで立ち上がった。

隣に座る夫人が驚きのあまりに椅子から滑り落ち、女性陣から悲鳴が上がる。その喧騒《けんそう》を尻目に、オーステン公は巫女長ににじり寄ろうとして、ユールとフェリクスの剣に阻まれた。

剣を突きつけられ、椅子へと押し戻されたオーステン公は、捕縛されようとする犯罪者のような扱いに目を血走らせ、奥歯をぎりぎりと噛みしめる。

そして雷鳴を轟《とどろ》かせるように、大音声で叫んだ。

「次期巫女長の不遇と、私へのこの不適な扱い、一体我らオーステンが何をしたというのか!?　これは我らオーステンを貶《おとし》める陰謀であろう！　殿下方が我らの忠誠をお疑いのようであれば、然《しか》るべき対応をさせていただく！」

フェリクスの邪魔にならぬよう咄嗟《とっさ》にしゃがみ、椅子の横に小さくなっていたアウローラは、フォンテの上に降り掛かったオーステン公の怒気に、肩を跳ね上げる。

今にも噛みつきそうなオーステン公の勢いに、近衛騎士が一斉に抜剣し、場は一瞬で騒然となった。

――しかしその時、それまで王太子の後ろに黙って座していた人が、静かに立ち上がった。

「騒ぐでない」

ここまでただの一言も言葉を発さなかった、国王陛下である。

まるで天からの一撃のような重々しい声色に、オーステン公はふらりとよろめき、すとんと落ちるように座面に腰を下ろした。

「ルートヴィヒよ、大神殿の長に手を上げること、まかりならぬ。ましてやそれは婦人である。余は我が臣民に、分別ある行動を求める。知っておろうが、大神殿は政治に介入せぬことを条件に、王家と並び立ち、国を守護する存在である。よって大神殿の長に手を上げることは、我ら王家に叛意《はんい》ありと同意となる。――そなたが真に忠ある臣であると言うならば、まずそなたの行動でそれを示せ」

国王の口にする、まるで役者のセリフのような言葉が、聖句の一節のように場に響く。

「……御意。驚きのあまりに取り乱してしまいました。お見苦しい姿をお見せし、誠に申し訳なく」

「次はないと心得よ。――巫女長よ、続きを」

「ええ」

王の前で床に片膝をついたオーステン公に、国王はゆるりとひとつ頷き、椅子に座り直してフォンテを促した。オーステン公の暴挙を前に微動だにせず、ただ静かに佇んでいたフォンテは、凪《な》いだ瞳でオースティン公を見やる。

「代理が必要かもしれないというのは、次期巫女長に今、重大な嫌疑が掛かっているからです」

オースティン公が目を見開く。叔母を庇《かば》うように、王太子が一歩前に出た。

「……実はここにひとつ、新しい情報がある。これまで公表してこなかったが、黒い霧を発生させた犯人である可能性の高い集団に、実は目星がついているのだ」

「なんですって」

そう叫んだのは誰だったのか。事情を知る者以外が一斉に、王太子を注視する。

「この夏以降、国内の各地で、古の結界に関する遺跡を調べて回っている魔術師の集団が目撃されている。調べによれば、彼らは自分たちの境遇に不満を抱いている、いわゆる『魔法使い』と呼ばれる血を持つ者たちで、古の巨大結界を発動して、魔法使い以外が入れない土地——要するに彼らが自治することが可能な国を手に入れることを目論んでいるらしい」

「なんとまあ……」

呆れたような、恐れるような。クルトゥラ公が唇を舐《な》め、震えた呟きをひとつこぼす。

「彼らは先日、アルゲンタムの遺跡で結界を作動させようとして、クラヴィス騎士団によって捕縛されたが、集団を率いている首魁《しゅかい》と思《おぼ》しき魔術師は未だ捕まっていない。しかし彼らを追ううちに、どうやらその集団の支援者、もしくはその首魁と思われる人物が、神殿島に足を踏み入れたことがあるようだ、という神官の目撃証言が得られた。——彼らは、その人物と思しき者と次期巫女長が、親しくしている様を見たという」

「まさか……」

オーステン公が顔を歪める。フォンテが浅く頷いた。

「お祭しの通り、その不審な集団を神殿に招き入れたのが、彼女である可能性が指摘されているの」

「……あれは、そのような愚かな娘ではないはずです」

「そうね、次期巫女長は頭の回転の早い子だわ。ただ——ちょっと、美しいものに弱くて、野心家ね。あの子は確かに、精霊に好まれる質の魔力の持ち主で、血筋と言い魔力と言い、巫女に最適な存在だった。まだ幼いと言うか、ちょっと思想に偏りがあったけれど、何事もなければ将来は、それなりの巫女長になったことでしょう」

こんなことがなければね、とフォンテは唇を噛みしめる。

「でも、あの子はいつの間にか、巫女長という地位はもっと尊重されるべき高い地位で、今の扱いは不当なのだというような思想を持つようになっていた。おそらくは、その不審な魔術師によって吹き込まれたのではないかとわたくしは思っているわ。……ほら、さっきも言ったけれど、あの子は美しい者が好きでしょう？　その魔術師は、精霊混じりかと思うような美貌の持ち主だったらしいのよ」

ああ、とため息と呻《うめ》き声の中間のような声を漏らしたのは、オーステン公夫人だった。

「——確かに、あの娘には、美しい者の言うことを無条件に信じてしまうようなところがありました。母親が、貧しい魔女の出でありながら、魔力と容姿を理由に先代に見初《みそ》められてあの娘を生んだこともあり、容姿が端麗であるということはそれだけで選ばれし者である、と考えていたようです。もちろん、そのようなことを公言するほどの愚か者ではありませんでしたけれど、そうした心根は言動の端々に覗くものですから」

オーステン家の女性陣を統括してきたのだろう、オーステン公夫人が呻く。妻の青い顔をまじまじと見つめるオーステン公は、酸素の足りない魚のようにぱくぱくと口を開閉していた。どうやら妹のそのような素行は知らなかったらしい。

「なぜそれを先に言わんのだ……」

「蝶《ちょう》よ花よと持て囃《はや》されて育った娘の少女時代には、『自分が世界で一番可愛いのだ』などと思い込んだり、『見目の美しいものは心も美しいのだ』と信じ込むようなことは、大変よくあることだからですわ。大抵《たいてい》は、社交界に出て己より美しい存在がいることを知ったり、美しいのは見目だけ、というような人物と遭遇することで矯正《きょうせい》され、少女時代の汚点として刻まれるものですから、ご報告が必要なほどのこととは考えておりませんでした」

（そうか、次期巫女長様は、幼い頃の認識が改められることなく、大人になってしまったのね……）

愕然《がくぜん》とするオーステン公の隣で夫人は、気苦労を滲ませる深いため息をついた。

「あの娘は知恵の回る子どもで、公爵家の女たちがどれほど苦言を呈《てい》しても、のらりくらりと言葉で躱《かわ》していました。次期巫女長に選ばれたことで有頂天になっていたので、少々不安に思っていましたけれど、巫女長としての修業は厳しいものだと聞いていましたから、修業の日々を重ねるうちにそのような質は改められていくだろうと楽観視していたのです……」

フォンテの近くに控えて立っていた、従巫女・ブランカが共感するように大きく頷いた。

実際、今回のことが起こらず、淡々と巫女としての日々を過ごしていけば、そうした思想は改められたのかもしれない。しかし残念なことに、彼女は己の自己顕示欲を肯定し、更に煽ってくれる存在と出会ってしまった。それがより一層、彼女の『正義』を固い信念へと変えてしまったのだ。

「……その魔術師に騙され、操られているだけという可能性もあるのではありませんか？」

ひととき前の猛獣のような勢いは何だったのかというほど、オーステン公はくたびれ果てた顔をしていた。このたった数分のうちに、十は老け込んだと見えるほどである。

「精神の幼い娘であるというのなら、ありえることでしょう」

「わたくしもそうは思うけれど。でもね、巫女長となるべき教育を受けている人間が、いくら若いとは言え人の意見を鵜呑《うの》みにして操られたというのであれば、やはり考えなければならないわ」

何しろ次期巫女長である。様々な儀式を伝授され、国の秘儀にまで関わる地位であるから、その権限は神殿でもトップクラスなのだ。そんな彼女を操れたなら、禁書庫どころか、神殿の心臓部とも言うべき場所への立ち入りさえも可能になってしまうだろう。

たとえ自覚してのことでなかったとしても、簡単に許されることではない。

「……巫女長でなくともそうでしょう？　あの娘が次期でなく、ただの公爵家の娘だったとしても、自分の野望のために公爵家の機密を他者に開示することは、許されないのではなくて？」

オーステン公は呻き、口を閉ざした。もしも彼の子どもたちの誰かが、内部に人を引き入れて勝手に公爵家の情報を渡しなどしたら、放逐し絶縁することは間違いない。渡された情報の内容によっては、法の手にさえ委ねるだろう。

「もちろん、まだそうと決まったわけではないし、あの子にはなんの罪もない可能性もあるのよ？　その場合は改めて教育を施して、巫女長を目指してもらうことになるでしょう」

椅子に深く沈み込んでしまったオーステン公に、フォンテは慰めるように言う。

だがどれほど、その望みがあるだろうか。

「けれど……、もしも残念な結果になったらその時は、覚悟してもらうことになります」

「────その場合には領地に幽閉し、生涯外に出さぬことを誓いましょう」

オーステン公は地の底まで沈んでしまいそうなほどに消沈し、うなだれたままそう告げた。

年若い娘の暗い行き先が、こうして決まった。後味の悪い、重苦しい沈黙が室内に落ちる。

「……というわけだ。冬至祭の開催を目指し、まず『奉納の儀』が必要であることと、クラヴィス夫人が臨時で巫女として立つ理由と必要性は皆、理解できただろうか。これでまだ異議がある者がいれば、これが最後の機会だ、申し出《い》でよ」

そうまとめながら、王太子が両手を打つ。室内の防諜の魔術が解除され、外のざわめきが耳に届くようになった。しかし、妖精の間に居並ぶ面々からは、言葉はない。

「では、奉納の儀の開催と、臨時の巫女の擁立《ようりつ》、そのどちらも承認されたとし、本日の公爵会議は終了とする。────皆、ご苦労だった」

再び王太子が手を叩いた。

それを合図に扉が開かれ、茶器と茶菓子ののったワゴンを押した女官たちが入室してくると、緊迫していた場の空気はあっという間に塗り替えられて、いつもの王宮らしい華やかでありながら忙《せわ》しないものへと戻っていく。

(……色々思うところはあるけれど)

頭を抱えるオーステン公とその背を撫でる夫人の横で茶菓子をつまんでくつろぎ始めた参加者たちを見ながらアウローラは小さく拳を握る。

ある意味で、奉納の儀までの最大の難関と言えるものを今、乗り越えたのだ。

(あとは、わたしが頑張るだけだわ……!)

今日もこれから離宮にて、集まり始めている刺繍の布を刺繍で繋ぐという重要な任務が待っている。

——そうして鼻息も荒く気合を入れる彼女の姿を、フェリクスが陰りのある青い瞳でじっと見守っていることに、気負うアウローラは気づいていなかった。

†8　上陸を前に

公爵会議から、数日。

観湖宮《かんこきゅう》に設けられた『奉納刺繍《ししゅう》事務局』のための一室にて、アウローラは針を握りしめていた。

「でき……、た？」

「で……」

（こ、ここで、最後だった……はず）

糸の端を始末して、アウローラは目の前の刺繍枠の金具にそっと手を伸ばした。

けれど、この数日刺繍に勤《いそ》しみすぎた指先にはもはや力が入らない。逸《はや》る気持ちとは裏腹に、金具はなかなか緩まず、アウローラは苛立《いらだ》ちに頬を膨らませ……ややあって吐き出した。

（ダメダメ。急《せ》いては事を仕損じると言うわ。布を傷めないように、慎重に……慎重に……よし！）

ようやく枠を外し終えたアウローラは、震えの収まらない指先で布をそっと持ち上げた。

糸の緩みもよれもなく、ステッチは均一で、問題はなさそうに見える。

（……うん、悪くない）

思わず大きな息が漏《も》れ、アウローラは安堵《あんど》に頬を緩めた。

アウローラが手掛けていたのは、布と布を縫い合わせた部分に表面から施す、縫い目の強度上げと装飾を兼ねたステッチだ。フェザーステッチやブランケットステッチ、シェブロンステッチにヘリンボーンステッチなど、長く連ねて刺すことのできるステッチを利用したシンプルなものだが、何しろ布は二百枚以上あったのだ。量が凄《すさ》まじい上に、均一な縫い目でないと美しく見えないこともあり、この数日はひとときたりとも気の抜けない日々だった。

「できたわ……」

掠《かす》れた声をこぼし、アウローラはそっと刺繍を卓上に戻《もど》した。

最後に取り組んでいた、水面にきらめくさざなみを表現した冬色のステッチを指先でなぞってみる。

誰かの姿を彷彿《ほうふつ》とさせる、銀と青の混ざったような美しい色の糸で施されたそれは、自画自賛ながらなかなかに美しい出来である。

「できましたか！」

アウローラの呟《つぶや》きを耳にしたモール夫人が、大きなテーブルの向こうから駆け寄ってくる。彼女はアウローラが終えたばかりの部分をしげしげと眺め、裏返し、表に返しと布を丹念に検分した。そして、固唾《かたず》を呑《の》んで見守っていたアウローラに視線を合わせると、にっこりと頬にえくぼを刻んだ。

「問題ございません。素晴らしい仕上がりと存じます」

大ベテランの職人の言葉が上手く飲み込めず、アウローラはしょぼしょぼと目をまたたかせる。しかし、その言葉の意味が脳に浸透すると淑女の作法をかなぐり捨てて、その場で飛び上がった。

「や……やりましたわ!!」

窓から差し込む光の中、拳を突き上げ、天に吠《ほ》える。

その雄々しい姿はさながら、神話の英雄が最後の敵を屠《ほふ》り、長く続いた戦《いくさ》を終わらせた瞬間を描いた、勇壮な絵画のようであった。

「本当に、お疲れさまでございました。お噂《うわさ》に違《たが》わぬ速度と技術、まことに感服致しました」

喜びのあまりにぴょんぴょんと、タペストリーの乗った大きな卓の周りを幼子のように飛び跳ねるアウローラに、目の下に隈《くま》をこしらえたモール夫人が笑みを浮かべる。

「本当にありがとう！」

「もったいないお言葉にございます」

「いいえいいえ、こうして完成にこぎつけたのは、貴女《あなた》の功績よ！」

アウローラは感激のあまり、夫人に向かって手を差し出した。これまた貴族の女性らしからぬ仕草だが、モール夫人はその手をがっしりと、力強く握り返す。

この数日で、長い戦いをともに戦い抜いた戦友のような連帯感がふたりの間には生まれていた。

「……本音を申し上げますと、正直、間に合わないかと思いました」

「そうね、昨日今日はとても焦《あせ》ったわね」

「はい……」

ふたりの言葉の端々に、深い安堵と、疲れ切った中での達成感が滲《にじ》んだ。

アウローラがたった今刺し終えた、巨大なキルトのタペストリー。これこそが、『奉納の儀』で大精霊に捧《ささ》げるための品であった。一辺に十五枚の布の並ぶ正方形、つまり二百二十五枚の布を継いで作られたそれは、まさに大作というべき見事な出来栄えである。

「ですが、驚くほどの大作となりましたね」

「本当に、想像以上のものになりました。さすがは各メゾン肝いりの職人でしたわ。……皆が本気を出しすぎて、一時はどうなることかと思ったけれど」

まるで海のように広がるキルトを見下ろして、ふたりはどちらからともなく苦笑した。

モール夫人の伝《つて》により、刺繍職人や刺繍を得意とする婦人を集めることは、さほど難しいことではなかった。ファブリカ商店の職人だけでなく、日頃彼女が納入している先――王都屈指のトップメゾンの職人も、社交シーズンが終わった今の時期は、比較的手空きだったからだ。

離宮での打ち合わせの後、モール夫人が急ぎしたためた救援要請の書簡は、あっという間に王都のあらゆるメゾンの間を駆け巡り、結果、メゾン・バラデュールやアベル・ハインツ、果ては男性向け衣類への刺繍で名の知られたインベル工房まで、王都ファッション業界における刺繍のトップ選手といえる職人が、このプロジェクトのために貸し出されることになった。

ファブリカ商店の刺繍教室に通う、刺繍自慢の婦人も皆快く手を貸してくれ、当初の予定よりも多くの人員を確保できたアウローラは、これでなんとか間に合いそうだとほっと胸を撫《な》で下ろしたのだった。

――しかし、想定外のことが起きた。

この度《たび》の刺繍が、ウェルバム王国に暮らす職人にとって最高の名誉の一つである『奉納の儀』に供されるものだと聞いた職人たちは、誰も彼もが己の持てる力の全てを今こそ出しきらんとばかり、全力投球してしまったのである。

期日の短さを前もって強く念押ししておいたことが功を奏して、間に合わなかった者はいなかったが、皆揃《そろ》って期日の寸前まで刺繍に取り組んだがために、全ての布が揃ったのは、本当にギリギリのことだった。

結果、アウローラが『原始の魔女』として、布を継いだ部分の上から刺繍を施す（いわゆるクレージーキルトの技法である）という重要な作業は、間に合わなくなるかもしれないと思うほどに切羽《せっぱ》詰まったのだった。

「久しぶりに、文字通りの『寝る間も惜しんで』をやりましたわ……。若い頃は二日三日と無理を重ねることもできましたけれど、さすがにもうできませんわねえ」

すでに老齢の域に入っているモール夫人が苦笑する。アウローラは眉を垂れた。

「寝る間を惜しむのは、たった二十年しか生きていないわたくしでも辛《つら》いものですわ。無理を聞いていただいて、本当にごめんなさい。……モール夫人ほどの技術者が失われれば国の損失です。お身体《からだ》をどうぞ大事になさって、これからも末永く、素晴らしいものを生み出してくださいましね」

「ありがとう存じます。……それにしても」

アウローラの労《いたわ》りの言葉に頷《うなず》いたモール夫人は視線を落とす。その視線につられるように、アウローラもタペストリーへ目を向けた。

「……改めて申し上げますが、素晴らしい出来ですね」

「ええ、本当に」

ふたり同時に、なんとも言えない恍惚《こうこつ》の吐息が漏れた。

布の海の上に広がるのはもちろん、初代女王の織図をアレンジした『神殿紋様』である。

まず目に飛び込んでくるのは、神殿島を示す巨大なマギの木だ。

そのどっしりとした幹と豊かな枝ぶりの樹上には、初代女王夫婦を表す太陽と月がエレガントに図案化され、煌々《こうこう》と輝いている。その周りには、大精霊の本性であるらしい星と風の意匠がちりばめられ、タペストリーの全体を華やかに彩っていた。

そして最後にマギの根本へと目をやれば、ヴィタエ湖の水のきらめきがアラベスク模様となって、蔓草《つるくさ》のように表現された巨樹の根と絡《から》み合っている。水という、図案に落とし込むのが難しいモチーフは、レオの歳《とし》に似合わぬ手腕によって、有機的な曲線を持つ優美なデザインに仕上がっていた。

（まるで刺繍の博覧会だわ……）

アウローラはうっとりと頬を染める。

完成したタペストリーにはありとあらゆる技法や素材が使われて、まさに刺繍の百科事典とでも呼びたくなる仕上がりだった。

（あらゆる糸、あらゆるビーズ、あらゆるステッチ！　職人さんたちも皆、並べられた布を見て息を呑んでいたし、これこそ全ての刺繍職人垂涎《すいぜん》の的、後世に継ぐべき逸品《いっぴん》というものなのではないかしら。時間と人手の問題でやむを得ず選んだ方法だったけれど、むしろ最高の贅沢《ぜいたく》だったのかも……！）

アウローラは手近な部分の布に目を寄せ、その表面を爛々《らんらん》と輝く瞳で見つめた。追い詰められていた気持ちが緩んだせいだろう、作業中には気づかなかったものが見えてくる。アウローラは瞳を輝かせ、前のめりになってタペストリーを覗《のぞ》き込んだ。

（まあ、水面を銀糸にガラスパールで表現している人がいるわね。こちらの人のステッチは、立体感がすごいわ！　どうやっているのかしら？　……わ、この布を担当された方、とんでもない腕前だわ。人間の手とは思えないほどサテンステッチが均一！）

瞳を爛々と輝かせ、アウローラは次から次へ、目に飛び込んでくるものを丹念に検分する。

（さすがは『王都一の刺繍工房』と名高いファブリカ商店ね。職人たちの腕が素晴らしいのはもちろんだけれど、ファブリカ商店で刺繍を習ったという人々の技術も、お見事だわ。職人と違って毎日刺しているわけではないでしょうに、色合わせのセンスがとても良いし、ビーズや糸の使い方もすごく上手。……アルゲンタムの孤児院での刺繍教室も、ここまでの水準を目指せたら、あの子たちの将来に繋《つな》がりそう。わたしも本格的に、刺繍学校の開校を目指そうかしら……？）

「許されることなら、教本代わりに持ち帰りたいわ」

「奉納のお品でなければと、わたくしも心からそう思います」

夢中で刺繍にかぶりつくアウローラに、モール夫人も鮮やかな笑顔を見せたが、壁際に置かれた置き時計を目にすると、こほんと一度、喉を鳴らした。

「すみません、お時間押しておりますね。……それではこちら、最後に今一度の検品とアイロン掛けをさせまして、巫女《みこ》様方のところにお持ちして参ります」

「あら、わたくしもご一緒しますわ？」

商会のスタッフを呼びながらモール夫人がそう言うのに、アウローラは目を丸くした。

確かに、此度《こたび》の実質の監督官はモール夫人だが、企画全体の責任者はアウローラなのである。率先して納品の先頭に立つのは当然ではないか。

しかし、そう返したアウローラに向かい、モール夫人ははっきりと首を横に振った。

「昨日、ちょうどクラヴィス夫人が仮眠室で休憩なさっている時に、畏《おそ》れ多くも巫女長《おさ》様ご自身がこちらまでご来駕《らいが》くださって、御自ら、納品はわたくしめが行うようご指示をいただきました。――儀式は、明日なのでございましょう？」

モール夫人の言葉に、アウローラはうっと喉を詰まらせた。

そう。職人が奮起してぎりぎりまで最高品質のものをと粘った結果、今日はなんと『奉納の儀』の前日。それも、もう日も傾いた、夕方に近い時間帯なのである。

「これを巫女長様のところにお持ちするには、お召し替えが必要になりますでしょう、それなりに時間が掛かるかと存じます。ですが、今夜は日付が変わっていくらも経《た》たないうちに、儀式の準備が始まると言うではありませんか。今日はもう、明日に備えておやすみくださいませ」

「それはとてもありがたいお心遣いなのだけれども……」

巫女長とモール夫人の気遣いが身に染みる。しかし、アウローラは躊躇《ためら》った。

「モール夫人を信用していないわけではないのよ。ただ、一番大事なところを人任せにすると、責任を放り出すような気がしておさまりが悪いのよ……。お義母《かあ》様もお義姉《ねえ》様も、ご自身が率先して先頭に立って動かれる方々で、それをいつも見ているものだから、どうしてもね」

社交界の華たる義母や義姉の顔を思い出し、アウローラは薄く微笑《ほほえ》んだ。

彼女たちは茶会やサロン、園遊会、観劇会や音楽会、ファッションショーやガーデンパーティーなどの催しを開催する際は極力自分が先頭に立つように心がけていて、実務こそ専門家に任せるものの、コンセプトの設定や楽団などとの顔合わせ、当日の出迎えや挨拶などの要所要所では必ず、企画の責任者として自らが顔を出すのである。

もちろん、貴族夫人の誰もがそうするわけではなく、「茶会をしよう」ということだけを決めたら後は全て人任せという人も多い。だがこの二年、企画のために率先して動き、そのことを楽しんでもいるふたりを身近に見てきたアウローラとしては、少しばかり気がひけるのだった。

しかし、モール夫人は可愛がっている孫を前にした祖母のように、柔らかに諭《さと》す。

「お気持ちは大変よく分かります。ですが、他ならない巫女長様のご下命なのですから、どうぞわたくしめにお任せくださいませ。――それにどうやら、お迎えがいらしておられるようですよ？」

「お迎え？」

アウローラはきょとんと小首を傾《かし》げる。

モール夫人は頷くと、部屋の入り口の方に目をやり、おもむろに膝を折った。

「あらいやだ、どなたかいらっしゃって……」

目上のものを迎え入れる時の仕草に驚いて、慌《あわ》てて扉を振り返ったアウローラは、目を見張った。

疲れの滲んだアウローラの森色の瞳に飛び込んできたのは、神々しいほど白々と輝く銀の髪に、青玉をちりばめて作られた矢車菊の花のような瞳、月の化身と見紛《みまが》う神代の美貌と、技巧の限りを尽くして整えたような肢体《したい》を持つ、圧倒的な美青年――。

「ローラ」

いつの間にやら入室していたらしい、ふたりとない美貌を持つその人は、その名を呼ぶとふわりとほころぶように笑った。愛妻を呼ばう声は低く甘く、部屋の端々に控える侍女や女官をよろめかせる。

「フェル様！」

アウローラは飛び上がり、扉の脇に佇《たたず》んでいた美青年――フェリクスへと駆け寄った。

目の前に立てば自然な仕草でしっかりと抱き寄せられて、アウローラもまたその背へと腕を伸ばす。

(三日ぶりのフェル様だわ……)

ほのかに香るシダーウッドの香りに心の底から安らいで、その胸元に頬を擦《す》り寄せてしまう。張り詰めていた心が解きほぐされるような気持ちになって、アウローラは深く長い息を吐き出した。

なにしろこの三日ほど、アウローラはタペストリーを繋ぐ作業の追い込みのために観湖宮に泊まり込んでいて、クラヴィス家の屋敷に戻れていなかったのだ。

（大切な人が傍にいるってだけで、こんなにも気持ちが楽になるものなのね……）

「目と鼻の先にいて会えぬというのは、辛いものだな。貴女と毎晩少し会話するだけで、自分がどれほど癒やされていたのかを、嫌というほど知ってしまった」

不意に、まるで思考を読まれたかのような言葉が返されて、アウローラは驚いて夫を見上げた。

フェリクスは腕の中の妻を柔らかな視線で見下ろして、その頬を指の背でやわやわと撫でてくる。

「どうした」

「……全く同じことを考えていましたので、驚いて」

「そうか、嬉《うれ》しいことだな」

フェリクスはアウローラの頬に唇を寄せ、そのままそっと唇に触れようとする。アウローラも流れる空気につられるように、思わず目を閉じ――そこで「こほん」とアウローラの侍女、クレアの控えめな咳払《せきばら》いが響いた。

はっと息を呑んだ夫婦は目をまたたかせ、周りの視線に気づくとそっと身を離す。

「……すまない、邪魔をしたな」

「い……いいえ、ちょうど針を置いて、最後の確認をしていたところでしたの」

アウローラは赤い頬を指先でぺちぺちと叩《たた》くと振り返り、卓の上に広げられたタペストリーを、両の腕で指し示した。

そこに広がる色鮮やかな世界にフェリクスは目を丸くして、深い感嘆の息を漏らす。

「――これは、また、見事な」

「ええ、最初に考えていたより、ずっと素敵なものに仕上がりました」

「宿る魔力も、春の木漏れ日のように優しく温かい。なんとも素晴らしいものだ。この短期間によくぞこれほどのものを仕上げたものだな」

素直な称賛に嬉しくなって、アウローラは満面の笑みで此度の功労者を振り返った。

「ありがとうございます。明日に間に合ったのは、こちらのモール男爵夫人のご尽力のお陰なのですわ。――ああごめんなさい、モール夫人。どうぞお顔を上げてくださいませ」

「お初にお目もじ仕ります。ファブリカ商店のフランソワ・エル・ラ＝モールと申します」

モール夫人が顔を上げる。フェリクスはいつもの無表情に戻ると浅く顎を引いた。

「そちらの店の名は母からよく聞く。此度は妻が世話になったようだな。礼を言う」

「とんでもございません」

男爵位を持つ家であるとは言え、商家の老婦人に掛けられた、侯爵家の嫡男たる近衛騎士の言葉にモール夫人は目を丸くしたが、そこに含まれた妻を想う気持ちに気づいたのだろう。彼女は優しげな目元になって、静かに微笑んだ。

「わたくしの方こそ、このような素晴らしい品の制作に携わらせていただけたことを、望外の幸運と思っております。この歳でまた新しく得るものがあったことも無上の喜びでございましたし、一職人として、巧みな技術者の方とご一緒させていただけることは、心から誇らしいことでございました」

「そうか。悪いが、もうしばらく頼む」

「承りましてございます」

モール夫人はにこりと笑う。フェリクスは満足げに頷き、改めてアウローラの腰を抱いた。

「では、我々は先に失礼させていただく」

「えっ？」

そのまま引き寄せられ、アウローラは目を白黒させる。しかしフェリクスは我関せず、口元を隠して微笑むモール夫人に向かってほんのわずかに頭を傾がせると、アウローラの背を押した。

いつの間にかクレアも、アウローラの道具を持って後ろに従っている。

「えっ、あの、フェル様？」

「クラヴィス様、ご夫人はここ数日、本当に根を詰めて刺繍に取り組んでいらっしゃいました。その集中力たるや、一流の職人に負けずとも劣らぬものでありましたが、随分お疲れになったはずです。明日の本番の前にどうぞ、くつろがせて差し上げてくださいませ」

「そうしよう」

「フェル様っ？」

「王太子殿下と妃殿下から、今日はもう休むようにとお言葉をいただいている。さあ、行こう」

そこまで言われてしまえば、もうアウローラに言えることはない。

スタッフに指示を飛ばすモール夫人の背を眺めながら、アウローラはフェリクスに促《うなが》されるまま、その部屋を後にするのだった。

※

（……いけない。思っていた以上に疲れているみたい）

窓の外に湖を見下ろせる、巫女長の滞在する部屋に次ぐ見事な眺めを誇る一室。

この三日、宿泊先となっていた観湖宮の部屋にたどり着いたアウローラは、居間の長椅子に腰を下ろすと、どっと滲んできた疲れを誤魔化《ごまか》せずに大きなため息をこぼして、ぐったりと力を抜いた。

フェリクスもどさりと隣に座り、似たような息をついている。ふたりは顔を見合わせると互いに寄りかかり、そろってもう一度、深く大きな息をついた。

「疲れたな」

「……本当に」

いくら若いふたりであると言っても、心を癒やすための夫婦のささやかなふれあいもできなかったここ数日の多忙さは、さすがに厳しかった。重い疲労が巨石のように伸《の》し掛かり、一度座ってしまうと尻から根が生えたようで、立つのも億劫《おっくう》に感じるほどだ。

背中に夫の熱を感じながら、アウローラは目を閉じた。安心感と心地よさに、このまま眠ってしまいそうだ。フェリクスも、そんなアウローラを甘やかすように、己の肩にもたれる彼女の頭を指先で優しく撫でながら、黙ったままゆっくりと呼吸を整えている。

（……おちつくわ）

「……いかんな、眠ってしまいそうだ」

どうやらフェリクスも同じような状態だったらしい。彼は眠気を吹き飛ばすように頭を振ると、アウローラの身を己の肩から長椅子の背もたれへと移し、身を起こした。

心地よい安らぎを突然に失って、唇を尖《とが》らせたアウローラを宥《なだ》めるように、そこに己の唇を軽く合わせると、少しばかり血の気の足りない白い頬をするりと撫でる。

「ローラは今日も、離宮に泊まっていくのだろう？」

「その予定です。明日は日の出の頃から禊《みそぎ》などをして、身繕《みづくろ》いをしなければならないのだそうで、屋敷から来るよりは最初から離宮にいた方がよいでしょうと、ご配慮いただきましたの。禊と身繕いの際は、従巫女様がご教示くださるそうですわ」

明日の次第を思い出し、アウローラも渋々身体を起こした。

奉納の儀は冬至祭ほど厳格な儀式ではないが、今回は古来の方式でやるとのことで、例年よりも『神事』としての要素が強くなっている。聖句を覚える必要こそなかったが、アウローラも巫女のひとりとして、他の神官や巫女と同じような振る舞いを求められることになっていた。

屋敷に帰りたい気持ちは強いのだが、巫女たちのタイムテーブルは日の出前から始まっている。今から屋敷に帰っても、どれほども経たないうちに再び離宮に参内《さんだい》しなければならない。それならばまだ泊まった方が時間にゆとりが持てるだろう。

だが、フェリクスは屋敷に帰るのだから、今日もまた、離れて夜を過ごすことになる。

しょんぼりと下がってしまったアウローラの肩を撫で、フェリクスは薄い笑みを浮かべた。

「実は、今日は私もこちらに泊まるようにと、妃殿下がお許しをくださった」

「まあ！」

フェリクスの言葉に、アウローラはぱっと顔をほころばせた。

「明日の神殿に向かう一行の護衛は、我ら第一騎士団近衛騎士隊特別小隊に任命されている。明日に備え、我々も本日は終業とするようにと殿下から内々に伝達があった」

「では、今この時から朝までは、ご一緒できますのね……！」

「そうだな」

嬉しくなって満面の笑みになったアウローラの頬を、愛《いと》しさに撃ち抜かれたフェリクスが両手で包み込む。そのままかぶりつくように口づけられて、アウローラは思わず瞳を閉じた。

一度、二度、三度。優しく柔らかく、くすぐるように、撫でるように。

無数に繰り返される口づけに、アウローラが思わず目を開けると、三日ぶりの甘くとろけた青い瞳が真正面から見つめている。アウローラは息苦しさとときめきに、ぼうっとなった。

その恍惚の面差しに耐えきれなくなったように、フェリクスはアウローラの背をソファの座面に押し付ける。口づけが深まりそうになって、アウローラは再び目を閉じた。

「失礼致します」

しかし、仮の私室ではあるものの、残念ながらここは離宮。完全なプライベートとはいかない。口づけが深まっていくらもしないうちに戸が叩かれ、フェリクスはむっとして身を起こした。アウローラも我に返り、乱れかけた後ろ髪を慌てて整える。

苦虫を噛《か》み潰したような表情で入室の許可を出したフェリクスに応えて現れたのは、取次の間で控えているはずのエリアスだった。彼の手に抱えられていた大きな櫃《ひつ》を目にしたフェリクスは、気を取り直して立ち上がると護衛のもとに歩み寄る。

「ご苦労だった」

「王太子殿下からのお届け物です。中身は隣室で検《あらた》めた後、クラヴィス騎士団式の魔術錠で施錠し直してあります。——若君。当日は明日なのですから、若奥様をこれ以上疲れさせないよう、どうぞご自重《じちょう》ください」

「……分かっている」

護衛の呆《あき》れの滲んだ目に咳払いをひとつして、フェリクスが目を泳がせた。

絶対ですよ！　と幼馴染《おさななじみ》でもあるエリアスに念を押され、フェリクスは力なく頷く。櫃を受け取るとエリアスを控えの間に戻して、櫃を抱えてアウローラの隣に戻ってきた。

「それは？」

「ローラのための防魔の装備だ。私の分はすでに確認済みだからな」

そう言いながら、フェリクスが櫃の鍵に向かって魔術を走らせる。きらめく青い魔力が鍵にするりと入り込み、カチリと小さな音を立てて鍵が開いた。

「防魔の装備、間に合ったのですね！」

「そうだな。正直、間に合わないかもしれないと思ったが。魔術大国でも近年は、精霊と戦うようなことは滅多《めった》にないそうで、数を揃えるのに時間が掛かったそうだ」

そう言いながら、櫃の底からフェリクスが取り出したのは、美しい銀糸の刺繍の施された白い靴だった。足の甲の部分と踵《かかと》の後ろに、銀色の小さなチャームがいくつも縫い付けられていて、フェリクスの腕の動きに合わせてシャララと軽やかな音がする。

「あら、すてき！」

靴に施された刺繍の図案は、数多《あまた》の図案を見てきたアウローラも知らぬものである。フェリクスから受け取ってしげしげと眺めるアウローラの横で、フェリクスは櫃の中から次から次へ、装備を取り出した。

魔術大国の図案なのかしらと目を皿のようにして靴の刺繍を見つめていたアウローラは、フェリクスが取り出す、同じような銀の刺繍の施された巫女用のケープ、帯、長靴下に目を輝かせたが、彼の手が首飾り、耳飾り、胸飾りと装飾品を取り出すに至って、なんとも言えない顔で口をつぐんだ。

それらはどれもが靴同様、小さな銀のチャームが縫い付けられ、ずっしりと垂れ下がってその重量を訴えていたのだ。

（こ、こんなにあるのね。全部身に着けたら、かなり重そう……。それに、この手の装飾品、なんだか見覚えがあるような……？）

フェリクスが最後に櫃から取り出した、ブレスレットと思《おぼ》しき装身具の小さな銀細工を指先でつまみながら、アウローラは薄《うっす》らと冷や汗をかいた。

どれもこれも曇りひとつなく磨き上げられて輝いているが、小さなチャームの全てにはアウローラの知らぬ魔術模様が刻まれていて、なんとも独特の気配を放っている。

「フェル様、わたくしこうした小さなチャームが縫い付けられた装備に見覚えがあるのですが。具体的に言うと、ステラの『妖精の試練』の時にこれとよく似たものを身に着けたような……？」

ちらりとフェリクスを見上げれば、気づいたか、と言いたげにフェリクスが頷く。

「防魔の基本とは要するに『魔除《よ》け』であるらしく、『妖精避《よ》け』と似たような形状になるようだ。妖精避けと違うところは、鉄でなく銀でできているところか。銀の持つ魔除けの力と、魔力を避ける術をうまく組み合わせたものらしい」

フェリクスが最も大きい布――背に流すケープを取り上げる。ぐるりと縁取りに銀のチャームが縫い付けられたケープは、貨幣の詰まった袋でも持ち上げたかのような、重たげな音を立てた。

「……どれもかなり重そうですね。妖精避けのチャームよりも重いような……」

「銀は鉄より重いからな」

「少し持ち上げるだけで、ずしりと来ます……」

(あの時もかなり重かったのだけれど、それよりもっと重いということよね……)

美しい刺繍、そしてそれに映える銀細工は、とても美しい品ではある。しかしそれらを持ち上げてみたアウローラは、腕に伸し掛かった重量にあの日の重みを思い出し、少しばかり怯《ひる》んだ。

「重いが、昨日王太子殿下と妃殿下で性能テストをされていて、その効果の高さは折り紙付きだと確認済みだ。全く魔力を持たない人間が竜の巣のごとく魔力の濃い土地にいても、数時間は保《も》つだろうという結果が出ている。神殿島の濃度なら、ローラの魔力量であっても一日強は保つはずだ」

「それほどの効果なのでしたら、重さくらいは耐えなければなりませんわね」

アウローラはずっしりと垂れ下がる重い生地をそっと下ろし、浅く息をついた。

(大丈夫よアウローラ、布をどっさり使った夜会用のドレスとか、魔石をびっしり取り付けたティアラやネックレスだって、これに負けないくらい重いはずよ。わたしは風が吹けば骨が折れそうな華奢《きゃしゃ》なご令嬢というわけじゃあないんだもの、耐えられないわけがないわ)

ドレスや装飾品というのは重たいものだ。それらを身に着けた上で軽やかに踊らねばならない夜会に比べれば、しずしず歩くだけのはずの儀式など、どうということはないはずである。

「……ちなみに、フェル様くらいですと？」

「私は魔力量も多いので、最低でも三日は保つだろうとのことだった。更にローラが刺繍してくれたタイがあるのだから、もう一日くらいは耐えられると考えている。身に着けてみるか？」

「立ち上がれなくなりそうですので、やめておきます……」

決意はしたものの、この疲労感の時に重量たっぷりの衣装など身に着ければ、どうなるかなど知れている。アウローラは慌てて首を横に振った。

(――でも、そうか、いよいよ明日なのね)

沈みゆく夕日と、火が入ったばかりの魔術灯の光に照らされて、銀飾りがきらきらと光っているのを見つめながら、アウローラは内心ひとり言ちた。

刺繍を終えたその時には、まだ実感として薄かった。だが、こうして明日着る予定の衣装を目にすると、いよいよなのだという思いが、ずっしりとした岩のように伸し掛かってくる。

(ついに、明日、明日なのだわ。……ああ、あのタペストリーになんの力もなかったら、どうしよう)

ふいにそんな言葉が脳裏に浮かんで、心臓が嫌な音を立てた。胸の内側が鈍《にぶ》くうずいて、ごまかすように息を吸っても、胸に巣食った靄《もや》は晴れない。

「ちなみに、小隊には破魔の剣も貸与されたが……ローラ？」

くつろいだ笑みを浮かべていたはずの妻の表情が、ひどく強張《こわば》ったことに気がついたフェリクスが、銀飾りをなぞるアウローラの顔を覗き込む。

アウローラは緩慢《かんまん》に首を振り、引きつった頬で笑ってみせた。

「なんでもございません」

「なんでもないという顔ではないな。――ローラ、互いに隠し事をしないことが夫婦円満の秘訣であると、姉上が常々言っている。あの人の言うことは時に傍若無人《ぼうじゃくぶじん》を極めているが、これぱかりは姉上の言う通りであると私も思う」

フェリクスの指が、うつむきかけたアウローラの顎を捉える。

「公爵会議の場でも、かなり気負っていたな。思うことがあるのならここでぶちまけてしまえばいい。なに、王族の気まぐれに振り回されようとも任務中は愚痴など言えないのだから、今のうちだ」

振り回され慣れている男が、からかうようにそう囁《ささや》く。

ぐいと上を向かされて、アウローラはしばらく目線を泳がせたが、そらすことを許さぬフェリクスの青い瞳に強く訴えられては、勝てるはずもない。観念して、口を開いた。

「その……いよいよ明日だな、と思ってしまって」

口にしたら、余計に意識してしまう。

今更ではあるが、我ながらとんでもないことに名乗りを上げてしまったものだと、アウローラは唇を噛んで目を伏せた。

「あのタペストリーは、わたくしが最初に考えていたよりも、ずっと素晴らしいものになりました。わたくしたちの価値観であれば、褒めてくださる方も多いでしょう。――でも、明日はわたくしたちのそれではなく、大精霊様の価値観で、気に入っていただかなければならないでしょう？」

人の価値観では素晴らしいものも、精霊の価値観ではどうなるか分からない。見極めてくれそうなステラも今はおらず（アウローラが離宮に詰めている間、ステラは屋敷でレオと過ごしていたらしい）、果たしてこれでよかったのかどうか、さっぱり判断がつかないのだ。

「――あれほど大々的に皆様のお力をお借りして、公爵会議まで開かれたというのに、大精霊様に気に入っていただけなかったらどうしよう。あのタペストリーを捧げても、何も起こらなかったらどうしよう。むしろ大精霊様のお怒りを煽《あお》ってしまったらどうしよう。そんなことを考え始めてしまったら、冷や汗が止まらなくて……」

ぽつりぽつりと呟き始めると、もうだめだった。

考えないようにしてきたことが胸から迫《せ》り上がると言葉になって、喉から一斉に溢《あふ》れ出る。

アウローラは氷点下の世界に放り出された人のように震えた。

「わたくしだけが恥をかくのなら、まだいいんです。でも、完全なる失敗に終わったら、フェル様たちやお義姉様たち、殿下方や巫女長様までも誹《そし》られるのではないかと思うと……」

この二年で、こうした責任を感じる場面にもだいぶ慣れてきたと思っていたが、そんなことはなかったらしい。これだけのことを企画しておいて、なんの力もなく、なんの役にも立てなかったらと考えると、恐怖で汗と涙が吹き出しそうだ。指の震えと奥歯が鳴るのが、どうしても止められない。

「ああ、わたくしったら、フェル様のタイがあまり力を発揮できなかったと分かっていたのに、どうしてこんな無謀を申し出てしまったんでしょう」

「――ローラ」

初陣前日の見習い騎士のように震えるアウローラを、フェリクスはただ抱きしめる。

その腕で体温を分け与え、背をさすって、耳元で囁いた。

「その心配は無用だ」

「どうして」

いつの間にか滲んでいた涙の奥から、しゃがれたような声が溢れる。フェリクスはその目尻に浮かんだ涙に吸い付き、口を曲げたアウローラに向かって自信満々の表情で胸を張った。

「それは、私が島に上陸した際に、ローラが刺繍を刺したタイがある程度の効果を発揮することがすでに判明しているからだ。先ほど見かけた刺繍は、その上位互換とも言える力を宿しているのが感じられた。であれば、たとえ精霊に気に入られずとも、我らを護《まも》る盾になる。何の効果もないということは絶対にない。ちなみにだが、あのタイに宿る力は他の隊員も認めていて、明日の上陸時には小隊員は全員、身に着けることになっている」

フェリクスは口の端を柔らかにもたげた。

「……それに、あのタペストリーに宿る魔力はとても良いものだと、見た瞬間に思った。あれほど優しく温かく、労りの気持ちに充《み》ちた魔力など、そうそうお目に掛かれるものではない。私が精霊なら、一瞬で懐柔《かいじゅう》されるだろう。ローラに尾を振って使い魔になってしまうかもしれないな」

「……まあ」

フェリクスの口にした珍しい冗談に、アウローラは目を丸くして、微かに笑う。

妻の力ない笑みを抱きしめて、フェリクスはその耳元で言葉を重ねた。

「それに本来、こうした事件を片付けるのは我々騎士団や魔術師団の仕事だ。我々にもっと知恵と力があれば、ローラが刺繍を奉納しなくても済んだはずなのだ。ローラの刺繍が責められる以前に、どうしてお前たちが事態を収められなかったのだと、責められる方が先だろう」

そう悔しげな声色で口にして、フェリクスは続ける。

「そもそも、明日の『奉納の儀』はある意味実験のようなものだ。なにしろ、おそらくはカーヌス一味が犯人であろうと確信していても、まだ確定ではないし、あの黒い霧が、本当に大精霊が荒ぶった結果なのかも、まだ判明してはいないのだ。それに、あれが大精霊の力であったとしても、カーヌスの力が混じって変質しているのだとすれば、今まで知られていた方法で宥められるかは分からない。……第一、古《いにしえ》の魔術から最新の術式まで幅広く学んだ、宮廷魔術師でさえどうにもできていないのだから、ローラが気に病むことなど何もない」

かつてこれほどの長文をしゃべる彼を見たことがあっただろうか。

口が上手くないことを引け目に思っている男が、妻の心労をなんとか和《やわ》らげようと、自身にでき得る限りの語彙《ごい》を尽くして懸命に言葉を紡ぐ。そのことに、アウローラの胸はいっぱいになった。

「……弱音を吐いてごめんなさい。そうでした、わたくしでなんとかできるかもなどと思う方が僭越なことでした。——それにわたくし、絶対に逃げないって決めたのでしたわ。ダメでもともとと思って、明日は当たって砕けて参ります！」

なんとか笑みを形作って、アウローラは夫を見上げる。フェリクスは大真面目《おおまじめ》な顔をして、その通りだと頷いた。

「心配するな、砕ける時は私も一緒だ」

「ここは、『砕けたら駄目だ』と言うところですわよ!?」

アウローラが思わず声を上げれば、フェリクスがにやりと口角をもたげる。その優しくも楽しげな視線に、アウローラは口元を緩ませた。

「……泣いても笑っても、明日は来ますものね。せめて万全で迎えられるよう、整えることにします」

「良い心がけだ」

両の手のひらで頬をぱちんと打ち、アウローラは深く息を吸うとようやく立ち上がった。それに手を貸しながらフェリクスも立ち上がって、ふたりはそれぞれ、明日を迎えるために動き始める。

「まずは腹ごしらえ、そして早めに就寝だな。軽食は手配してあるから、もう少ししたら来るだろう。

「それまで湯浴《ゆあ》みでもして待つか？」

「……湯浴みは致しますけれど、一緒には入りませんわよ？」

「残念だ」

フェリクスの声色が、心底無念であると言いたげな響きを帯びている。

アウローラは絶句したが、夫婦が散らかした防魔の装備を丁寧にたたみ直していたクレアが小さく吹き出すものだから、それにつられて笑い出してしまう。

そうして、離宮の客間はひとときの、和《なご》やかな空気に包まれたのだった。

しゃらん、しゃらん、しゃららららん。

黄金の光射す朝靄《あさもや》のなか、鈴を打ち鳴らすような、銀と銀のぶつかる音が聞こえる。

王都の冬らしい高く澄んで晴れた空、その下には小舟が七艘《そう》。波もない穏やかな湖面を、木の葉のようにゆっくりと進んでいる。

しゃらん、しゃららん。

ひとつの舟には巫女《みこ》たちが、もうひとつの舟には神官が。三つの舟には荷とともに騎士が乗り、二つの舟には魔術師たちが乗っている。

不思議と凍結しない、冷え切った冬の湖上。遠くに雪山をのぞみ、光に照らされて黄金に輝く湖面を進む小さな船団は神々しかったが、そこに乗る人々は誰もが顔色悪く、ただひたすらに呆然《ぼうぜん》として舟の行く先を見上げ、押し黙っていた。

まるで、そこだけ朝が来ていないかのような。彼らの行く先にそびえているのは、清々《すがすが》しい真冬の早朝の湖上に小山のようにぽかりと浮かんだ、漆黒《しっこく》の闇だったからだ。

(――なんてことなの)

アウローラもまた、教わった作法が頭からこぼれ落ちるほどに呆然として、それを見上げていた。

(前に見たよりも、随分と禍々《まがまが》しいわ……。それに、黒さが増している……)

島を覆い尽くしている黒い半球は、明らかに以前より色濃くなっていたのだ。

そこに吸い寄せられるように近づいていく船団は、嵐に翻弄《ほんろう》されて抗《あらが》えずに渦へと吸い込まれていく、哀れな木の葉のようだった。

「……いや、これほどとはねえ」

アウローラの隣で同じように呆然と島を見上げているのは、アウローラと同じような巫女の衣装を身に着けた、こちらも今日一日だけの巫女を務めるリブライエルである。

「発生の日に視察に来た時は、もう少し黒が薄かったと記憶しているんだけど」

「そうですね、前はもう少し、島影が見えたように思います」

「こりゃ、アーラ殿も行きたくないと言うわけだ」

「拒否反応が出る、と仰《おっしゃ》っておられましたね……」

その姿を思い出し、アウローラは小さく苦笑した。

今回、島へ同行する予定だった『塔』の長《おさ》、精霊の血を引く『精霊混じり』の魔術師アーラは、小舟に乗り込みいざ神殿島へ、という時になって『近寄ろうとすると我が身の精霊の部分が拒否反応を示す』と言い出して、天幕へ籠《こ》もってしまったのだ。

どうやらあの黒い霧のような何かは今、精霊に近しい存在からするととんでもなく禍々しく、近寄りがたい状態になっているものであるらしい。

「まあ、ただの人類から見ても、近寄りたくない感じがするもんなあ……」

「ええ……」

リブライエルとアウローラは、揃《そろ》って小さく身震いした。

まるで一行を誘い込むかのように、湖上は奇妙なほどに凪《な》いでいる。風も波もなく、鏡面のようになった湖面には、黒で塗りつぶされた島がくっきりと映り込んでいて、それを切り裂く矢のように、七艘の舟が黒い霧の中へと進んでいくのだ。

幸か不幸か。舟はそのままつつがなく、栈橋《さんばし》にたどり着いてしまった。

（……まるで、日暮れのようだわ）

先導する騎士に続いて舟を降りたアウローラは、栈橋に佇《たたず》んで天を仰いだ。

栈橋は黒い霧の端だ。この地点であればまだ、湖畔の王都の姿や空も見える。ただしそれは、島外から見える湖畔の美しい街並みや晴れ渡った青空ではなく、黒い霧が陽《ひ》の光を遮《さえぎ》って夕暮れのように赤く薄暗い、禍々しいものだ。

アウローラはこみ上げる不安に胸が苦しくなって、衣装の胸元の生地をぎゅっと握った。動きに合わせて鳴る銀飾りの音が、チリチリと栈橋に響く。

「皆さん、体調はいかがですか」

一行の体調を管理している、医術の心得のある魔術師が声を張り上げる。体調はどうだろうかと己を顧《かえり》みたアウローラは、なんとなく息苦しい気持ちがして顔をしかめた。

それが、魔力の影響を受けてのものなのか、気負っているせいなのか、判断がつかない。

「巫女長様、妃殿下、ご体調は？」

「そうねえ、大丈夫なように思うけれど」

「わたしはなんともないよ。――アウローラさんは？」

「なんとなく息苦しいような気も致しますが……、気分が悪くなるほどではございません」

フォンテは己の身を見下ろしてそう答え、リブライエルも頷《うなず》く。アウローラの言葉に、魔術師は浅く頷いた。

「ご自身の魔力値が低い方は、息苦しさを感じるかもしれません。――ただ、これほどの高濃度の魔力の中にいて、『気がする』という程度で済んでいらっしゃるのでしたら、防魔の装備はきちんと作動しております。重く煩《わずら》わしいかと思いますが、くれぐれも御身から離されませんよう、お願い致します」

「命綱と言っても過言ではないのね？」

「はい。グラーフ式魔力測定で八十を下回る方は、装備なく神殿前広場に立つことができなかったと報告が上がっております。皆様は八十以下であるとお伺いしておりますので、今ここに立っていられるのは、その装備を身に着けておられるためかと思われます。この装備がなければおそらくこの桟橋でさえお辛《つら》いかと思いますので」

どこからともなく、ごくりと喉の鳴る音が響く。

巫女や神官といった職種に就くためには、魔力の多さよりも精霊との親和性が重視される。そのため、島の神職のほとんどは、八十どころか五十あるかどうかの魔力値である者が多い。

巫女長と魔術師の会話から彼らは皆、この装備がなければ今頃ここで体調を崩しているに違いないのだと気がついたのだ。

慌《あわ》てて装備の状態を見直す者の間で、アウローラもぎゅっと己のケープの裾を握りしめた。

（……ついに来てしまったのだわ）

ここからはもう、何があっても逃げ出すことはできない。不意にそんな言葉を思い浮かべたアウローラは思わず、フェリクスの姿を探してしまう。

フェリクスは左手に火の燃えるランタンを、右手に剣を掲げ、一団を率いる者として先駆けと言える位置に立っていた。事前に打ち合わせていたとおりに隊列を作る部下を監視しながら、装備を直したり奉納の品を舟から下ろしたりする神官を見守っている。

しかし、アウローラの視線に気がつくとほんの一瞬、目元を緩め、励ますように浅く頷いてくれた。

（……そうよ、弱気になってはだめ。当たって砕けろって言ったでしょ、アウローラ！）

そのわずかな表情の動きにひどく励まされたアウローラは、両頬をぱんと手で叩《たた》くと、傍に控えていた神官から、例のタペストリーの仕舞われた小さな櫃《ひつ》を受け取った。

（なかなか重たいわ。神殿まで腕が持ちますように）

タペストリーそのものもそれなりに重量があるが、それが仕舞われた神殿紋様の彫り込まれた櫃は、かなり厚手で密度のある木で作られているらしい。ずしりと腕に掛かった重さに、アウローラは思わずそう祈る。

「――それではそろそろ、向かいましょうか」

フォンテが声を上げた。

先頭に先導の神官が立ち、その後ろに杖《つえ》を捧《ささ》げ持ったフォンテが立つ。更にその後ろに並んだリブライエルの後について、アウローラは前を向いた。

彼女の後ろには従巫女のブランカが、その更に後ろには神官が、それぞれ奉納品の詰まった櫃を抱えて立つ。そして最後に、聖職者の一団を守るように前後左右に騎士と魔術師たちが並ぶと、行進の開始を告げる神官が、ひどく通る声で聖句を唱えた。

（いよいよだわ……）

これから始まる『奉納の儀』は、至ってシンプルな儀式だ。

まず、奉納品を捧げ持った聖職者の一団が、桟橋のある小港から神殿の麓《ふもと》にある神殿前広場まで、聖句を唱えながら行進する。それから、神職たちは聖句を唱え続けながら大階段を上り、神殿の奥にある大精霊の祭壇まで進んで奉納品を捧げ、国祖には感謝を、大精霊には祈りを捧げる聖句を合唱する。そして最後に、巫女長が大精霊の化身と言われる大岩にヴィタエ湖の湖水を振りかけ、大岩に向かって特別な祈りを捧げたら終わりなのだという。

要するに、奉納品を運び入れ、精霊に捧げて祈るだけという、素朴な儀式なのだ。

しかし例年であれば、桟橋から神殿へ続く石畳の道の左右に、巫女長や王女（今年は王太子妃だが）の姿をひと目見ようと押しかける観光客と、生産品が奉納品に選ばれた農家の人や職人たちで、島は埋め尽くされるのだという。

小さな島に詰めかけた人々は、神職の行進に向かって花を模した紙吹雪《かみふぶき》を撒《ま》き、音楽を奏で、神職とともに聖句を合唱する。狭い石畳の道には華やかな装飾が施され、土産物《みやげもの》屋はかきいれ時と全力で土産物を売りさばき、明るく賑《にぎ》やかな儀式なのだという。

（巫女長様にそう伺ったけれど、今日は本当に静かすぎて、とても想像できないわ……。いつか本当の『奉納の儀』の日の島を、覗《のぞ》いてみたいな）

櫃を捧げ持ちながらしずしずと歩きつつ、アウローラはちらりと周囲に視線を投げる。

本来は賑やかな儀式なのだと言われても、今日は土産物屋も全て雨戸を閉ざしていて物悲しく、もちろん装飾も音楽もない。人どころか小鳥や野ネズミのような野生の生き物の気配すらも薄く、鳥の鳴き声ひとつ聞こえない。

静けさの中、聖句と足音だけを響かせて進む隊列はいっそ神々しくさえあったが、歩む神職たちの表情はどこか思いつめたように険しく、まるで葬列のようだ。

(きっといつもなら、パレードみたいに、人混みの中をゆっくり歩いていくんだろうな)

居並ぶ人々を避ける必要がないため、隊列の進みは早い。

妨げるものがなく、ゆっくりと歩く必要もないのであれば、小さな神殿島の桟橋から大神殿は目と鼻の先なのだ。元気いっぱいの子どもが駆ければ、数分でたどり着いてしまうほどの距離なのである。


そうして聖句だけが響く中を石段を踏みしめ、歩くことしばし。

(……ああ、ついに、到着してしまったわ)

誰に邪魔されることもなく、一行は想定していたよりも遥《はる》かに短い時間で石階段を抜けて、神殿前に広がる石畳の広場へとたどり着いてしまった。

大神殿へと続く大階段の麓、高台にせり出した石造りの広場は、湖越しに王都を見渡せる絶景ポイントだ。常ならば人でごった返しているのだが、今日は濃い黒い霧に遮られて王都は見えず、当然ながら静まり返っている。

「さあ、ここからが本番だけれど……皆さん、まだ体調に変化はない?」

大神殿へと続く大階段、その麓で立ち止まったフォンテが皆を振り返る。

アウローラとリブライエルは顔を見合わせ、揃って『大丈夫です』と答えた。騎士たちもそれぞれに体調を確認し、頷き合っている。

「前回は、体調を崩した者がいたはずだが……ウィーラー、調子はどうだ」

「特に問題ありません。防魔の装備も、念のためと服用した魔力吸収防止薬も効いているようです」

前回この広場にたどり着いた時点で力尽きかけていたマンフレートに、フェリクスが声を掛ける。返ってきたのはしっかりとした返事だった。

「いやあ、この装備の効果、すごいですね。前回は吐き気がひどくて、この広場にたどり着くのも苦しかったのですが」

「ああ。なかったらと考えると恐ろしい」

ぴんぴんしているマンフレートに、フェリクスは大きく頷く。彼以外の騎士たちや神職も、桟橋でのアウローラのように、微《かす》かな息苦しさを訴えた者こそいたものの、皆行動に支障が出るほどの不調にはなっていないようだ。

「大丈夫そうだな……だが」

確認するように一同を見渡してから、フェリクスはふと眉根を寄せた。

「あまりにも何もないな。まるで誘い込まれているようだ」

フェリクスのぼやきに、同様に感じていたのだろうか、騎士がさっと緊張を深める。

「確かに……、この黒いのが誰かの策略だとして、普通なら我らが上陸した時点で排除を試みるものですよね。神殿にたどり着かれたくはないでしょうし」

「嫌なことを言うなよ。それに前回もこの辺りまではほとんど何もなかったじゃないか」

フェリクスの疑問を肯定したマンフレートに、ユールが肩をすくめる。

「僕は正直、前回と比べて何かが変わったようには感じないぞ。……まあ、神殿と巨木が妙に禍々しく見えるなとは思うが」

魔術適性がマイナスという貴重種が、階段の麓から神殿を見上げてそうぼやいた。

ユールの動きにつられて見上げた彼らの視線の先では、巨樹を背負った神殿が黒い影の中に薄《うっす》らと佇んでいる。まるでおとぎ話の魔王の居城のような雰囲気を漂わせるその姿にフェリクスは顔をしかめ、腕を組んだ。

「前回より、闇がかなり濃くなったように思う。これに気づかないというのは羨ましい体質だな」

「何ィ⁉」

「褒めている」

「貴様の口調は褒めているようにはとても聞こえん！」

「これが全く苦しくないというのは素直に羨ましいが……」

「ぐぐ……、こいつに羨ましがられているのに、全く喜べん……」

他意などないフェリクスが首を傾《かし》げれば、ユールは喉の奥で獣のように唸《うな》る。

（……おふたりは本当に相変わらずだわ）

フェリクスの会話にアウローラは苦笑する。フォンテも小さく笑声《しょうせい》をこぼした。

「ふふ。そうですね、わたくしには、離宮から見ていた頃よりも濃くなったように思えますよ。これ以上濃くなる前に、急ぎましょう。さ、ここからが島の『聖域』です。――参りますよ」

その掛け声に、皆が居住まいを正した。フェリクスとユールも口をつぐみ、隊列を組み直す。

一同が身構えたのを確認し、フォンテは石のように磨かれた真白い木の長杖を構えた。

始まりの合図として、杖の石づきで大地を打つ。そして、聖句を唱えようと口を開いた。

その瞬間。

「きゃあ⁉」

「うわっ⁉」

ウォオオオオン！

あの日、フェリクスたちが被《こうむ》ったそれよりも更に一段強い、腐った水の臭いと狼《おおかみ》の遠吠《とおぼ》え、そして黒い竜巻のような暴風が、隊列の佇む広場に向かって強烈に吹き寄せた。一行が身に着けた銀の装飾がじゃらじゃらじゃらじゃら、激しい音を立てて揺れ、耳の奥を痛めつける。

「何だっ⁉」

「どうして火が⁉」

そして不意にカンテラの火が唐突に消え、あたりはおぞましい暗闇に包まれた。ガラスに護《まも》られて消えないはずの明かりを唐突に失った騎士の驚きの声が、一同を不安に陥《おとしい》れる。

（く、暗い……！　それに吹き飛ばされそう……！）

風は止《や》まず、轟々《ごうごう》と吹き付け続けている。

獣の遠吠えのような音を立てて風が鳴り、折れた小枝や枯れ葉、薄く積もっていた氷や雪の礫《つぶて》が襲い来る。それらから神職を庇《かば》うように、騎士がマントを広げれば、礫はぴしぱしと彼らの皮膚を打ち、無数の切り傷を生んだ。

（い、いたっ！　な、なにこれ……！　こんな、嵐のような風が、突然、なんで……⁉　これが、大精霊様のお怒りなの……⁉）

巫女の衣装の長いケープやスカートも、風をはらんで大きく揺れる。吹き飛ばされそうになったアウローラは慌ててしゃがみ込み、腕に抱えた櫃をぎゅうと抱きしめた。あまりの強風に目を開けてさえいられない。

「ひゃあ!?」

その時、不意にひときわ強い風が吹き付けて、アウローラはバランスを崩し、ごろりと転がった。櫃を抱きしめようと身じろぎした瞬間に、長いケープが風をもろに受けてしまったのだ。

強風の中、一度バランスを崩してしまうと、踏みとどまるのは難しい。

風の勢いのままよろめいて、隊列からはみ出てしまったアウローラは、ジリジリと突風に押され、石段の際まで追い詰められてしまった。

（こ、このままじゃ転げ落ちちゃう……！）

「ローラ！」

しかし、あわや転がり落ちるというところで、駆け寄って来ていたフェリクスの腕にがしりと抱えられ、事なきを得た。ほっと息をついたが、気を抜くとまた煽《あお》られてしまいそうだ。

「ふぇ、フェル様、こ、これは」

「――自然現象ではないだろうな」

吹き付ける風から守るよう、フェリクスは己のマントの中にアウローラを囲い込む。

「前回もここで鎌鼬《かまいたち》のような風に遭遇したが、今回はより力を増しているようだ。――巫女長殿、この風に心当たりはあるか!?」

「『霊力』が荒れ狂っていますね……」

カン！

フェリクスの問いに答えたフォンテは、風に抗い、再び長杖で地を打った。

風が叩きつける小枝や小石で頬や額《ひたい》が傷つくのも構わずに、二度三度と地を打ち付ける。

気づけばアウローラとリブライエルを取り巻く神官たちもまた、己の持つ杖で地を打っていた。

風に煽られ、不協和音のように鳴っていた銀飾りの鳴る音が、徐々に楽の音のように重なってゆく。


カン、カンカン。

ガンガン、ガンガン。

——カン！


そうして、全ての杖の音が重なり、一音かのように響いた、その時。

唐突に、風は止んだ。

あまりにも唐突に凪いだので、騎士が狼狽《ろうばい》する気配が広がる。アウローラも驚きにひときわ強く目をつぶり——しかし、しばらく待っても、風は再び吹かなかった。

「……大丈夫か？」

「え、ええ……。驚きましたけれど」

フェリクスの声掛けに、アウローラは恐る恐る目を開けた。己の身のすぐ傍《かたわ》らに、傾斜の急な下り階段が見えて、ゾッと肝を冷やす。

（うわ……、ここから転げ落ちていたら、階段の下まで真っ逆さまだったわ）

階段の下を覗き込み、アウローラは小さく震えた。奈落《ならく》を覗く妻を引き戻《もど》すように、フェリクスがアウローラの肩を抱き寄せる。

「間に合ってよかった。あの風の中ここから転がり落ちていれば、ただでは済まなかっただろう」

「そ、そうですわね……」

「では、私は皆の状況を確認してくる。――ひとりで大丈夫か？」

「大丈夫です。お手を煩わせてごめんなさい」

「今回はローラを守るのも仕事のうちに含まれている。気にしなくていい」

アウローラが頷いてマントの中から這《は》い出すと、フェリクスはさっそうとした足取りで広場の中を駆けていく。その背をしばし見送ってから、アウローラは周囲を見渡した。

最初に目に飛び込んできたのは、騎士に庇われながらぼさぼさになった髪をぐしゃぐしゃとかき回すリブライエルの苦笑で、次に目に飛び込んできたのは、やはり騎士に護られながら頬の裂傷から滲《にじ》んだ血をやれやれと拭《ふ》き取るフォンテの姿だ。

周囲を警戒しながらカンテラに火をつけ直す騎士の横で、神官や魔術師も乱れた髪を手ぐしで直しつつ、ホコリまみれになった衣装を叩《はた》いている。

「今のはなんだったのかしら……？」

「風の方は分からないけれど……、わたくしが地を打ったのは神殿に伝わる古《いにしえ》の術のひとつで、精霊と交信するための作法なのですよ」

呆然と呟いたアウローラに、頬を拭き終えたフォンテが答える。

「精霊と交信するお作法、ですか？」

「ええ。人型を取ることが可能なほどの高位の精霊様であれば、人語での交信が可能ですが、そのような存在は滅多《めった》にありません。精霊は人の気配の薄い大自然の中で生まれることがほとんどですから、わたくしと意思の疎通の取れるような言葉を持たない方が一般的なのです。……そのような精霊と出くわした際に、古の人々が彼らと交信するために用いたのが、こうした『音』だと伝わっています。今の打音の連なりは、こちらに敵意のないことを伝えるもの、と言われている作法です」

フォンテは杖を抱え直し、石づきでカンカンと石畳を叩いてみせる。

「音が術なのですか？」

「そうなの。とてもシンプルよね。――森の獣や原始の人も、言葉を持たずとも音は持っていたのでしょう。ものを叩けば音が鳴るし、手のひらを打ち合わせるだけでも音は出ますからね。魔術大国に残る神話では、最も原始的な『術』は『音』だったと言うそうだけれど、それはきっと、大昔の人々が意思の疎通に使っていたのが、単純な打音だったからなのでしょう」

単純な打音であれば、性別や年齢に関係なく、誰でも出すことができる。道具がなくても、身体《からだ》と身体を打ち合わせれば音が出るし、自分が出さずとも、風音や雨音、川の流れる音や雷鳴など、自然界には音が溢《あふ》れているのだ。意思の疎通にそれらを利用しようと考えることは、不思議なことではないでしょうとフォンテは微笑《ほほえ》んだ。

「人と言葉を交わせない存在との交信に音の連なりを用いた、というのは自然なことだと思うわ」

「そうなのですね……」

アウローラが分かるような分からないような、といった相槌《あいづち》を打ったので、フォンテはくすりと笑みをこぼす。しかし天を見上げるとその表情を曇らせて、大きな息を吐いた。

「でも、今の作法で風が凪いだということは、島の異常はやはり、大精霊様のお力によるものなのでしょうね……。突風に混じって、荒れ狂う『霊力』を感じたし……」

「霊力とはなんですか？」

聞いたことのない言葉にアウローラは首を傾げる。フォンテは天を見上げたまま、それに答えた。

「精霊の持つ魔力のことを、神殿では霊力と呼ぶのです。大きな括《くく》りでは魔力の一種と見て間違いないのだけれど、わたくしにとっては人の魔力と精霊様のお力は別のものですからね……」

肩を落とした巫女長に、アウローラは掛ける言葉を探し、けれど見つけられずに押し黙った。

（……長く仕えてきた大精霊様の霊力が、こうして暴れているというのは、どれほど切ないことなのだろう。親しくしてきた人が急に裏切ったような、長年見守ってきたものが汚《けが》されたような、そうしたお気持ちなのかしら……）

ぼんやりとそんなことを考えながら、アウローラは腕に抱えていた櫃を抱え直し、大精霊がおわすと伝わる大神殿を改めて見上げ――あっと声を上げた。

「し、神殿が、全然見えなくなっている……？」

大階段の上、先ほどまでは薄らとだが見えていた、神殿と巨樹の輪郭が、いつの間にやら真っ黒に塗りつぶされている。月のない闇夜であっても、星影で輪郭くらいは浮かぶというのに、それすらもないほど、真っ暗だ。

「……本当だ、何も見えない」

まるであの突風の間に、そこから神殿が消えてしまったかのような。

リブライエルもそこにあるはずの大神殿を見上げ、呆然と呟いた。

「――急ぎましょう」

フォンテが呟き、長杖で再び、石畳を打つ。

二度、三度、フォンテが地を打つ。そこに神官たちも加わって、いつしかそれは拍となった。

拍に乗せ、誰からともなく大精霊を称える聖句を唱え始めれば、それはあっという間に歌声のようなうねりとなって広場を包み込む。それは死地に赴く戦士を鼓舞する戦歌のような、死にゆく者が神の救いを求めて祈りを捧げるような、切羽詰《せっぱつ》まった必死の空気を帯びていた。

聖句《うた》は大階段に反響し、幾重にも重なった美しい旋律となって、天に向かって広がっていく。

(すごい。まるで、音の結界のようだわ。音が最も原始的な魔術であるというのは、こういうことなのかもしれない……)

熱狂さえも感じる音の重なりと連なりに、アウローラはどこか陶然として耳を傾けながら、腕の中の櫃を抱え直した。

聖句が盛り上がり、フォンテが杖を打つ音の間隔が狭まって――巫女長がふと、神殿を見上げた。

「――では、参ります」

その声に、神官たちの唱える聖句が音量を増して響く。

フォンテの指示に従って先導の神官が歩き出し、一同はしずしずと後に続いた。

そして、ひときわ大きく聖句を唱える神官とともに、アウローラたちも大階段へと足を踏み出し

――

深い闇に呑み込まれた。

あとがき

こんにちは、茉雪ゆえです。今巻もお読みいただいてありがとうございました！

そしてごめんなさい……！　こんなところで待て次巻！　です。

長らくお待たせした上で本当に申し訳ないのですが、お話がちょっと盛り上がりすぎまして、クライマックスが、だいぶ、全然、まったく収まらずこのような次第となりました。次巻はいつもよりお早めにお届けできるように、またお話も一層盛り上げて全力で参りますので、もうしばらくお待ち頂けますようお願い致します（巻末に、楽しい番外編を書けたらいいな！　とも思っていますのでぜひお楽しみに……！）。

最後に。今回も美しく可愛く格好良く、最高なキャラクター達を描いて下さった鳥飼先生、毎回ほんとうに物凄くお世話になっております担当様、支えてくれた皆々様、本当にありがとうございました！

次巻早めに、皆様にお会いできますように、がんばります！

二〇二一年　一足早い梅雨の時期に　茉雪ゆえ

指輪《ゆびわ》の選《えら》んだ婚約者《こんやくしゃ》8

狙《ねら》われた騎士《きし》と楽園《らくえん》への誘《いざな》い

2021年7月5日　初版発行

著者　茉雪ゆえ

イラスト　鳥飼やすゆき

発行者　野内雅宏

発行所　株式会社一迅社
〒160-0022 東京都新宿区新宿3-1-13 京王新宿追分ビル5F
電話　03-5312-7432（編集）
電話　03-5312-6150（販売）
発売元：株式会社講談社（講談社・一迅社）

印刷所・製本　大日本印刷株式会社
ＤＴＰ　株式会社三協美術

装幀　小菅ひとみ（CoCo.Design）

ISBN978-4-7580-9350-7

おたよりの宛て先
〒160-0022 東京都新宿区新宿3-1-13 京王新宿追分ビル5F
株式会社一迅社　ノベル編集部
茉雪《まつゆき》ゆえ 先生・鳥飼《とりかい》やすゆき 先生